"沈鸢,你这般心胸狭窄、这般小肚鸡肠……你杀了他们吗?"

沈鸢没说话。

他厉声问:"你那般敬爱我母亲……你帮她报仇了吗?"

那是他第一次看见沈鸢的眼泪。落在肮脏的青石砖上。

折春

Zhe Chun

刑上香 著

长江出版社

自重生后，卫瓒许久都没睡过踏实觉，这一觉是难得的清净无梦。他飘飘然仿佛睡在云端，扯过一块薄棉做铺盖。

梦里似乎有人唤他，他只随手挥了挥。

睡醒的时候，发觉已是黄昏，整个昭明堂只剩下两个人。

他，和坐在他对面的沈鸢。

少年身姿如竹，执卷静读，而他伏案沉眠，似乎已读到末尾。漆黑的眸子注视着他，带着几分无奈。

他睡得声音沙哑：「你还不走。」

沈鸢看他一眼：「我叫不醒你……你压着我衣袖了。」

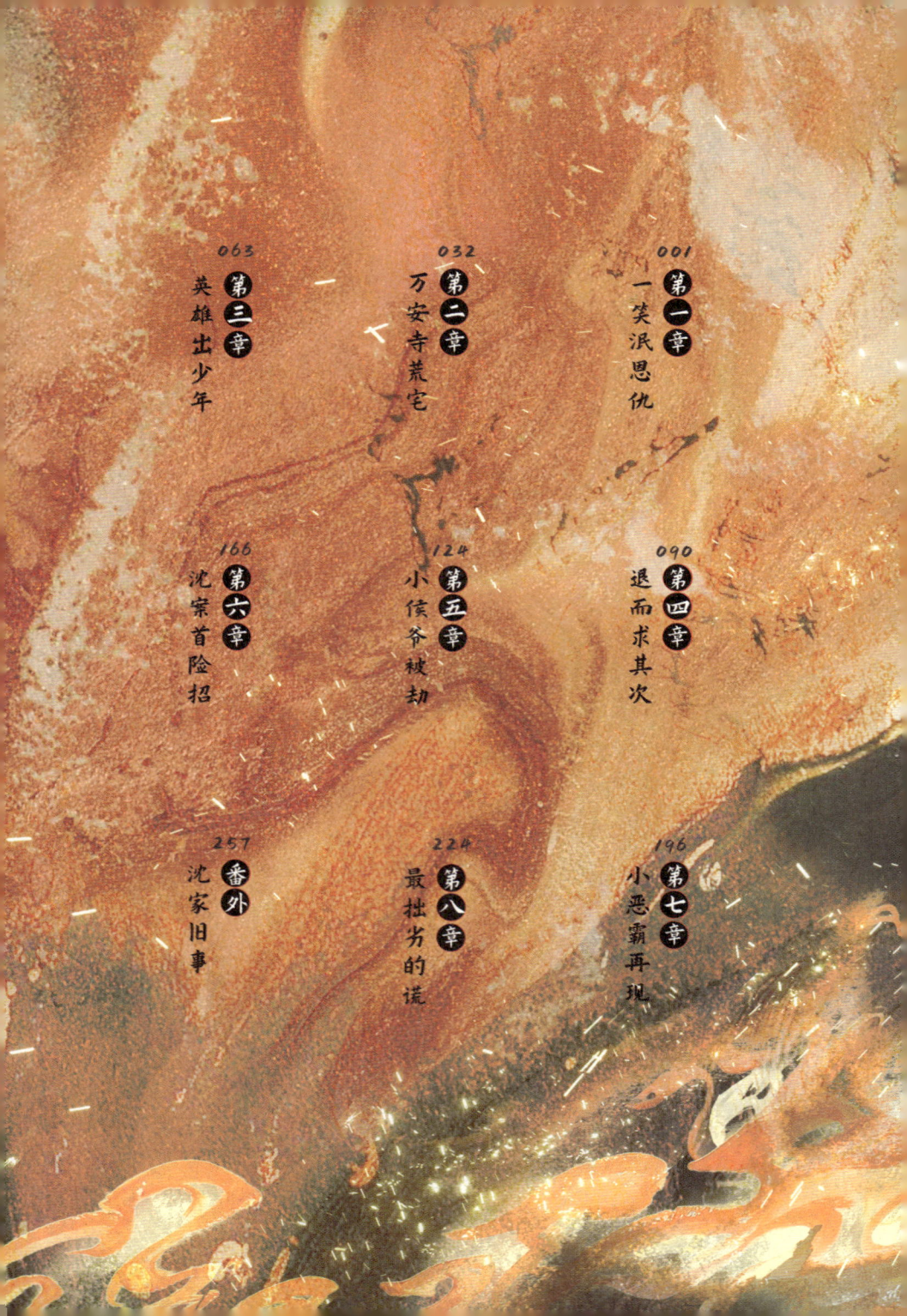

- 001 第一章 一笑泯恩仇
- 032 第二章 万安寺荒宅
- 063 第三章 英雄出少年
- 090 第四章 退而求其次
- 124 第五章 小侯爷被劫
- 166 第六章 沈寒首险招
- 196 第七章 小恶霸再现
- 224 第八章 最拙劣的谎
- 257 番外 沈家旧事

第一章 一笑泯恩仇

窗外日头晒得人懒洋洋。

卫瓒卧在榻上，对着日头读一封书信。

信是嘉佑十四年的，距离那帝位易主、卫家倾覆、万马齐喑的一天还有三年。

而三年后，将他从牢狱中捞出来的人，会是他眼下最嫌弃的人——

病秧子沈鸢。

沈鸢比他大两岁，体弱多病，身世飘零，寄住在他家中，虽说生得一副好样貌，却是处处嫉妒他，与他作对。年少时嫉妒他身手矫健、少年意气、身边追随者无数，不知烦忧；又嫉妒他生来高贵，有父母荫庇，不知疾苦；年纪再大些，嫉妒他报国立功，风光无限，眉宇间更是恣意风流。

其实卫瓒也曾一时兴起，同沈鸢接触过，只是那时见沈鸢裹着白裘，在湖畔轻声读那佶屈聱牙的词句。那读诗的声音很不错，以至于卫瓒分明对那些字句无甚兴趣，也还是随口问了一句什么意思。

问罢，便后悔了。

只见那病秧子的眼神在他身上轻轻一掠，口吻发凉，说："小侯爷连这都听不懂吗？我看盛名之下，也不过如此。"

卫瓒从不屑看人眼色，便反唇相讥："你倒是什么都懂，这样有本事，怎么就好意思赖在我们家了呢？"

那时沈鸢神色很难堪。

瞪卫瓒瞪得眼睛通红,最后却抿着嘴唇低下头,耳根也臊得通红。

卫瓒大获全胜,扬长而去。

两人自此便结下了梁子。

年龄一岁一岁地长,但提起靖安侯府,永远只有他卫瓒的名姓。

卫瓒很清楚沈鸢有多恨他,沈鸢嫉他嫉得面目狰狞,恨不得他碎尸万段、死无葬身之地。

可当卫瓒失去一切,连兄弟、家族都在落井下石的时候,背他出诏狱的人是沈鸢,给他熬药、免他死罪的是沈鸢,险些一命换一命的也是沈鸢。

那时他双腿已经不能行走,形同废人,沈鸢却是年少登科、意气风发的状元郎。

卫瓒竟头一次生出不平、妒恨的心绪。

他那时砸了一碗又一碗的汤药:"沈鸢,那你救一个废人是为了什么?是为了看我笑话吗?"

"还是为了看我是不是跟你当初一样难堪?"

卫瓒盯着沈鸢未曾受过刑的笔直脊背,光鲜亮丽的绣袍,又去瞧他夭桃秾李的眉眼,瞧见他握笔的手时,他的目光却凝固了许久。

不到苦处不知恶。

他如今已恶到了骨子里,甚至看不惯沈鸢一只能提笔写字画画的手。

沈鸢也不曾有半分对待病人的柔情,只冷笑:"是,风水总会轮流转,你卫瓒也有今日。"

"见你形貌卑劣、妒恨狭隘,我比做了宰相还要畅快。"

话似长枪短刃,把彼此都戳得跟烂西瓜似的,红肉白瓤淌了一地。

卫瓒让另一个烂西瓜滚出去。

可沈鸢真的滚出去了,卫瓒看着地上的一片狼藉,又觉得自己碎得更彻底了。

那时他不知,沈鸢也受了他家里的牵连。

旧日里那些父族的叔伯、兄弟避之不及,纷纷落井下石。而这个与他毫无血缘的沈鸢,本是蟾宫折桂的状元郎,却一朝前程尽毁,散尽家财、逢迎转圜,没换自己的仕途坦荡,只换了他的一条命来。

再后来,沈鸢竭尽心力出谋划策,一步一步指点他拿回军权,甚至撑着半死不活的身体随他上过战场。

熬着命助他复仇,一日比一日虚弱。

他问沈鸢为何帮他。

只得了沈鸢的冷冷一眼,说:"死瘸子,管好你自己。"

他那时过得很苦,却不知怎的,就为了这一句笑了。

他侧头去瞧沈鸢苍白疲惫的面孔,不复年少昳丽,只有那股子硬气,始终撑着沈鸢孱弱的病体,撑得整个人都凛然嶙峋。

他瞧了沈鸢半晌,终是笑道:"沈鸢,我有些后悔与你斗了。"

若早知有今日,他不该将那些青春年少的时光,都虚掷在无关紧要的意气上。

谁能想到,还真能再来一次,早知晓后头那些事。

窗外日头有些刺眼,还有些喧闹的动静,似是有谁顶着这太阳闯了进来,正搁外头大呼小叫"瓒二哥!""二哥如何了?"

卫瓒指尖儿弹了弹手头的信纸,皱着眉问:"谁在外头?"

一旁侍从随风道:"是三爷、四爷,来看您了。"

他问:"他们来做什么?"

卫瓒是侯府独子,在卫家排行第二,轮到卫三卫四,皆是他大伯那边的人。

他记不得有什么事儿要找这么两个人来。

随风想了想,说:"许是听说您又跟沈公子闹脾气,赶着过来替您排解的。"

听这话便明白了。

他这两个叔伯兄弟,的确喜欢干这事儿。打着排解的名号,过来就先骂一通沈鸢忘恩负义,枉教侯府收留。然后再装一装可怜,从这房里顺走点儿东西。小到茶叶笔墨,大到摆件古玩,卫瓒屋里的东西都是顶好的。他本人又随了靖安侯,是个不拘俗物的脾性,除了顶喜欢的几样,余下都不放在心上,由着这些兄弟讨了去。

下头的侍从心里头明镜似的,只是低眉顺眼说:"顺便听说您这儿又得了宫里的赏,特意来瞧一瞧新鲜。"

卫瓒"哦"了一声,说:"打出去。"

随风没听清似的,愣了一愣:"您说什么?"

窗外日头毒辣,将飞舞的微尘都照得无所遁形,尚且年少的小侯爷高床软卧,原本凌厉的眉眼透出一丝恶意来。

"我说,吵着我睡觉了,统统都给我打出去。"

上辈子落井下石的事儿他还记得呢。什么兄友弟恭，什么家族荣辱，都是狗屁。

他也不是没有兄友弟恭的时候，只可惜十几岁那会儿的天真早就没了，他就成了个彻头彻尾的混蛋。

随风小声说："——那是您的堂兄弟。"

"所以呢？"卫瓒说，"不许我六亲不认、仗势欺人吗？他们难道还敢翻脸不成。"

卫瓒眼神儿在房里扫了一圈，说："瞧见院儿里的扫帚没有。"

随风道："瞧见了。"

"拿着，让人把他们扫出去，下回没有我的话，不准放进来。"

这番话说完，卫瓒已将手中的信纸揉成了一团，褶皱间依稀可见里头的一个"鸢"字，后头写着"万安寺"云云。

外头嚷成了一团，没一会儿就听见推推搡搡的声音，不知是谁跌了个屁股蹲儿，在那骂骂咧咧喊："狗东西，你们敢阳奉阴违，我要见瓒二哥——"

"瓒二哥——"

卫瓒的眉拧在一起，终于把手中的信纸揉成团，抬手一抛，顺着那窗口飞了出去，不知砸在谁的头上，终于听见外头没了声音。

他有些不耐烦地揉了揉耳根，问："沈鸢还真就住在那万安寺了？这都多久了，他还真打算落发做了和尚不成。"

随风嘀咕道："他害您挨了家法，哪敢回来。"

"当时您还冷着脸吓唬他来着，让他别撞在您手里。"

卫瓒素日里虽傲，却都是一副懒洋洋、万事不理的模样，独独受了家法那日冷若冰霜，侯府上下都以为这位小侯爷是真的动了怒，要叫那沈鸢好看了。

谁料到几日过去，小侯爷非但没动手，反倒稳重了许多。就是有点健忘，总翻来覆去问些怪话。

卫瓒兀自在床上想了片刻，还真想不起来，自己当初是怎么威胁沈鸢来着。

印象里这侯府里头的争斗都不过是毛毛雨，后头沈鸢一搬出这侯府，他俩就没了长辈在上的顾忌，斗得跟两只乌眼鸡似的，上蹿下跳，连个表字都不曾互称。满京城都知道他俩这对冤家，背后不知道闹了多少笑话。

又想，沈鸢还能有怕他的时候？那得是什么样。

卫瓒竟不自觉有些期待。

他忍不住闷笑一声，见随风看他，又咳嗽："既然如此，替我传个口信吧。"

随风低下头，一脸从容赴死的表情，心道，完了，小侯爷又要他替他骂人去了。

却忽地听卫璨说了句什么，不禁愣了一愣。随风傻乎乎揉了揉耳朵，道："您说什么？"

卫璨忍着笑，又重复一遍，指节在桌边不耐地敲了两下："就这么一句话，记不住？"

便见随风的脸色从茫然到震惊，最后古怪地看了他一眼，低头吞了吞口水，道："……记住了。"

他横飞过去一眼，随风慌里慌张去了。

卫璨想着这时候沈鸢该有的反应，自己先笑了起来。

他想，这小病秧子现在什么样来着，他怎么有些期待呢？

随风抵达万安寺的时候，正好是晌午，沈鸢的两个侍女正在那儿收拾回侯府的行装。

沈鸢体弱，禁不得磋磨，身侧常年有两个侍女，一个叫照霜的抱剑立在门口，另一个叫知雪的在整理衣物，叠上两件，便叹一声，再叠两件，再叹。

知雪抬抬眼皮，瞧见沈鸢正在桌前悬腕绘图，也不知是不是礼佛了几日，竟沾染上了淡淡的香火气息。阳光透过窗棂落在侧脸，浓密纤长的睫毛，苍白的皮肤、青涩却昳丽的眉眼，连执笔的指尖都仿佛透明了。

分明是如玉少年，只是萦绕着挥之不去的羸弱病气，她禁不住又叹了一声。

沈鸢终于瞧了她一眼："你让谁给扎漏气了吗？"

怎么活像让针戳了的皮鞠，泄气泄个没完了。

知雪的五官都皱一起了，愁眉苦脸地说："咱们真回侯府啊？"

"公子，咱们走的时候，小侯爷可放出话了，让你别撞在他手里。"

沈鸢眼皮抬也不抬，说："不回侯府还能去哪儿？你倒是给你家公子找个地方。"

知雪不说话，半响却犹豫着开口："公子，我这两天听人说……那小侯爷性情大变。"

沈鸢不说话，知雪就接着往下说。

"听说小侯爷挨过了家法,足足昏睡了一整日,醒了以后,脾气便差了许多,他那院里被赶出去了好些仆从,还问了好几次你回去没有。

"就连卫家三爷四爷来看望,都让他给叮咣五四一顿好打,撵了出去。

"好歹是亲戚,那小侯爷平日里待他们虽不算亲厚,却也没这样不留情面过,可见如今是凶性大发,公子你要回去,还不让他给剁成肉馅儿啊?"

沈鸢倒是顿了一顿,目光闪过一丝异色,半晌道:"他离那两个远点,对侯府倒是好事儿。"

知雪却咋舌:"公子,你还是顾着点自己吧。

"京里说书先生都说,卫瓒在战场上徒手就能把人穿成糖葫芦串儿,脑袋能挂在腰上当铃铛。

"外头人都说他……"

少女形容得越发古怪夸张,沈鸢终于还是搁下了笔,叫停了她绘声绘色的叙述:"知雪。"

"公子?"

"我已过了听鬼怪故事的年纪了,卫瓒也不是牛头马面。"沈鸢道,"你也不用这样吓我。"

再讲一讲,恐怕卫瓒就要长出八个眼睛四只手来了。

"您听出来了啊。"知雪讪讪说,"我就是想说,咱们这次回去……就小心点儿,别惹他了吧。公子,咱们是寄人篱下呢。"

住着侯府,还让人家小侯爷挨了家法军棍,足足二十军棍,饶是那卫瓒身强体壮,也在床上躺了几天。

就算人人都知道沈鸢跟卫瓒不对付,却也没闹出过这么大的事儿来。他们平日里再怎么胡闹,也不过是教对方被罚扫院抄书。国子学官勋贵子弟居多,连个藤条戒尺都用得少。

谁知这次就闹出这么大乱子,只怕回去日子不好过。

这事儿还得从几天前,他俩旬考拌嘴说起。

其实他们两个争嘴也不是一天两天的事,国子学里但凡遇见便要争起来,卫瓒性傲而嘴毒,沈鸢平日里装得似模似样的,却又偏偏爱与卫瓒争风头。

幸而平日卫瓒在昭明堂,与沈鸢所在的文昌堂并不相及。

谁晓得偏偏旬考时,博士突发奇想,将两堂合在一起考校,沈鸢和卫瓒还抽到同一道题。两人还答了个南辕北辙，当场就冷一句热一句挑衅起来。

旬考让先生喝止了，他们考后还要接着阴阳怪气。

卫瓒抱着胸，笑他见识短浅："纸上谈兵罢了，赵括见了你都要甘拜下风，昔日赵国有你，二十万大军也不必被困四十日，当即就能全军覆没。"

沈鸢神色温文和气，指桑骂槐："赵岂亡于赵括？不过是亡于虎父犬子，赵王后嗣无能。区区口舌之辩，倒有那蠢货放在心上。"

又往来唇枪舌剑了几回合，两人皆恨得牙根痒痒。

卫瓒走到他面前，说："沈鸢，你这一张嘴，倒生得厉害。"

沈鸢淡淡抬眸，粲然一笑，说："比不得小侯爷，书读得不多，仗势欺人倒是厉害。"

卫瓒看他半晌，估摸知道他身子骨弱不能挨揍，只提着衣襟，把人掼在墙上。

"我仗势欺人？还是你一直挑拨是非？"卫瓒倒也没露出凶相，只逼近了他的耳侧，语调透着一丝懒意，"沈鸢，若是在军营里，我早整治你了。"

沈鸢挑眉："怎么，小侯爷上过一次战场，便这样了不得了。"

卫瓒便笑，说："自然了不得。"

"若非如此，沈鸢，你怎么眼红成这样。"

"一个弓都拉不开的废物，倒还想上战场。"

这句话正好戳在沈鸢死穴上，沈鸢半真半假红了眼睛、露出了恼色。

卫瓒不知为什么愣了一愣，正欲开口，就听学正在身后一声暴喝。

"卫惊寒！卫瓒！你给我松手！"

"谁教你的欺凌同窗！"

沈鸢的白裘早已滚落在地，手中的书卷在动作间四散，人也让卫瓒按在墙上。

这模样倒真像极了卫瓒打算对他动手。

沈鸢是有点装模作样的心机在身上的，在只有卫瓒能看见的角落，故意唇角绽开丝丝缕缕笑意。眼见那小侯爷变了脸色，他却骤然垂眸，做一副凛然受辱、柔中带刚的模样："小侯爷出身高贵，应当以德服人，不过口舌之争便要以力屈人，沈鸢恕不能从。"

装得好一副铮铮风骨，引得学正更为震怒。

沈鸢垂眸时，心底便隐隐蒸腾出一丝窃喜得意来。

卫瓒看向他，那双总是慵懒风流的眼睛含了一丝不屑，道："沈鸢，你得意了？总玩这一套有什么意思，有本事，你就一直装下去。"

那快意又仿佛让水泼熄了似的。他在卫瓒眼底审视形容可憎的自己，含笑道："必不负小侯爷所托。"

沈鸢那时候只想让卫瓒挨一顿训斥、抄一抄书。他们平日里这样的摩擦有许多，沈鸢自知自己居心不正，的确是想瞧一瞧那傲慢恣意的小侯爷吃瘪的模样。

但没想到，这回是搬起石头砸了自己的脚。

卫瓒挨了家法，足足二十军棍。

也是这事儿碰巧，从学正那传到卫瓒父亲——靖安侯那边儿。

靖安侯是个直脾气，也不管卫瓒动没动手，先把自家儿子一顿揍。理由也很简单，沈鸢是友人遗孤、父母双亡，还体弱多病、见风就倒，借住在他靖安侯府。

这样的一个人，就是一万个不是，你小子绕着走就是了，怎么还动起手了？还把人往墙上按？出了一丁点儿的事儿，你家老子都对不起沈家夫妇。

骂骂咧咧就把军棍请出来了。

靖安侯一想到沈鸢那温文尔雅的可怜病公子模样，再看看自家儿子肆无忌惮、无法无天的德行，揍谁连想都不用想。

结果就是卫瓒领家法二十军棍，一声没吭，咬着牙回去，跟没事儿人似的，就是眼神发狠。

沈鸢那天夜里没睡好，越想越忧心忡忡，遣人去给卫瓒送汤药。知雪跟他是如出一辙的戏精，低眉顺眼说："公子惶恐，请小侯爷原谅。"汤药用的是上好药材，疗伤镇痛的方子。

却见那小侯爷摆弄着匕首，冷眼柔声，只嘴角在笑："汤你端回去，让你家公子自己留着喝。教他从今往后，可千万别撞在我手上。"

当夜沈鸢不声不响，那叫一个面沉如水、不动如山，端的是一身大将风范。

然后……连夜收拾行装去寺庙进香，好几天没敢回去。

知雪小声嘀咕，说："感情公子还知道怕呢。"

沈鸢说："兵来将挡，水来土掩，我怕什么。"

屋里拢共就三个人，门口抱剑的照霜素日寡言，开口便是会心一击，只淡淡问："公子，那您跑来庙里做什么？"

沈鸢连眼皮都不抬，只说："静心。"

照霜看了一眼自家公子，没好意思说，您看着不太像静心，像是去躲难的。

人家年轻公子都求功名、求姻缘、求身体康健，独独她家沈公子求了一把平安符回来，箱笼里头塞着，衣服里头挂着，足有十几个。

她给沈鸢收着的时候看了几眼，正面"平安"两个篆字，背后用金线绣着"免遭血光之灾、免遭皮肉之苦、免遭匪盗之患"。也不晓得是哪路神佛，兴许是专管小侯爷那位浑天浑地的匪盗。还怕一个镇不住，须得十几个有备无患。

沈鸢到底还是少年心性，又是嫉妒，又是害怕，寄人篱下，偏偏又不愿意示弱。

知雪还在那叹："公子又惹不起他，又爱招惹他。图个什么劲儿。"

沈鸢不语，半晌才垂眸轻飘出一句："不过是心有不甘，怎么他就有这样的好运道。"

生来便样样都好，父母疼爱，地位崇高。身体康健，习武更是天赋卓绝，年纪轻轻便名动京师，谁见了都得喊一声小侯爷。

照霜闻言怔了怔，说："公子，各人有各人命，强求不来。"

沈鸢说："我也没强求。我就是……"

就是什么，沈鸢到底是说不出来，盯着自己搁下笔的手。

半晌才嗤笑一声，想，他就是卑劣下作罢了，有什么不能承认的。

就这会儿说闲话的工夫，门外忽听人通报有侯府访客，小沙弥引着一人进了门。

沈鸢一瞧，正是那卫瓒身侧伺候的随风。

随风进门恭谨周到地行了一礼，沈鸢便听他说道："沈公子，属下是替主子传口信儿来了。"

沈鸢面色冷凝，耳朵竖得跟白毛兔子似的，严阵以待："小侯爷有什么吩咐？"

随风却犹豫了一会儿，有些尴尬，咳嗽了一声，凑近了，才字正腔圆说："……他想您了。"

沈鸢怀疑自己听错了："什么？"

随风尴尬得无以复加，又咳嗽了一声，把原话重复了一遍。

"他让这二十军棍给打醒了，想您想到骨头里了，就想让您赶紧回去。"

在场众人齐齐打了个哆嗦。

沈鸢听得头皮发麻，随风说得头皮发麻。

009

沈鸢试图用眼神儿确定这句话不是在威胁他。

随风自己也迷茫着呢,小侯爷说这话时的神色三分真两分假,还带点坏心思的,谁也看不出是个什么意思。

两人面面相觑了好一会儿。

房间里头死一样的静。

还是沈鸢先开口,说:"随风大哥。"

随风硬着头皮"是"了一声。

沈鸢说:"沈某人有一事不清楚。"

随风说:"沈公子客气。"

沈鸢迟疑了一下,小声说:"咱们侯府的军棍……不是打脑袋上吧?"

好好一个卫瓒,怎么几天的工夫,就疯了呢。

沈鸢半夜才回的侯府,卫瓒怕把人吓着,才没半夜赶去瞧,翻来覆去烙了一宿的煎饼,第二天一早,才顶着黑眼圈去了国子学。

卫瓒进门儿时还没早课,沈鸢这时候还跟他不在一个堂。

正见几个旧时的狐朋狗友正凑一堆儿,勾肩搭背地玩六博棋,为首的唐南星眼尖,喊他:"卫二,你没来这几天,可让那些书呆子嚣张坏了。"

"前儿传来风声,说圣上要来视学,他们一个个铆足了劲儿要出风头呢。"

卫瓒这位小侯爷,少负盛名,从者众多,走到哪儿屁股后头都有一堆人前呼后拥,很有些派头。

前世树倒猢狲散,倒是唐南星还惦着他,为了去诏狱见他,让家里揍了好几回,只是那时风雨如晦,到底也没能见成。

那时还是沈鸢告诉他的——

说卫瓒,好歹有人还惦记着你。姓唐的也好,你旧日那些狐朋狗友也罢,就是为了这些人,你总得活着,爬也得爬起来。

他那时在诏狱中坏了腿,历丧亲之痛,被痛苦折磨得几近病态,阴森盯着他说:"沈鸢,我若爬起来了,第一个打的就是你。"

沈鸢就一瞬不瞬看着他,轻声说:"好。"

"你若爬起来,我让你痛打一顿。"

言犹在耳畔。

卫瓒闭了闭眼,再睁开,才有了几分实感。

唐南星这时候年岁也不大，仍是一副吊儿郎当的纨绔相，凑过来笑他："卫二哥，你屁股开花了没有？"

卫瓒说："你屁股才开花了呢。"

唐南星嬉笑说："装，你且接着装，谁不知道，你让侯爷揍得飞沙走石、屁滚尿流，你还骂了沈鸢整整一宿。"

飞沙走石且不说，谁传出来的屁滚尿流。

"为了一个寄住的，倒让你这正经小侯爷挨打，还让他今天大模大样来学里。"唐南星道，"卫二，你什么时候脾气这么好了。"

卫瓒懒得反驳，却又顺着坡往下问："沈鸢今天来了？"

唐南星便挤眉弄眼、神神秘秘道："他一早便去了文昌堂，还让你家那两个人给带走了，你等着看乐子吧。"

卫瓒面色一沉，立马觉出不对味儿来了，说："哪两个？"

唐南星笑说："还能哪两个，不就你家那卫三卫四吗？早早就过来把人叫出去了——现在都不晓得送没送回去，也不知是给你报了仇没有。"

卫三卫四，昨儿才让他扫地出门。他依稀记得，这两个人在学里向来不做好事。

唐南星那边儿还给他形容呢，说沈鸢出门的时候还嘴硬，眉目淡淡说："三少爷四少爷是不知道哪儿得罪了小侯爷，要拿折春去请赏呢。"

折春是沈鸢的表字。

那两人的心事让人戳破，脸都绿了。

他们确实是不知道哪儿得罪了卫瓒，想要来寻沈鸢麻烦，好在卫瓒面前讨好一二的。只是既已来了，也不肯就此罢休，在门口拿着一本书挥，说："姓沈的，你敢出来不敢？你若是不出来，我便将这东西烧了。"

沈鸢瞧了便搁下笔，跟着出去了。

路上碰巧让唐南星一行人瞧见了，有几个要上去拦一拦："那两个又要做些什么？"

让唐南星拦下了，轻哼一声，说："那病秧子的事儿，你管什么。"

"卫二还在榻上躺着呢，他倒大摇大摆来了。让他吃些教训也好，省得跟卫二不知轻重的。"

鹬蚌相争，两面儿都不是什么好人，谁倒霉了都是喜事一桩。

卫瓒猛地黑了脸，站起来："唐南星，你不早说？"

唐南星古怪地看他一眼："我早说什么？他们不是要替你出气？"

小侯爷已让他气笑了："我什么时候让人这般出气了？我是地痞还是恶霸？"

唐南星道："往常是不会，但这回不一样，他阴你多少次了？从前抄抄书也就罢了，这回你都要让你爹打烂了，他连个皮儿都没擦破。再这么下去，还不爬到你头上来。

"你那两个兄弟平日确实不是东西，只是冲着旁人也就罢了，冲着他，我才懒得管这烂事儿——"

唐南星这厢还没骂完，就见卫瓒的人影儿已从面前消失了。临了卫瓒还冷冷落下一句："你等着，回来跟你说。"

唐南星不自觉摸了摸鼻子，半晌嘀咕了一句。

"他发什么火儿啊？"

早听说这人病了以后脑子坏了，现在看来，没准儿是真的。

卫瓒循着旁人指路，一路追到藏书楼的后头园子。这里平日里没什么人去，空荡荡的，他眼风扫了一圈，只瞧见淋淋漓漓的一只白毛团。

——沈鸢浑身湿透了，惯常保暖的白裘吸饱了水，粘成一绺一绺，变成了冗余的累赘。他半蹲在地上，低着头一页一页地捡地上的书页。

书页也湿淋淋的，让水泡了、撕了，一页一页黏在地上。从地面揭起时有几页碎了，沈鸢的指尖便微微一颤，显然是心疼了。

拣至卫瓒靴前时怔了一怔，一抬头，尚且年少青涩的面孔下意识露出戒备和敌意，水珠顺着下巴往下淌，挑着眉毛瞧他："卫瓒？你来做什么？"

卫瓒不自觉抿住了唇。

许久不见。

十几岁的沈鸢跟梦里不一样，生气生得中气十足，瞪人也瞪得生龙活虎。

连妒意都灿烈似火。

让卫瓒看得久了，沈鸢便意识到自己此刻的狼狈，匆匆低下头，继续揭下地上的书页。

动作急躁，冷不防又是"刺啦"一声：又碎了一块。他便越发抿紧了嘴唇，心疼又气恼。

卫瓒见了沈鸢这样子有些心疼，又有些想笑，开口，却又是惯常同沈鸢打趣拌嘴的口气："沈鸢，你坑我的能耐哪儿去了啊？"

沈鸢有些不悦道："与小侯爷无关。"

卫瓒说："人都说你沈鸢聪明，我看倒未必，你要真聪明，怎么会得罪我？"

连卫三卫四两个，都晓得来讨好他这个侯府的小主子，怎么就寄人篱下的沈鸢不知道。

卫瓒年少时嫌透了沈鸢，不曾细想，现在想来，以沈鸢的精明聪慧，不该学不会仗势欺人这一套。只要在外做出一副同他熟稔亲近的模样，这国子学还不由得他横着走，只有他欺负别人的份儿，哪有别人来招惹他的机会。

可偏偏沈鸢就是对谁都和颜悦色，只对他冷漠。

他卫瓒也不是热脸贴人冷屁股的脾气，沈鸢上赶着吃亏，自让他吃个够就是了。他倒要看看，沈鸢能撑到什么时候。

结果，就这样撑到了两人分道扬镳。

沈鸢反倒冷笑："别人在你面前奴颜婢膝，我便也要如此了？小侯爷未免也将人看得扁了。"说着，沈鸢便要抬头去看他，冷不防被他抛下一件披风，兜头罩住了，恼怒叫了一声："卫瓒。"

沈鸢在那披风下扑腾着。

而倚着树的卫瓒神色莫测，睫毛一颤一颤，嘴唇也被自己抿得发白，定定瞧着那一团披风变换。

许久没见沈鸢死倔嘴硬的少年面孔，冷不丁一瞧……还怪惹人生气的。

等沈鸢挣扎着冒出头来。

卫瓒依旧是那碍眼又傲气的小侯爷嘴脸，懒洋洋说："披着，回头着了凉，别又赖到我身上。"

沈鸢扯下披风，说："用不着，我已差人去拿换的衣裳了。"

卫瓒便一把把人抓回来，

沈鸢咬牙切齿说："你还要干吗？"

便见卫瓒慢悠悠地说："你要不穿，我便亲自帮你穿。省得你回去受了寒上吐下泻，没得又让母亲忧心。"

提到向来疼爱自己的侯夫人，沈鸢那满是厉色的眸子瞬间软了下来。

又听卫瓒接着道："前个儿我挨了打，母亲还亲自来劝我不该与你置气。她这样惦记着你，你倒好，一点儿也不为她想想。"

沈鸢不说话了，拉拉扯扯间，将他推到一边儿去，嘀咕说："我自己穿就是了。"

半晌，自己背过身去，又说："你别以为，这样我就会放过卫三卫四了。"

卫瓒心想，卫三卫四是什么好东西吗？就算沈鸢不清算他们，他也要清算他们的。

再加上今天这事儿，不止那两个，还有大伯父那边儿……

卫瓒这般想着，眼神越发冷了几分，却忽地瞧见地上还有遗漏的一纸书页。他低下头去捡，却冷不丁瞧见一枚平安符。

平安符也被水淋湿了，正面"平安"两个篆字，背后用金线绣着"免遭血光之灾、免遭皮肉之苦、免遭匪盗之患"。

卫瓒看了半天，忽地明白了，便举起来问沈鸢："这是什么？"

沈鸢刚刚系紧了披风，见了卫瓒手上的东西，骤然露出几分窘然。自己都不知道自己退了一步，重复了一遍："……什么？"

卫瓒蓦地笑了起来："万安寺求来的？怕我揍你？"

沈鸢又退了一步，半晌道："不过求着玩的罢了。"隔了一会儿，又说，"再说，你传到庙里那话的意思，不就是要……"

想起那荒唐的话，沈鸢神色越发怪异，裹着披风的整个人，都被他笼罩在阴影之下。

仰头瞧他，眉目艳丽，面色却苍白。

不知是不是因为褪下了白裳，越发显得人清瘦。

卫瓒想，这小病秧子，多半是把他那话当成威胁了，以为他是恨得牙根痒痒，让他回来，是为了揍他，却不知怎的，忽然冒出一句："你怕疼？"

沈鸢似笑非笑说："怎么，难道小侯爷异于常人、性喜疼痛？"

"若真是如此，我倒乐意效劳。"

卫瓒想说的却是另一句——

你既然怕疼，怎么还说愿意让我揍一顿呢。

半晌，卫瓒却俯下身，将平安符重新系在沈鸢腰间。

卫瓒垂眸笑道："既怕疼，就好好系着。"

指尖穿过平安符上的流苏穗，正瞧见沈鸢微颤的嘴唇和迷惑不解的眸子。

"卫瓒，你……"沈鸢张了张嘴，又闭上了。

卫瓒替沈鸢拢了拢披风，笑着说："去号房烤干了再走，回去叫他们把炭火烧旺些。"

"省得着凉。"

沈鸢没让人送，自顾自爬上马车去了。卫璎在学里也不大待得住，早早告了假，回府去拜见母亲，到了侯夫人门口，瞧见几个丫头在那冲他使眼色。

一个丫头压低了声音道："大夫人来了，您且避一避。"

大夫人就是卫三卫四两个的母亲，他该喊一声大伯母的。这些年大夫人仗着辈分长一些，没少来给侯夫人添堵，以至于丫头们都不大爱见这一家人。

卫璎年少时，虽不爱应付这家子，却想着避一避便罢了，平日里还是如亲戚长辈一般对待。

谁知后来他身入诏狱时，只有母亲因病得以幸免。京城局势大乱，大房一家想逃出京去，甚至打起了侯府银钱的主意，带着好些个家丁仆役，来靖安侯府打砸混闹。

母亲先是丧夫，举家入狱，又逢这样的恶事，自此一病不起。

他甚至没来得及见母亲最后一面。

至死遗恨。

丫头见他无故发呆，又小声劝了一声："二爷不爱应付，便避一避，省得让她占了辈分便宜，还要说嘴。"

卫璎便将心思收敛，笑着摆了摆手，刚到门口，便听见里头大夫人在那絮叨："我是来寻你评评这个理，那兄弟两个平日把璎儿兄长似的敬着捧着，好端端却让他打出门儿去，这么些下人都看着，我们往后还有什么脸来上你的门。"

他母亲向来温和，只端着茶笑说："大嫂这是什么话，孩子们开玩笑罢了，璎儿平日里最疼兄弟们了。"

大夫人却道："按理说，我家那两个皮糙肉厚的，吃些亏也就吃了，只是若让京里其他人知道了，倒要说咱们小侯爷不恤兄弟，是个冷血无情的了。"

侯夫人闻言便冷了脸色。

卫璎跟父亲去过一次边关，立了功，这固然是好事，只是年少成名，外头时常有人编了故事瞎话来传。开口闭口，便是他碎了谁的脑袋、撕了谁的手臂的，说得很是骇人听闻，竟落得个残忍狠辣的名声。

京中好些孩子都避着卫璎走。

这次话传出去，还不知道是个什么说法。

卫瓒眼下年纪小，还不在乎，往后进了官场，说亲成家，都是妨害。

偏偏说这话的又是长嫂。

侯夫人便只得皱眉，道："长嫂不要想多，待瓒儿回来，我再去问问……"

大夫人却冷笑："有什么可问的，我难不成还会讲瞎话诓你？"

侯夫人紧锁着眉头，还未开口，卫瓒便一挑帘，径直走了进去。

大夫人便闭了嘴，犹疑着该不该在他面前提这些事。

卫瓒神色疏懒，随意地行了礼，大马金刀地搁那儿一坐，仿佛没意识到她们先前说什么似的，开口就说："母亲，卫三卫四将那沈鸢推水里去了。"

"他们两个不知轻重，将沈鸢的书页撕了，水也不晓得是淋上的，还是掉进池子了，我见着时，沈鸢跟落汤鸡一样。"

这下换了大夫人愣了。

卫瓒素来直来直去，没那么些弯弯绕绕，便三言两语把白日里的事儿说了，指尖儿敲着扶手道："大伯母还道我为什么要将他们打出去，难不成他们在学里做什么，伯母半点不知晓吗？

"叫沈鸢出去的时候，唐南星他们可都是瞧着的，人好好地出去，湿淋淋回来，现在刚回院里呢，平日里风一吹就咳嗽的人，今晚若闹了病，三弟四弟来伺候吗？"

大夫人一张脸红了白、白了红，只讷讷道："不过一个沈鸢罢了，也不过是寄住咱们卫家……"

侯夫人却闻言神色一变，眼风也跟着厉了："这叫什么话！"她不好对着大夫人，反倒对着卫瓒训斥，"平日里你就跟他拌嘴，如今还让家里人把他推到水里去，传出去像什么话？咱们卫家合起伙来欺负人家一个……"

话到嘴边儿顿了顿。

遗孤。

沈家遗孤。

而且还是尽人皆知、当年死守康宁城的沈家夫妇留下的这么一个儿子。

侯夫人心疼沈鸢并不是假的。

沈卫两家本是旧友，沈家夫妇赴任前，侯夫人也曾见过年幼的沈鸢。

那时沈鸢也是身姿矫健的小少年，学骑射，读兵书，聪慧过人，知书达理，庭院中舞剑时身姿似秋水惊鸿，较之卫瓒不差分毫。

那时沈鸢的性子也不似现在这般谨慎，反而清朗爱笑，见了侯府夫妇，便利落挽了个剑花、执晚辈礼，朗朗笑道："侯爷、侯夫人，父亲已等你们许久了。"

小小的一个人，衬着稚嫩漂亮的面孔，活似一个翩翩小公子，教人疼到心坎儿里了。

那时靖安侯还考校过他，考过了，便直叹气——这小子很有天赋，人也知书达理，长大了，定是大祁的儒将。

"他老子虽有些呆，却生了这样一个好儿子出来。"靖安侯转而又叹气，说，"夫人，咱们家那个活祖宗，要有人家半分懂事，我做梦都能笑醒。"

她嘴上嗔怪，心里却也爱沈鸢的懂事早慧，教他喊自己姨母。

谁知后来，沈家夫妇故去以后，再领回来，沈鸢便成了这病痛缠身的沉默模样。

瘦弱苍白，恭谨万分，低下头说："沈鸢不祥，刑克父母，不敢带累姨母家中。"

就这样一个小孩，他们百般劝说才留了下来，本意是想他过得顺遂安心，谁知又在侯府吃了这些苦头。

侯夫人想一次心疼一次，如今一听，便彻底沉了脸下来，道："瓒儿，你上回同沈鸢拌嘴，你父亲怎么罚你的？"

卫瓒搁那儿一唱一和，懒洋洋说："也就二十军棍。"又轻笑一声，说，"这次没看好他，没准儿又得挨罚。"

大夫人脸色便霎时白了。

卫三卫四皆是她的命根子，且不比卫瓒军营打混、自小挨惯了靖安侯的打，哪里挨得起二十军棍。

侯夫人便将茶盏搁在桌上，喊了一声："大嫂。"

大夫人这回哑了，半晌道："我……且回去问问。"

侯夫人摇了摇头，道："此事万万不能姑息，我会同侯爷讲，若属实，今日便寻族中长辈，来请家法吧。"

"大哥如今还等着补缺儿，如今传出个纵恶养凶、欺侮先烈遗孤的名声，哪还求得到位置？"

大夫人这下腿真的软了，喃喃道："哪儿的话，哪儿就至于此了。"

大夫人记挂着家里两个儿子，慌忙起身要出门去，扭头又见卫瓒垂眸摆弄着手里的摆件，说："对了，我回来时，见两个兄弟实在不成器，便出手教训了一二。"

"我这个做哥哥的，这点儿事总还是该做的。"

没说的是，卫三卫四如今已躺在床上哼哼了。

大夫人已顾不上这个了，起身时甚至让丫头扶了一把，才苍白着一张脸，跟跟跄跄回了去。

……

待人都走完了，房间里只剩下母子两个，侯夫人才放下那冷脸，缓声问："莺儿怎么样了？"

沈莺字折春，起字起得早，平辈早早喊起了折春，家里人仍是一口一个莺儿喊得亲切。

卫瓒便道："衣裳弄干了、也换过了，本想送他回院儿的，只是他嫌我。"

侯夫人嗔他一眼，却缓声道："今日做得很好，你可算待莺儿好些了。"

卫瓒也不知是不是跟沈莺闹惯了，不太好意思承认自己是在为沈莺报仇。咳嗽了一声，道："母亲，大伯父找父亲谋的差事，有着落吗？"

侯夫人怔了片刻，摇头叹道："还没有，你父亲找了好几个，都觉得不合适。你大伯父性子颇有些浮躁，不肯外放出去，可留在京里头，一个牌匾砸死十个，九个是官儿，到时候连累了我们事小，若连累宫里头的皇后娘娘……"

后头的话，便没往下说了，卫瓒心里却有数。

靖安侯府是皇后外戚，他这位小侯爷论理还是皇帝正儿八经的侄儿。

倒是大房那一家，与皇后、与侯爷皆非一母所生，力气使不到一起，好些事儿都是铆足了劲儿捞好处，有了麻烦却半点不想沾边。

只是这些话，做母亲的却不好跟儿子直说。

卫瓒动了动指尖，心里想了许多，嘴上说："那便让父亲拖着就是了，着急的总不是咱们家。"

他这话说得精明，倒让侯夫人多瞧了他几眼，道："你怎么还管起这些事了，真是让棍子给打乖了？"

卫瓒笑了笑，说："谁知道呢。"

年少时总瞧不见眼前的这些人与事，总想着报国立功，想着做英雄豪杰。

只是这回，他已不是为了建功立业而来的了。

他只想把记忆里的这些人都留下来。

侯夫人遣人去瞧沈莺，又吩咐丫头说："小厨房正煨着参汤，你再热些点心、炖一碗鱼片粥，给鸢儿送去，瞧瞧他病了没有。

"若是有什么不舒服的，正好趁着没入夜，请大夫来瞧瞧，省得夜半三更，连煎药都要摸着黑，还要平白多受些苦。"

卫瓒撑着下巴慢悠悠地听，等到那侍女拎着食盒准备走的时候，他却笑了笑，伸手道："给我吧。"

这院儿里的人皆听过他与沈鸢不睦，侍女慎而又慎地瞧了他一眼："二爷，咱们几个们去就是了……"

"给他吧，"侯夫人看了儿子一眼，笑了一声，"他难得替他沈哥哥挣了脸面，急着去邀功呢。"

沈哥哥。

卫瓒心想，他算是知道自己这说话让人发麻的本事是从哪儿学来的了。

两辈子加在一起，卫瓒还是头一回来沈鸢的松风院。

年少时交恶。卫瓒心高气傲，厌烦沈鸢蝇营狗苟、四处钻营，甚至不愿沾沈鸢院里的泥。

那时的厌烦是真，傲慢也是真。

沈鸢也在高中状元前便早早就搬了出去，待到两人历经磨难、稍释前嫌时，沈鸢做了沈大人，有了自己的府邸，而这偌大的靖安侯府也只剩下了卫瓒一个人。

眼下沈鸢正在案前修复那些浸了水的纸页，卫瓒便带了汤汤水水进去。

一样样铺开，参汤、粥水、几样精致微甜的糕点、一纸包糖霜果脯，都是侯夫人小厨房做的。

沈鸢兴许是想谢他的，但又说不出口，最后出口的话越发阴阳怪气："沈鸢这点汤汤水水的，也不知有多金贵，竟惊动了小侯爷的大驾。"

卫瓒便笑着说："确实珍贵，你拿的那碗便是一碗蛇肉羹。"

沈鸢最怕蛇，吓了一跳，手也顿时僵住。

抬眸细细去打量卫瓒的神色，半晌，他才抿唇嘀咕了一声："幼稚。"忽而觉得不对，拧起眉说，"你打哪儿知道我怕蛇的？"

卫瓒说："忘了，兴许是听人说的，你若怕了就别吃。"说着便凑到了沈鸢身旁，脸对着脸、眼对着眼，慢悠悠道，"你是没瞧见，这一锅炖了两条七环五花大蛇，红的红、黑的黑。在锅里边熬边扭，都打成络子了，好不漂亮。"

饶是知道卫瓒是唬人的，也禁不住他这般绘声绘色吓唬。

直说得沈鸢脸色发青，瞳孔发震，险些将那勺子扔了去。

卫瓒直起身来，气定神闲，说："你也别怕，横竖都熬成粥了，也不能再咬你一口。"

沈鸢却脸青了半晌，又说："端过来吧。"

垂眸竟透出一丝委屈来。

只要是侯夫人送的，这小病秧子怎么也舍不得扔。

粥米在灯火下晶莹如玉，掺了好些肉糜，沈鸢拿勺子拨了又拨，小心翼翼用舌尖儿舔了舔，尝了一口，吃出是鲜甜的鱼肉来。

伸出一点舌尖儿，像小猫似的。

卫瓒不知怎的，多瞧了好几眼。

说不出是不是解气。

灯火下，沈鸢愁云惨淡的眸子又亮了起来，如释重负，小舒一口气。

再抬头瞪那罪魁祸首。

卫瓒负手而立，假作端详这屋里的摆设，却连他自己都不知道，嘴角已然翘了起来。

沈鸢的院里陈设不多，这回来了，见这院里虽不甚精致，却疏朗开阔，隐有药香经久不散。沈鸢素日体弱不敢乱熏香，却总有这淡淡的气息，嗅起来惹人意懒困倦。

窗下桌案宽大，两侧黄花梨的架格上不见摆设，只堆满了书册，底下一层是经史子集，再上头的全是一册又一册的兵书。

卫瓒指尖儿抚过书脊，说："你这里的书都读过？"

沈鸢舀着粥，嘀咕说："勤能补拙，我不似小侯爷天生将才，自然要多读些。"

卫瓒说："沈鸢，你就不能好好说话。"

沈鸢说："你刚还唬我是蛇肉羹呢。"

卫瓒便笑一声，说："那扯平了吧，这些书我能碰吗？"

沈鸢没想到，卫瓒这人近来油盐不进的，做事也不大按常理出牌，半晌憋气道："想看就看吧，不许带出去。"

此刻汤匙与碗壁轻轻碰撞了一声。

卫瓒便随手取下一册，那本书纸页泛黄，读旧了、卷了边儿的，他用手指将都抚不平，甚至沾染了*丝丝缕缕*的药香。

可见沈鸢读了多少次。

卫瓒念了念书名，却是一卷《战时方》，便颇有些惊讶："……这册兵书不是失传许久了吗？"

"我听闻著书人谋逆，前朝便将这书倾数毁了，怎的你这儿倒还有一本？"

兴许是难得有人同他讨论兵书，沈鸢话里竟没带刺儿，只轻声道："是父亲留下来的。"

卫瓒想起来了，沈鸢搬进他家里的时候财帛甚少，只拉了足足三车书籍，当时他还坐在墙头瞧热闹。

那时想，这可不是搬来了个小书呆子。

谁知这一册一册皆是兵书。

卫瓒瞧着那一册一册陈旧堆积的书籍道："那这些都是……"

沈鸢道："都是。"

沈鸢垂眸淡淡道："我父亲钦佩靖安侯，总嗟叹自己并非将才，便盼我从军杀敌，守天下太平，于是搜罗天下兵书，日日教我习武、授我带兵之道，如今我虽用不上了，却亦不敢舍。"

说这话时，沈鸢盯着自己瘦而苍白的手腕，露出一丝嘲讽似的笑意，"你若要笑，便只管笑吧。"

卫瓒挑了挑眉，说："笑你什么？"

沈鸢的笑意渐渐褪了，不再说话。

卫瓒也没继续问，又瞧了瞧他桌上湿漉漉的纸张，依稀能瞧出阵图的模样，说："这些是你画的？"

沈鸢明显声音少了许多冷意，半响轻声说："这些原本也是父亲照着兵书，加以自己的理解，整理下来的，好些都是只有阵书没有阵图，只是从前遗失了，我便依着记忆描摹出来……"

卫瓒说："那怎么跑到卫三卫四他们手里了。"

沈鸢冷哼一声："上回让你按在墙上时，落在地上了，他们趁乱拾了去，后来险些没找回来。"

卫瓒咳嗽了一声，摸了摸鼻子，只凝神去瞧，一眼就能认得出来，撒星阵、却月阵。

就算依着自己行军打仗的经验，他也不得不称赞一声："画得很好。"

沈鸢却没了动静。

卫瓒这时候蓦地笑了，说："怎么，夸你的时候，倒不反驳我了？"

沈鸢道："谁不喜欢被戴高帽？"

卫瓒道："我这可不是戴你高帽。"

画这样多的阵图，并不是一个简单的工作。而沈鸢眼下所在的文昌堂，与他所在的昭明堂不同，并不教习兵法阵图。沈鸢一边要考书院里的头名，一边又要将这些兵书一一翻阅，还要将这些阵图逐张绘出。

少说也得一年半载的工夫。

卫瓒仿佛能瞧见，这小病秧子挽起衣袖，循着父亲的笔记，在摇曳的灯火下，一笔一笔勾勒描摹的模样。

手腕清瘦，眉眼却灼灼。

如现在一般，光是瞧着这些兵书阵图，眼底便倒映着摇曳的火，颇有几分得色。

他蓦地有些后悔，卫三卫四还是揍得轻了。

半晌说："哪些毁了，给我瞧瞧。我帮你抄过了再走。"

沈鸢愣了一下，抿唇道："不必了，照霜知雪能帮我誊一些。"

卫瓒笑道："那你不也得动手？本来就受了凉，这下又不怕病了？"

这三两句工夫，卫瓒仿佛又回到了梦境的最后一段时间，那时他与沈鸢都为复仇而活，利害关系一致，倒不知什么时候统一了战线。

似是友人，又似乎不是，也经常这样一句接一句地说话。

话无好话，却是相依为命的两个人。

他那时只有沈鸢，沈鸢那时也只有他。

卫瓒恍惚间弄错了身份，下意识抬手去试沈鸢额上的热度。沈鸢却以为他要动粗，漂亮的眸子圆睁，仿佛烫着了似的，猛地后退一步。

牵连着桌上的东西都落了地。

这下两人都怔在原地，沈鸢愣了，卫瓒也不好解释自己这突如其来的举止。

这下说什么？我梦见咱俩亲如兄弟，我不过想试试你发热了没有。

倒是沈鸢的侍女急慌慌进来了，一副生怕他俩打起来的模样。

见他们没动刀兵，面面相觑，倒有几分愕然。

"你回去吧，"沈鸢低下头去捡起地上的狼毫，闷声说，"若顺路，便将食盒还回去。"

"替我向姨母说一声,多谢。"

卫瓒出了沈鸢的门,没急着走,倒垂眸盯着指尖发了好一会儿呆。
按方才摸着沈鸢的热度,倒也没有生病。
想来这会儿沈鸢只是体弱,淋了些水,并没有病倒,反倒中气十足地跟他斗嘴,还能吃下一整碗鱼片粥,连续几日伏案抄书。
卫瓒在墙角瞧见一把剑,被悉心擦拭保养。想来沈鸢常提起来比画招式,权作消遣。
就这样好生将养着,不至于沦落至前世痼疾缠身的地步。
在卫瓒印象里,沈鸢总是劳心劳力,几次受伤后,便日复一日虚弱了下去,甚至不过三十,便弱不胜衣,病榻缠绵,一日里有大半时间都在昏睡,难得打起精神来同人说上几句话,读两页书,却又昏昏沉沉睡去。
那时灯火摇曳。
他喊一声"折春",沈鸢才能抬抬眼皮,恹恹瞧他一眼,却仿佛连那点非要跟他攀比的心气儿都散了。
树影郁郁,光斑点点落下,五指合拢,便攥在手心。
仿佛手心儿都在发烫。
随风说:"主子没跟沈公子打起来吧?怎么瞧着剑拔弩张,怪吓人的。"
"他是不是又给您脸色瞧了,您可别犯浑,省得又让侯爷给打了……"
卫瓒说:"想领罚了?"
随风忙低头道:"是我胡乱说话。"
卫瓒心知不怪随风,侍从自然是跟着他的心思走。
若没有梦里那些,他也是一直这样想沈鸢的。
心窄善妒、恨他入骨,他对沈鸢自然也是针尖对麦芒。
可眼下……
他蓦地想起沈鸢垂首拾起笔,那莫辨的神色来。喉咙有些痒,却又吐不出什么字来。
蓦地被侍女的引路声打断。
远处,府里的大夫提着箱笼,步履匆匆而来。
他便道:"随风。"
随风应了声"是"。

卫瓒说："你留下，等他诊过了脉，问问大夫怎么说。"

卫瓒再瞧见那几页阵图，是在圣上视学那日。

圣上视学来的浩浩荡荡，携了朝中几位亲近重臣，连带着靖安侯都一起去了。国子学的学官倾巢出动，学子战战兢兢屏息凝神。

卫瓒却有些出神。

他重生前，已许久没见过这位嘉佑帝。如今嘉佑帝年近不惑，是与他父亲差不多大的年纪，平和温煦，较记忆中更为棱角分明，带了几分久居高位的威严。

是一位难得的中正之君。

只见学官按理讲过经义，又请几名学子辩理，之后司业恭恭敬敬将卷册呈上，请皇帝御览时，卫瓒险些笑出来。

——是沈莺那一册阵图。

这小病秧子的确会来事，前世今生，都擅长捉住机遇，怪道连夜修补，大约就是想要呈到圣上面前。

倒也是个崭露头角的好法子。

只可惜当今圣上虽不轻武，却对兵法不通，沈莺这招未必能奏效。

唐南星"啧"了一声，用蚊子似的声音低语："沈莺这小子，真是会钻营，竟能让司业替他背书作嫁衣，也是一番好本事了。"

卫瓒用眼神示意唐南星噤声。

只见嘉佑帝果然唤作图人上前。

卫瓒抬眼去瞧，沈莺自文昌堂一众艳羡的学子之中走来，穿行过左右林立的一众官员，竟不见丝毫局促，规规矩矩的云纹蓝袍，穿出如玉似的谦逊风骨。

低头拜下，礼仪姿态分毫不差。

若不是知道这人本性，头一眼瞧见的，定将沈莺看作是个翩翩君子。

嘉佑帝见了沈莺，便轻轻搁下手中卷册，打量了半晌，若有所思道："你便是昔年康宁总兵沈玉堇之子？"

沈莺端正答："正是。"

嘉佑帝说："怪道生得这样不凡，原是昔年沈玉郎的儿子。"

又说："你父很好。"

周围近臣便跟着一起笑，说的多是对昔年烈士的溢美之辞。

皇帝又问了几番，俱是沈莺在学中读书如何，家中还有什么亲故之类，听着司业将沈鸢夸得天上有地下无，倒起了些兴致，抬手瞧了瞧那阵图，想拿起来令人传看。

沈鸢这才露出一丝紧张和希冀来。

嘉佑帝却忽地想起了另一事，又问："我记得你如今在靖安侯府暂住？"

沈鸢道："学生幸得侯府收留。"

嘉佑帝这时蓦地想起靖安侯府了，眼风隔着官员学官一扫，笑道："我记得卫瓒也在学中，今日可来了吗？"

众人瞧了过来，卫瓒本是懒懒散散立在那儿，他与众学子不同，他是嘉佑帝的侄儿，时常走动宫中，一年怎么说也要见上几十回，实不愿出这个风头。

只是皇帝喊了，他便也只好上前，行了一礼，道："参见圣上。"

嘉佑帝拍了拍他的肩笑道："不过半个月的工夫不见，怎的又长高了些。"

卫瓒余光瞥见沈鸢面色不变，垂手而立，指尖儿却缩进袖口，悄无声息地攥紧了边角。

唇角含笑的曲线，也是旁人瞧不出来的冷。

这表情卫瓒可太熟悉了，上辈子沈鸢但凡瞧他不顺心时，总有这般小动作。

嘉佑叫人赐座，又向司业道，朕这侄儿最难管教——你们却不可放纵他玩笑，要待他严厉些，我大祁将来的通武侯便在你们手里了。

司业忙不迭地点头。

这话头便扯到了卫瓒的身上，再没人想起什么阵图来了。

嘉佑帝对卫瓒道："卫皇后前些日子还提起你，说你整日让靖安侯拘着读书，连骨头都要锈了，若是闲了，不妨来朝中领个差事做做。"说话间眉目蒙上了淡淡一层阴翳，目光扫过近臣，"有个年少的盯着，也省得有些人为老不尊。"

这话大约是敲打周围臣子的。

卫瓒只道："臣平日惰怠惯了，不善同诸位大人打交道，若没军营可去，不如继续这般闲散。"

嘉佑帝摇了摇头，笑着瞪他一眼："你啊。"

卫瓒却忍不住又瞧了沈鸢一眼。

沈鸢立在那儿，随着一句又一句的闲话家常，眼神黯淡了下去。

嘉佑帝没说叫沈鸢退下，他自然不能退下，可留在这儿，他也不可能插话。既没穿官服，不是文武官员，也没什么可伺候的，他像是个被忘了的人。

025

跟那桌上他抄了几夜的阵图有些像。

卫瓒禁不住想，这阵图分明让水淹了，要描出来，沈鸢只怕几夜都没睡好。苦苦钻营这许久，少说半年的心血，却让他抢了风头，必是掐着手心，在心中骂他。

卫瓒禁不住有些好笑。

可却又依稀想，这情形似乎也不是头一次出现。

沈鸢搬来的前一两年，总是浑浑噩噩地生病，汤药流水似的进到松风院，他不能打扰沈鸢静养，是以并不熟悉，偶尔碰见时，沈鸢有些拘谨，可也曾对他笑过。

可到了后来，靖安侯受封大将军出征的那一年，便将卫瓒带了出去，本是让他在军中受些磨砺，谁知他却实打实混出了头，立了不小的军功。

嘉佑帝膝下无子，喜卫瓒年少，亲手扶起他，许他来日若再立功劳，便予他卫家一门双侯。彼时周围人皆倒抽一口冷气，连父亲都慌忙劝说皇帝三思。

嘉佑帝却笑叹："朕虽不曾临边，亦好将才，卫卿善战，瓒儿英勇，昔有王翦父子，我大祁怎不能再有个通武侯。"

王翦父子是秦功臣，封妻荫子，善始善终，这诺已许得很重。

靖安侯承恩惶恐，连声说不敢。

独独他年少气盛，笑着一拜，却朗声道："来日若功冠全军，必请圣上兑现。"

回来后，卫瓒便得一杆御赐银枪，受封虚衔，后又被皇帝点了名，说他年纪尚小，只管读书，不必早起晚归来上朝。

是独一份儿的泼天恩信。

那日阖府上下出来领旨，欢天喜地。

沈鸢那日是怎样反应，他似乎记不得了。

只是自此满京都喊他卫瓒卫小侯爷。

而卫瓒出现的地方，也没人能再瞧见沈鸢。

这时卫瓒目光没落在沈鸢身上，却满脑子都是沈鸢的模样。

话转了一轮儿，他终于道："圣上，臣有一事相求。"

嘉佑帝笑着道："你开口求人倒少见，说来听听。"

卫瓒的眼神落在嘉佑帝手边，行了个半礼，道："这阵图圣上若瞧完了，可否抄一份儿赐予臣？"

"臣前些日子惹了作图人，不敢向他讨要，却又眼馋许久。"

便瞧见沈鸢立在一旁，微微一震，仿佛不解他是什么意思。

卫瓒不知哪来的恶趣味，见沈鸢慌了，自己倒越发得意了，连唇角笑意都扩大了几分。

嘉佑帝一怔，笑道："你倒会在朕这儿耍贫，人就在这儿，你却要朕来做坏人。"又瞧了瞧那册阵图，翻了两页，道，"你且等着吧，朕送到兵部去让他们瞧瞧，若真好，也不必你抄，朕做主印了出来，赏你就是。"

便有人将那册阵图取了下去。

沈鸢神色复杂，叩首时额触手背。

是一个端方大礼。

嘉佑帝瞧了沈鸢一眼："朕前儿还听说，你们二人不睦，如今看来，倒是孩子气——如今和好了没有？"

卫瓒不想这消息竟能传到皇帝耳朵里，颇有几分惊讶。

沈鸢如今还在靖安侯府，身无官职，他们不和并不如前世闹得尽人皆知，这事儿却传进了嘉佑帝的耳朵里。

可见有多少双眼睛，正巴巴盯着他这个小侯爷。

如今想来，前世两人交恶的传闻，也不是一天两天的事儿了。

卫瓒正欲开口打圆场，却听见沈鸢蓦地干巴巴开口："惊寒大度，已是……和好如初了。"

他愣了一愣，忍笑看向沈鸢，却见沈鸢这回没那妥帖的笑意，硬着头皮瘪着嘴憋出一句。

——没法子，嘉佑帝都开口了，沈鸢还能说没和好不成。

虽是不甘不愿，也只好硬着头皮认下了。

还破天荒喊了声表字。

惊寒。

身侧近臣笑道："这把年纪胡闹，哪有作数的，日日一个府里吃着睡着，想结仇也难。想来是靖安侯对世子严格罢了。"

嘉佑帝含笑点头，深以为然。

这般说说笑笑，嘉佑帝示意内侍将书册取走，临行前瞧了沈鸢一眼，道："你们靖安侯府，是出人物。"

沈鸢被这一句夸着，却分不清是因阵图，还是因卫瓒，越发窘迫。

027

叩首谢恩时，似是偷偷瞧了卫瓒一眼。

卫瓒瞧回去时。

又见沈鸢深深低下了头。

回程时已是黄昏。

卫瓒在前头走，却听见外头一声："小侯爷。"

不高不低，温文尔雅。

是沈鸢的声音。

卫瓒下意识"嗯"一声，扭头一瞧。

正见湖畔绿柳成荫，树荫下的人蓝衫如天色，外罩一件如云的袍。

沈鸢轻声询问他，可否与小侯爷同行？

卫瓒懒洋洋打趣道："连惊寒都喊过了，哪有什么不行。"

沈鸢仿佛又想起在圣上面前跟他自作多情、故作熟稔的样子来了，面色骤变，露出些许难堪的神色来。

卫瓒便下意识抓了他一把，"哎"了一声。

沈鸢抿直了唇。

卫瓒便盯着他眼睛，玩笑道："我不过随口说说罢了，你若介意，我不妨也喊你一声。"

"折春。"

刹那风起，无端拂起万千丝绦，又卷起沈鸢的发带随风舒展。

卫瓒瞧见沈鸢微微凝固了目光，眼底倒映着他的影子。

无端想——

这折春二字，实在起得很妙。

夕阳余晖斜斜从窗口照下来，未出门的学子还在门口谈笑，国子学的蓝衣稳重而清淡，他们谈着学问、新出的书、点心，还有今日得见的圣颜，隐隐传来一两声朗朗的笑。

沈鸢抱着书，并肩跟卫瓒往外头走。

卫瓒素来不知拘谨为何物，随口与沈鸢道："卫三卫四这两天挨了家法，想是来不得了。"

沈鸢"嗯"了一声，却没问为何挨打。

卫瓒又道："我听闻，圣上口谕，将你调来昭明堂了？"

沈鸢垂眸说："是，圣上说我既有修图之能，便令我同你们一同研习兵法。"

卫瓒心知整个国子学，只有昭阳、昭明二堂额外有兵法这门课，乃是嘉佑帝思及朝中无将，特辟出来的学堂。入学皆是武勋贵族，沈鸢入学时本也有过盼头，只是他体弱学不得骑射，更罔谈兵法，只得被分去了文昌堂。

如今终是得偿所愿了。

沈鸢说了一句："多谢。"

卫瓒懒洋洋道："有什么可谢的？"

沈鸢温声细语，说："自然是谢小侯爷抬举。"

"若无小侯爷，沈鸢的阵图怎能得圣上的青眼？"

卫瓒低头，瞥见沈鸢指尖不断紧攥着自己的衣袖角，几乎要将袖口的白鹤云纹的刺绣磨起了毛。

他只轻飘飘道："我没抬举你，是旁人都不识货。"

沈鸢的脚步顿了顿："什么？"

卫瓒又重复说："不是你写得不好，是他们看不懂。"

沈鸢前世随他去过战场。

沈鸢治军严明、善谋能断，尤其通晓旗鼓阵法，他阅尽父亲的藏书笔记，撰写的沈氏兵书，堪称奇书。

那些书稿，最后卫瓒一页一页收起来、一页一页读完。

那时卫瓒才想起父亲曾笑着说，沈鸢之才，犹胜其父，本该是一代儒将。

纵如今病体孱弱，来日总有一飞冲天之时。

说话间，痛饮一盏，重重拍卫瓒的肩，笑道："这样的孩子，可是出自咱们家的。"

可后来……那兵书只剩半卷。

卫瓒恍了恍神的工夫，似乎瞧见了沈鸢凝固在他身上的目光。

依稀有复杂的神色一闪而过。

再凝神，却见那小病秧子垂眸说："小侯爷说笑了。"

"圣上和诸位大人何等慧眼，哪有分不出优劣的道理，是沈鸢平庸罢了。"

卫瓒嗤笑说："这京里有几个懂得行军布阵的，就是圣上……他至多读过兵书，懂得用人，哪里读得懂阵图。"又说，"沈鸢，你那些阵法我每一个都认得,你说是他们懂你,还是我懂你?"

沈鸢良久无声。

卫瓒瞧见沈鸢发间有一抹翠叶,下意识伸手去取。

却冷不防叫沈鸢拍开了手。

清脆一声响,才见沈鸢直勾勾瞧着他冷笑:"说得好听,你不也说过我纸上谈兵。"

卫瓒想起来了,似乎是前些日子的争执。

那时他年少气盛,不爱读兵书,行军自带一股子莽劲儿。那是话到了嘴边儿胡乱说的,他到这一刻才意识到,沈鸢是在意了的。

卫瓒便笑一声,说:"我的话,你怎么这样当真?"

低下头却见沈鸢被他问得一怔,张了张嘴。

卫瓒眸色渐渐深了,笑着问:"折春?"

远远有人喊他"卫二哥"。

卫瓒一抬头的工夫,沈鸢撞过他的肩,飞快离开了。

唐南星便过来,笑着道:"方才离得远没瞧见,你跟谁说话呢?"

卫瓒瞧着手心里的叶片,攥在袖里,才说:"是沈鸢。"

唐南星瞧了他的目光,似是想起他先头为沈鸢出头的事儿来了,说:"卫二哥,你家那个病秧子……你不嫌他了?"

卫瓒:"怎么?"

唐南星说:"倒也没什么。只是从前没见你们这样好。"

唐南星嘀嘀咕咕,他卫二哥果然胸襟开阔、一笑便能泯恩仇。

不愧是上马安天下,英雄豪杰的预备役。

傍晚时,嘉佑帝视学的恩赏便到了侯府。

衣帽、钞锭与诸生相同,卫瓒和沈鸢额外多了笔墨纸砚,又有一琉璃摆件,精巧非凡。

这对卫瓒来说倒是寻常,沈鸢院儿里却喜气洋洋,别说外院的仆役,就是沈鸢那两个贴身侍女都惊喜万分。

知雪捧着那琉璃摆件笑道:"听闻咱们这次跟小侯爷那边儿的是一模一样,这可是头一回。"

照霜道:"我将那笔架腾个地方,放正中间才好。"

却冷不防听沈鸢冷道:"收起来。"

知雪"哎"了一声,说:"不摆起来啊?"

沈鸢说:"不摆。"

知雪还想说什么,却被照霜拦住了。只得噤声,悻悻将东西都收了起来,原本就清静的院里,更添几分冷意。

沈鸢捧着书在灯下读,却是一个字都瞧不进去。

又冒出卫瓒那慵懒含笑的声音。

"——是他们不识货。"

"你说是他们懂你,还是我懂你?"

刹那心乱如麻,指尖也不住用力。

卫瓒说得出这般话来。

沈鸢却在想,若这阵图是卫瓒绘的,可还需要百般经营转圜?

不过是这位小侯爷一两句话的工夫。

兵书被他翻了又翻,早已起了毛边,有两道陈旧的批红字迹,一道飘逸,一道娟丽,交错辉映,是沈鸢父母留下来的笔记。

他这些年来一读再读,不止为了功名利禄。

这也是他与父母对话的最后方式。

沈鸢的目光终究凝固在庞涓因妒刴膝孙膑的那一节。

批注道——因妒生恶。

又道——可不为将帅,却不可不为人。

他瞧了又瞧,嘴唇已抿得泛白。

忽地视野一亮,沈鸢抬头,才瞧见,是照霜挽袖将灯点起,轻声说:"公子该早些歇息。"

沈鸢却问她:"你说卫瓒这人平白无故,怎的就这般高尚起来。分明前些日子还瞧不上我。"

照霜自然答不上,只摇了摇头:"照霜不知。"

沈鸢昳丽的眉眼流露出几分自嘲。

灯火下,指尖抚摸过起了毛边的书页。

半晌他笑了一声:"照霜。若父亲母亲知我今日成了如此模样……该有多失望?"

第二章 万安寺荒宅

这夜，卫瓒又让他爹靖安侯捉去训斥了。

"圣上提起的差事，你问都不问就说不要。"靖安侯隔几天就要被自己的亲生儿子气一回，骂骂咧咧道，"什么时候轮得到你来挑了？谁准你来挑了？"

"若非圣上仁慈，你小命早就没了。"

靖安侯冷面训斥，满屋仆役皆屏息凝神，生怕一个不留神，又是一场家法。

父子俩七天吵十次，靖安侯揍亲儿子跟吃饭喝水似的常见。

说的事就是圣上视学那日提起的差事，卫瓒是记得清清楚楚。

前世便有这样一桩案，是兵部例行清查账目时，发现两次数目对不上。此事说大不大、说小不小，只是没准儿里头就牵连进了贪墨，还不知要牵连多少人，嘉佑帝便另遣人去清查。

实际上此事自有都察院与金雀卫协理，如今想加上他这个闲散人员，是见卫家四处不沾边儿，又想给他这个年轻人找些事情做。

卫瓒坐在那想着想着，便走了神儿。

主要是他爹吹胡子瞪眼的样儿，看着实在有些亲切。他那鼻子是鼻子、眼睛是眼睛，活蹦乱跳的亲爹。

也是许久没瞧见了，他如今瞧着就高兴，见一次高兴一次。

靖安侯还在那训他："前几日还听你母亲说，你学会亲善手足、厚待沈鸢了，我还当你懂几分人事了，如今又是这副德行——你皮痒痒了不成？"

就见儿子直直盯着自己看，半晌露出一个笑来，喊了声："父亲。"

靖安侯冷道:"怎的?你又有什么歪理邪说了?"

却听卫瓒哂摸了半晌,挑眉说:"无事,只是忽觉您老人家越发英姿勃发了。"

屋里顿时寂静,落根针都听得见声音。

半晌,靖安侯虎着的脸端在那,上不去下不来的,说:"你……你……什么?"

自己儿子自己最清楚。

跟他一个模子刻出来的脾气,自傲轻狂,偏偏又有几分本事,难免让周围的人宠惯了,这些年荒唐事不知做了多少,连他这个亲生老子都制不住。

早些年军棍还能威慑一二,这几年已打得皮实了,领军棍跟喝水吃饭似的,眼皮子都不眨一下——

什么时候还会拍马屁了?

卫瓒笑了笑,说:"父亲继续。"

这还哪里继续得下去。

靖安侯顿足"哎"了一声,却是把后头的话给忘了,半晌坐下,冷脸问他:"你怎么想的,我且听一听,省得你母亲姑母又说我冤枉了你。"

卫瓒却是一副嫌麻烦的怠惰模样,只道:"懒得去罢了。"眼见着靖安侯要发火,又忽地道,"听闻大伯父四处谋求迁位,这差事他若稀罕,不妨捡了去。"

便见靖安侯愣了一愣。

这些日子,靖安侯也教自己的庶兄念叨得烦了。

正儿八经能填补上的官位,大房都嫌弃官位低微,或是外放辛苦,可真荐去重要的位置,靖安侯又昧不下那个良心。

靖安侯拧起眉来,半晌说:"你大伯父……"

卫瓒眸中闪过一道浓重的寒意,嘴上慢悠悠说:"此事若立了功,是大伯父自己的本事,若没什么功绩,大伯父那边也怨怪不到咱们头上。

"再者,圣上并非只任了大伯父一人,有金雀卫和都察院在,也惹不出什么祸事来。"

靖安侯愣了愣,还真静了一会儿,拧着眉毛瞧了卫瓒半天,说:"你什么时候关心起这些了?"

卫瓒却又是一副万事不关心的模样,嗤笑道:"随口一说罢了,凭谁去都好，左右我是懒得去跑。

"眼瞧着开春了，春困秋乏的，若练兵倒还是好事，朝里头的事就算了，我可不耐烦听他们拿腔捏调。"

靖安侯又是一阵头痛。

他还以为卫瓒真对正事上了心，谁晓得还是个混球。这时候难免就想起另一个乖乖巧巧的来了——可见自家孩子再好，也总是旁人家的更好。

便骂："你看看沈鸢，人家只大你两岁，已晓得继承他爹的本事，绘阵图争脸了，你再看看你——你就不能跟人学学？"

卫瓒心道上辈子他看沈鸢那般不顺眼，多半也有他这个聪明爹的功劳。

他只是笑道："儿子倒也想给您整理阵图，您也得有这手艺才行啊。"

沈家那点阵图兵书，把两代人的心血都交代在那上头了，他爹倒也好意思开口。

靖安侯没好气地骂他："滚滚滚，现在就滚出去，差事不做，就给老子好好念书。

"若旬考丢了脸，你看我揍不揍你就是了。"

卫瓒又一副事不关己的模样出去了。

走出门，早春微寒的冷风扑面。前头还浑不懔的笑意，此刻便透出了几分冷。

随风在边儿上悄声问："主子，侯爷能同意吗？"

卫瓒道："多半能。"

大房在他父亲眼中，无非是有些志大才疏的兄长罢了。哪里能想到，反过手来，一刀一刀能将侯府捅得那样酣畅痛快。

靖安侯卫韬云，军功起家，马上封侯，要真懂这些家宅之间的阴私，上辈子也不至于养出一个傲慢自得的卫瓒。

也不至于落得个满门凄凉。

卫瓒的眸子抬了抬，只见院外一片浓重墨色，扑面而来的春风微冷，他的双腿连带着都有了隐痛的错觉。

嘉佑十七年，靖安侯离京镇边，京中安王篡位。

安王坐上龙椅的第一件事，就是为了防止靖安侯带兵勤王、犯上作乱，下令将靖安侯府上下拘入牢中，以令靖安侯交出军权。

卫瓒预见此事，第一时间要带领家人侍从撤出京中，连大房众人也没落下。

却是大伯父卫锦程为了找门路投效安王，通风报信，引人前来，混战中反手砍断了卫瓒的膝，将靖安侯府作为祭品投诚。

卫瓒的母亲身为女眷，经旧时亲友转圜、才勉强因病赦出了诏狱。

而卫瓒这位小侯爷，便在那暗无天日的地方，被遗忘了整整两年。

他伤腿烂肉露出白骨，却到底身份重要，诏狱中人不敢胡来，可侯府其他人却没这般好运气，连随风等人都折在了那暗无天日的诏狱中。

彼时京中风声鹤唳，谁在意那几个侍从仆役的生死，他们连一声呼喊都没传出来，便无声无息地殁了。

之后卫瓒迎来的是父亲亡故，母亲被大伯父一家逼死的消息。

两年后。

是沈鸢亲自来将他背出狱。

那时的沈状元很瘦，一步一踉跄。

他问："卫锦程一家死了吗？"

沈鸢不语。

"死了吗？"

他咬住沈鸢清瘦的肩膀，咬了满嘴的骨头和血味儿。

卫瓒蓬头垢面，仿佛寄身在沈鸢身上的恶鬼，连恨意都浸染到了沈鸢身上。

卫瓒一字一字问他："沈鸢，你这般心胸狭窄、小肚鸡肠……你杀了他们吗？"

沈鸢没说话。

卫瓒厉声问："你那般敬爱我母亲……你帮她报仇了吗？"

那是他第一次看见沈鸢的眼泪。

落在肮脏的青石砖上。

沈鸢说："没有。"

"卫瓒……我没有。"

那天出了诏狱，天乌沉沉地压了过来，他与他渺小得可怕。

闭上眼时，卫瓒琢磨着自己可真是个王八羔子，那时沈鸢怎么就没给自己一巴掌呢。

膝下却仿佛又一阵阵疼痛起来。

回了书房，卫瓒却越发睡不着。

他随口问："随风，若我与父亲心思有悖，你是听从我，还是听从我父亲？"

却听随风语气有几分沉重："小侯爷，咱们是跟您从军营里出来的，只认您一个将领。"

这话其实不必问。

随风和他身侧的几个侍从，都是卫瓒从边关带出来的，是在一个伙房里吃过饭的。

他头一次有自己的兵，没叫他们死在边关，却叫他们死在了牢狱中。

卫瓒沉默了片刻，笑道："既是我的兵，我叫你们做什么都行？"

随风郑重其事道："听凭吩咐。"

他便提起笔，写了两个字，笑道："那你将这纸笺，递到沈鸢那儿去。"

随风以为是机密，双手接过，只见上头两个大字。

——寝乎？

随风的嘴角抽了抽。

卫瓒一本正经道："长夜漫漫，无心睡眠。

"你问问他睡了没。"

说得那叫一个天经地义、顺理成章。

随风又被他恶心得一抖，领了这丢人的差事去了，过了一会儿，又灰溜溜回来了。

随风低着头说："……他没说话，好像偷偷骂您呢。"

卫瓒禁不住一乐。

心道挺好，小病秧子忙着骂他，就没心思想别的了。

却又见随风低着头，把手里的一册兵书给他，说是沈鸢给他白日的谢礼。

原话是说——拿了便走，两不相欠。

卫瓒一瞧，似乎是他上次去沈鸢那边，无意间拿起来的那本《战时方》。

这书要让他爹瞧见，非高兴坏了不可。这本书字里行间皆是沈家人的批注，老旧的书页上，依稀透出沈鸢身上特有的药香与淡淡的沉香。

边边角角有些发软，似乎是被人抚摸得卷起又磨平、磨平又卷起。

那修长的指尖不知掠过了多少回，才将纸张都摸得老旧柔软了。

——沈鸢平日里最着紧这些兵书，现在竟舍得送他一册了。

卫瓒伏案笑了一会儿，翻了几页来读，那药香似乎已从书页沾染到了他的指尖儿上，不自觉涌上来隐约的安心和倦意。

从诏狱出来后的很长一段时间里，他都是枕着沈鸢的药香睡的。

这气息实在太熟悉，他读了几页便道："回去睡吧，困了。"

随风欲言又止道："主子。"

他"嗯"了一声。

随风道："我去传话的时候，沈公子……还在读书呢。"

"应当是预备在旬考的时候将您比下去。"

隐晦的意思是——您得上进。

卫瓒道："他二更，我三更，我三更，他四更，这学海无涯，什么时候是个头。"

"你去劝一劝他，回头是岸吧。"

随风："……是。"

没过几日，大伯父卫锦程就走马上任。

此事在外人眼中瞧着，也并无什么异常。卫锦程多少也算是个卫家人，既是卫家人，便是只忠于嘉佑帝的人，因此跟着去清查账目，也算得上是合情合理。

至于此事跟卫瓒，更是半点儿关系都扯不上了。

毕竟眼下他在旁人眼里，还是不知烦忧的少年，唯一该操心的事情只有在国子学的课业。

以及他爹靖安侯的棍子。

卫瓒也的确该忧心这些，重生一回，先头那些书已全然忘了个精光，问些寻常策论兵法、释经讲义倒还能得先生青睐，到背书的时候，他便彻底没了辙。

那些晦涩难懂的文章字句，他记不住、又懒得再背一次，一旦遇上先生点他考校，他也只笑吟吟道："背不出，先生罚吧。"

好一副油盐不进的滚刀肉模样。

先生思及他这位小侯爷打不得骂不得，罚又不怕，只能恨得牙根痒痒。

如此这般过了小半个月，先生总算找到了治他的法子——昭明堂刚刚转来的品学兼优的沈鸢。待到卫瓒再背不出书来，只扭头吩咐沈鸢："沈鸢，你且盯着他，几时背明白了，几时回家去。"

这一说，堂里冒出"啊"一声。

不是卫瓒,也不是沈鸢,而是唐南星。

先生瞪他:"与你什么干系,你咋咋呼呼做什么?"

唐南星支支吾吾说不出,半晌低下头道:"没什么,没什么。"

先生又问沈鸢:"沈鸢?"

还是沈鸢拱了拱手,温声道:"学生明白了。"

卫瓒眼皮跳了跳,跟沈鸢对视了一眼,瞧见那小病秧子眼底的不情不愿。

忽地又乐了。

兴许是过去见多了沈鸢的死气沉沉,如今见他什么表情都觉得有趣。

待到先生走了,学生也都各自练字背书,沈鸢捧着书坐到他桌案前,却不看他:"我读自己的,小侯爷背书吧。"

两人面对着面,他便抱着胸,盯着沈鸢弯弯翘翘的睫毛看。

少年们正是爱看热闹的年纪,周围隐约有窃笑声响起,卫瓒动也不动。

沈鸢这几日待他克制平淡了许多,只低着头说:"背书。"

他笑一声,将书胡乱翻了几页,说:"从哪儿到哪儿?"

沈鸢把卫瓒摊开的书翻了翻,见页页崭新,不禁拧起眉来,指着一行:"从这儿往下,背十页。"

卫瓒低头一瞧,没瞧见字,却瞧见那白皙修长的手指,指腹有拉弓的薄茧,在眼前一晃而过。

他"嗯"了一声,便低着头佯作背书。

周围学生的窃笑声没一会儿便消失了,想来是没见他俩大打出手,也无甚趣味,倒是窗外隐隐有鸟声阵阵、微风徐徐,那墨印的字迹越看越像蝌蚪。

沈鸢身上隐约缭绕的药香,也不知何时钻进了鼻腔,教人安心又舒适。卫瓒读着读着,眼皮却越发重于千斤,不知何时,便栽倒睡着了。

自重生后,卫瓒许久都没睡过踏实觉,这一觉是难得的清净无梦,他飘飘然仿佛睡在云端,扯过一块薄棉做铺盖。

梦里似乎有人唤他,他只随手挥了挥。

睡醒的时候,发觉已是黄昏,整个昭明堂只剩下两个人。

他,和坐在他对面的沈鸢。

少年身姿如竹,执卷静读,而他伏案沉眠,醒时不自觉揉了揉眼。

外头是天色擦黑,星子暗淡,沈鸢那卷书似乎已读到末尾了,漆黑的眸子注视着他,带着几分无奈。

卫瓒睡得声音沙哑："你还不走。"

沈鸢看他一眼："我叫不醒你……你压着我衣袖了。"

卫瓒低头一看，果真手里攥着一节柔软的蓝袖，旁边就是沈鸢骨骼清晰的手腕。

卫瓒问："还背书吗？我可是一个字都记不住。"

沈鸢瞧了他一眼，说："太晚了，你回去背吧。"

隔了一会儿，沈鸢又说："你书背成这样，旬考怎么还能考得好？难不成全靠临时抱佛脚吗？"

卫瓒瞧见沈鸢垂着眸故作淡然的神色，便晓得到底是没忍住，来试探他的学业。

卫瓒闷笑一声，含混说："差不多吧。"

就算没有重生，他在背书上也的确只有考前最上心。他不像沈鸢要靠科举晋身，便是背得快忘得快，每逢旬考便糊弄糊弄家里人。

只是倒不至于像如今一般忘得一干二净。

这话让夜夜点灯熬油的沈鸢听见了，难免又酸了酸，淡淡道："小侯爷颖悟绝伦。"便垂首收拾桌上的书册笔墨。

卫瓒暗笑一声，自起身伸了个懒腰，忽地听沈鸢又问："卫瓒，你拉弓动作怎的变样了？"

卫瓒这才顿了一顿："——什么？"

沈鸢的声音四平八稳，冷冷淡淡："你下午练射时，站姿有些移位了，只用一条腿受力，虽没失了准头，却并不是好事。

"日子久了，身形要变，也容易伤了膝盖。"

沈鸢说这话时很是认真，倒依稀能瞧出几分昔日温煦少年的神采，他皱着眉道："卫瓒，你素来练武周正，难道是腿上伤了？"

卫瓒不知怎的，心头动了一下。

沈鸢体弱，是不上骑射这一门的，哪怕来了昭明堂了，今日下午练射，他本应当在学堂里温书的。

卫瓒沉默了一会儿，转过身来，说的却是："沈鸢，你偷看我。"

沈鸢刺探敌情被捕，骤然面露窘色。

一振衣袖，竟有几分负气道："是了，我偷看你了，那又如何？"

他笑说："不如何。"

沈鸢起身欲走,却让卫瓒拽住衣袖。

沈鸢瞪他一眼,道:"你还要如何?"

卫瓒说:"沈鸢,你是不是常去万安寺?"

在他的记忆里,沈鸢父母的牌位捐在了万安寺,除去上次是为了躲着他前去避祸外,平日里休沐,沈鸢也时常去万安寺礼佛。

正跟他眼下想做的事儿合上了,他便斟酌着思考,怎么能把这小病秧子糊弄住,脑子里忽然冒出他娘说过的那个称呼来。

卫瓒说:"沈哥哥,你能不能把我也带着?"

沈鸢让这几句"沈哥哥"给叫昏了头,让人灌了迷魂汤似的,竟点了头,将同去万安寺的事儿给应下来了。

到了傍晚想起来,他才后悔不迭,心道现在躲着卫瓒还来不及,没事儿凑一起做什么,岂不是徒惹自己眼红生嫉吗?

沈鸢想着去侯夫人那边儿推脱一二,却见侯夫人正差使侍女给他们两个打点行装。

"你俩结伴儿去也好,我素日便想,你们两个年纪相仿,跟亲兄弟一样的,平日何必井水不犯河水的,正是该多亲近亲近。"

沈鸢张嘴喊了一声:"姨母。"

还没来得及拒绝,便听侯夫人又拉着他絮絮道:"春日易犯咳嗽,我让大夫跟着你,若不舒服,便趁早说一声。

"书白日里读一读便罢了,夜里要早睡,睡得越晚越伤身。

"瓒儿若欺负你,你便来告诉我,我替你教训他。"

三两句话就将他要拒绝的话语卡在喉咙口,再往后絮絮落落,甚至冒出几句乡音吴语,将他耳根子都给说软了。

他素日里就拒绝不了侯夫人。

侯夫人与他母亲是远房姐妹,眉眼生得像他故去的母亲,说话间水乡女儿的温柔语调也像他母亲,那殷殷告诫间的真挚更像他母亲。

侯夫人指尖轻轻梳过他的发,温声道:"我晓得你是去思念父母,只是哀大了也伤身,待个三两日便早些回来,侯府还有姨母姨父等着你的。"

那手跟他母亲一样柔软。

霎时,沈鸢连心尖都软得一塌糊涂,乖乖点了头,出门的时候都小狗似的一步三回头。

侯夫人笑着哄他,说:"去吧去吧。"

沈鸢才拱手退出了门去。

出门叫风一吹,才发觉自己把想说的话给忘了,糊里糊涂把这事儿答应了。

他素日精明,这两天却让卫瓒和姨母唬得跟呆子似的。

只得几日后跟卫瓒一同出发。

沈鸢体弱,早春坐马车出门是件麻烦事,他那辆马车本来很宽敞,却被东西塞得满满当当。

一进门儿先得脱靴,将脚踏在脚炉上,手炉塞进怀里。厚实的软垫铺在屁股底下,软枕塞在腰后头,专门的小被子盖在腿上,肩上还得披着厚厚的白裘。

把他整个人都裹得严严实实了,知雪还得将四角香球都换成醒神香。桌子架起来,教他喝一碗驱寒的汤,吃些好克化的点心,再将今日午时的药提前吃了。

这才能省得路上受寒生病。

沈鸢自己也不乐意这般麻烦,皱着眉说把炉子撤出去,或是外头那裘衣便不穿了。

知雪在这时候却往往很强硬:"不成,公子现在不觉着冷,待马车坐上一个时辰,便要难受了。到时候去了寺里上吐下泻的,又得遭一遍罪。"

他拗不过,只得把那汤药捏着鼻子灌下去,塞了两三块蜜饯才将那苦涩味压了下去。

不想外头帘一撩,跟卫瓒撞了个脸对脸。

见他裹得跟个白毛球似的,卫瓒没忍住闷笑了一声。

沈鸢霎时脸黑得跟锅底一样。

——这人就没自己的马车吗?

却见这人毫无自觉,将帘一放,道:"我的车让给大夫了,再者带的行装有些多,便来你这儿蹭个座。"

这一蹭,就蹭到他身边儿来了。

沈鸢忍着气没出声。

卫瓒眼尖,一眼瞧出他靠着的软枕是兔子形的,便道:"这东西还有没有,给我一个。"

"没有。"

041

"有。"

沈鸢跟知雪同时道。

沈鸢:"……"

这是谁家的侍女。

知雪讪讪又取出来一个,小声说:"这是咱们缝着玩的——"

毛茸茸的红眼白兔子,做得跟大号布娃娃似的,专给他出远门靠着的。

卫瓒抱着兔子看他。

沈鸢假装没看见。

知雪伺候茶水伺候得大气不敢出,一双圆眼滴溜溜转,生怕他俩一言不合就大打出手,让他这个病秧子还没到佛堂就先见了佛祖。

外头车夫一扬鞭,车咕噜噜往外头走。

沈鸢自窗口瞧了一眼风景,始终猜不透卫瓒到底是来凑什么热闹,只道:"山上没什么可看的,小侯爷想求什么,不妨让沈鸢代劳。"

言下之意是他们俩大可不必这样不尴不尬地坐在这车里。

却听卫瓒轻飘飘道:"那你可代不了。"

沈鸢挑了挑眉。

卫瓒说:"我求姻缘。"

沈鸢怔了一怔,抬眸看去。

金尊玉贵的小侯爷坐在窗边,黛色绸衣用金线细细绣了花纹,越发勾勒得腰窄而有力,双腿修长,连绵靴都干净得没有半点儿泥,漆发金冠,眉眼间有几分风流兴味,低头正摆弄那兔子的耳朵。

一看就是胡说八道。

沈鸢嗤之以鼻:"佛祖管着的那好些和尚都没着落,谁管你一个槛内俗人娶媳妇。"

卫瓒说:"那我且在他们后头排着,省得佛祖把我忙忘了。"

知雪机灵,生怕车里话落了地,忙接话捧着说:"小侯爷打算求个什么样的主母回来?要贤惠的还是要俏丽的,佛前点香,都须得告诉佛祖的。"

"不能求好的,"卫瓒一语双关道,"求个好的来,你家公子岂不眼红吗?"

知雪笑:"那难道还求个坏的不成?"

谁想卫瓒欣然点头:"正是求个坏的回来。"

"求求佛祖，赐我个脾气大，看我不顺眼的新娘子——好给你家沈公子出出气。"

知雪这小姑娘被逗得直发笑。

卫瓒又撞了撞沈鸢，说："你呢，去了都做什么？"

沈鸢说："抄抄经，听圆成和尚讲佛法。"

卫瓒不大信神佛，倒听过这位僧人的名字："怎么？他说你同佛有缘？"

沈鸢道："他说从没见过我这般与佛无缘的人。"

这是实话，圆成那和尚与他相熟，每每瞧他，都摇头说：嫉妒二字，皆是业障，小施主还放不下？

沈鸢却极爱忏悔业障，次次拉着那圆成和尚，红着眼骂上卫瓒一回，自觉心情畅快，又说，实在放不下，让佛祖凑合着渡吧。

次数多了，圆成便道：阿弥陀佛，隔壁还开了家五清观，施主要不去瞧瞧看，万一施主道法自然了呢。

想来佛是不收他的。

卫瓒便笑了起来。

沈鸢没什么闲话可说，便寻了一本书来看。

马车里静了下来，穿过街巷时隐隐有叫卖声，他便隐约有些走神，想从窗帘缝隙瞧一瞧热闹的街巷。

却忽觉肩头一沉。

沈鸢一顿，低下头瞧。

卫瓒不知怎的，又合了眼，毫不拘束地靠着他肩头，说："……困了。"

……困了就困了，倚着他做什么。

他又不是枕头。

沈鸢瞧了瞧车四角醒神的香球，又瞧了瞧抱着软枕、一脸倦意的卫瓒。

半晌道："小侯爷，你夜里都不睡觉吗？"

卫瓒说："睡啊。兴许是你身上太暖和了。"

沈鸢低着头，瞪了卫瓒半晌，恨得牙根痒痒。

用力又翻了一页书。

他就说，弄那么多炉子干什么，给他裹那么严实干什么。他那么暖和干什么。

043

这一路沈鸢起初还能坚持住不睡,可到了后头,兴许是夜里读书久了,他竟也跟着睡了过去。

那醒神的香球也不知醒了个什么。

头一点一点,做了好些断断续续的梦,中途恍惚被颠了一下,手炉险些落了地,依稀有谁的手轻轻托了他一下,接过他抱着的书和手炉,他便又睡了过去。

待醒来时,依稀听见有谁用极低的声音说:

"卫锦程已回了信……"

"明日……出城来……"

沈鸢模模糊糊轻哼了一声,揉了一下眼皮。

这声音便断了。

他抬头,正对上卫瓒近在咫尺的一双眼,随风似是隔着窗,用极小的声音禀告着信息,见他醒便住了口。

沈鸢自己先瞪大了眼。见鬼了,他挨着卫瓒睡什么。

沈鸢面无表情坐起来,发觉车已停了,外头正是万安寺。

便听卫瓒道:"已到了有一会儿,见你还睡着,便让随风先禀事。"

"我先下去,你刚睡醒,在车上待一会儿再走,省得受了寒。"

沈鸢像什么都没发生似的,云淡风轻地"好"了一声,也没正眼看卫瓒,只是后槽牙在一前一后地磨。

卫瓒还把兔子软枕塞回他怀里,道了一声谢。

待卫瓒走了。

沈鸢才冷声问知雪:"怎么不叫醒我?"

知雪委屈巴巴道:"小侯爷不让。"

自家公子睡着睡着差点就摔了。她倒是想扶一把,可小侯爷就坐在那儿呢。

那时小侯爷把人扶着了,还冲她比了个噤声的手势——这谁敢叫醒他啊?

沈鸢看了那兔子软枕半天,面无表情、恶狠狠揪了耳朵一把。

哪儿这么多觉,蠢货。

到了万安寺,沈鸢与卫瓒便各自在静室归置。

万安寺的静室不大,他们住得一墙之隔。

知雪照霜二人收拾得轻车熟路,沈鸢却是一直一言不发,立在窗前发呆。

知雪喊他:"坐了一天的车,骨头都要僵了,公子歇一歇吧。"

沈鸢却摇了摇头："我有些事想不通，得再想一想。"

知雪愣了愣，说："什么想不通？"

沈鸢半晌才吐出一个名字来："……卫瓒。"

知雪笑道："我见小侯爷这些日子脾气挺好的，路上也晓得顾着公子了，可见真是长大了。"

沈鸢面色发黑，顿了顿，又摇了摇头："并非此事。"

知雪道："还有什么？"

还有他半睡半醒时，隐约听见随风向卫瓒禀告的低语。

大房的老爷卫锦程。

沈鸢总觉着，卫瓒此次随他来万安寺，事有蹊跷。他喃喃自语，也不晓得是在同知雪说，还是在同自己说："前些日子圣上视学，有意要他来清查兵部账目，可他却并没有应，此事最终由大房老爷卫锦程顶上了。

"我当时也没当回事，只是这几日在国子学里听闻，此事竟越查越凶险了。

"起先只是查出了些兵器银两的贪墨，谁知细查下去，竟少了一批甲胄。"

大祁不禁刀剑，但私藏甲胄却是谋逆罪，饶是整个侯府，也只有嘉佑帝允诺的几套盔甲。

若只是贪墨倒还罢了，如今一次性少了这么多甲胄……

嘉佑帝立时震怒。

不光诸位清查的大臣难做，本是去跟着混功绩的卫锦程也骑虎难下。

沈鸢道："此事只会越查越凶险，你说好好的，有人藏一批甲胄做什么呢？除了阴蓄私兵，我实在想不出来。"

在这万籁俱寂的寺庙，沈鸢心里却想的是官场利禄、满腹算计。

他想，圆明和尚说他跟佛无缘，可说得太对了。

可他的确想不通。

这次知雪没回答他。

倒是照霜问："此事可会波及侯府吗？"

沈鸢摇了摇头："卫瓒没接这差事，倒是无事，只是……"

"只是什么？"

只是他有种违和的预感，总想将卫瓒的反常与卫锦程近日的事情联络在一起。

他目光凝了凝，脑海中又闪过卫瓒那张恣意含笑的面孔。

片刻后,他自嘲似的一笑:"罢了,兴许是我想多了,侯府之人向来磊落,哪里懂什么阴私。"

从南征北战、豪情万千的靖安侯,再到恣意潇洒的卫瓒,个个都是光明磊落之人。

"兴许只是我心窄,便见谁都觉得脏。"沈鸢说着,不自觉攥了攥衣袖。

沈鸢虽憎卫瓒傲慢,却也不得不承认。

卫瓒生于明光里,也合该生于明光里。

否则怎么引得他如阴沟老鼠般艳羡。

这几日卫瓒待他越发和蔼了起来,可他却是用尽了全力,才克制着没露出尖酸刻薄的嘴脸来。

唐南星为了卫瓒胡言乱语。沈鸢想的是,自己是没什么朋友的;姨母对他好,他想的是,这是卫瓒的母亲,而他的母亲已没了。

不过是刹那的念头,却总是那样清楚地让他认识到。

妒如附骨之疽。

——卫瓒的仁善,他的悔悟,父母的劝诫,都不能让他成为一个心性平和的好人。

心里头那一丁点的火苗,就像是在罐子里闷烧着,外头只是有些热,里头却烫得焦黑裂纹、皮开肉绽。

照霜劝他:"公子,久病之人容易多思多虑,这并非你的过错。"

他不说话,只慢慢道:"我曾听圆成和尚说,妒恨如手持一柄两头剑。"

"刀刃对着别人,亦对着己身。"

若卫瓒待他坏一些,厌烦他、嘲弄他,他心里倒好受一些。

如今卫瓒待他越是好,他却越发别扭难过起来。

与自己的斗争,有时比与外界的斗争,更为漫长绝望。

照霜只得轻轻叹了一声。其实她有些想劝公子,不若早些搬出去吧,她眼见着沈鸢这些年在侯府待着,身子是日渐好了,人却一天比一天不快活。

想来他也是疲了累了的。若是能离那小侯爷远远的,兴许还能好一些。

隔了一会儿。

却又听沈鸢小声说:"照霜,今晚你记得打探打探,他这见天儿打瞌睡,我总疑心他趁夜里偷偷读书习武——"

照霜:"……"

最近好像不太一样。

最近公子是越挫越勇了。

卫瓒坐在这寺庙的静室里，吸了好几口早春的冷气，倒想起另一件事来。

他昔日曾听母亲提起过，沈鸢的母亲是江南有名的美人，父亲在京中亦有"玉郎"之美誉，只是卫瓒向来不爱听这些家长里短，就没放在心上。

可沈鸢倚着他睡的时候，车正至山路。他撩起车帘瞧景的时候，阳光穿过枝丫，在沈鸢的面孔烙上了细碎光斑。

那小病秧子沉甸甸地靠着，让日光激了，睫毛一颤一颤，抱怨似的喊了一声"知雪"。

他便想，那该是一双何其出色的璧人，才生出沈鸢这样的好颜色来。

回过神来，卫瓒仿佛又生出几分困意来，打了个呵欠，却又叫随风来继续禀告。

便见随风将怀中的信与他，道："这便是大老爷亲写的信笺。"

卫瓒"唔"了一声，一手捉了块点心来吃，一手利落地抖开信纸，里头正是卫锦程的字迹。

前几行皆是讲，如今圣上震怒甲胄失窃一事，做臣子的也惶惶不安，不得不深究，可若是深究，难免牵连众多。下头一行画风一转，写的却是，殿下愿意写信前来，臣受宠若惊，若殿下有方可解眼前之困，臣自然乐意效劳。

再往题头一瞧：安王敬启。

卫瓒顿时笑了一声。

果然，咬钩了。

前世也是这一出好戏，兵部清查，意外查出甲胄失窃，引得帝王震怒。

可再往后，却没人查出是安王的手笔。

安王豢养死士、私藏甲胄，日夜为谋夺帝位做准备。

这差事卫瓒是领过的，也做过的，却也只追到了一群死士，被他逼得急了，便咬碎了毒药，留给他遍地的尸首。

如今要指着卫锦程查到安王那去，只怕是天方夜谭。

但若想稍加引诱，也容易得很。

安王的书信自然是假的，是卫瓒仿了安王的字迹和印鉴，向卫锦程抛出的橄榄枝。

哄卫锦程说卫大人如今所查之事干系甚大，要在外见面商谈——上辈子这些活儿都是沈鸢干的，如今自己要找人做，还是费了一番力气。

这话已暗示得很明白，哪怕卫锦程有一丝顾虑卫家，都不会接下来。

果然无论前世还是今生，卫锦程对于从龙之功都难以抗拒。

嘉佑帝再贤明，只要瞧不上卫锦程这个草包，不愿给他泼天富贵，不愿给他财帛尊荣，那就不如这个逆贼。

卫锦程一听，果真兴致勃勃回信表忠心，说安王若有驱策，必定遵从。

卫瓒约他在今日夜里，城外藏甲的老宅相见。

城内不好行事，卫瓒便打着礼佛的名声，也随着小病秧子出城来了。

卫瓒将那信读完了，淡淡笑了一声："那边儿信笺都处理了吗？"

随风道："处理了，看着卫锦程烧了的。"

卫瓒便将手中的信也在烛火上点燃了。

纸张在火苗的舔舐中扭曲，但他的眼底却生出漆黑彻骨的冷意来。

卫瓒问："人已布置好了吗？"

随风低声说："传讯下去了。"

卫瓒说："够了。"

随风低声道："主子非要亲自去吗？静室这里若是空着，隔壁……沈公子难免要怀疑的。"

"要不我夜里来做个样子？"

这佛门清净地，静室里只得一张床，夜里不留仆役照顾。

卫瓒若走了，这静室便空了。

是人都晓得，沈鸢就差没把眼珠子挖下来一只，贴在卫瓒身上了。

卫瓒却垂眸笑了一声："不碍事。"

"他若问了，我也有别的法子。"

卫瓒其实连父亲母亲都能瞒得轻松，唯独沈鸢不行，只怕沈鸢已早瞧出些端倪来了。

至于人手不足的事儿，倒也不是大问题。卫瓒本就打算这事情亲自来做。

况且……

家仇母恨。

自打重生以来，那一夜又一夜让人难以合眼的梦魇，他只要闭上眼睛，就都近在眼前。

……

那时沈鸢耗了一年的心血,才让卫瓒重新站了起来。

只是卫瓒腿伤刚愈,便一瘸一拐,要去杀了卫锦程一家。

他的枪还在,枪尖拖在地上,发出刺耳的声响,旧日的枪缨褪了色,也跟着染上了尘。

一个孱弱的身影拦在门口,一动不动。

卫瓒那时已不顾一切,只说:"沈鸢,你没胆子杀了他们,我去。"

那院子里零星的几个仆役拦不住他,沈鸢身侧抱剑的侍女也拦不住他。

他像是红了眼的野兽,伤口崩裂淌了血,却没发出一丁点儿的嘶吼来。

最后他却让沈鸢死死抱住了。

那病秧子不知哪儿来的力气,被他拖行了六七步,也不肯撒手。

卫瓒在门前开了口。

他说,沈鸢,我家破人亡。

这个词出来以后,他都能感受到沈鸢身体的颤抖。

卫瓒却不管不顾,只问:"你知道诏狱里死了多少人吗?沈鸢,我是看着他们一个一个丧命的。"

熬不过拷打的,病死的,卫瓒身戴重枷直不起腰来,抬头瞧不见一方天,却只瞧见家中人一个一个血葫芦似的被拖出去。

从那一夜开始,卫瓒就再也没安睡过。

沈鸢却不肯让步:"你杀了卫锦程,之后呢?现在多少双眼睛盯着我这儿!盯着你!你生怕他们找不到借口再把你送回诏狱里?——生怕你自己不死吗?

"卫瓒,我捞你出来费了那么多心血,只为了杀一个卫锦程吗?"

说着,沈鸢一口气上不来,竟呕出一口血来。

沈鸢从未在他面前示弱过,哪怕侯府倾覆,他前程无光,在他面前沈鸢也把脊背挺得直直的。

可现在沈鸢连站都站不住。

旁边惯常伺候汤药的侍女叫了一声。

沈鸢却摆了摆手,喘息了许久,才慢慢顺过气来,说:"卫瓒……姨母是我亲自送走的。"

"亲手装进的棺椁,一路送走的。"

沈鸢曾送走了自己的亲生父母,又亲手送走了疼爱他的侯夫人。似乎是天意在戏弄他,让所有待他好过的人都不得善终。

然后在一无所有之时,他将卫瓒从诏狱里捞了出来。

沈鸢说:"我做这些,就是为了看你死的吗?"

这时卫瓒才意识到,沈鸢瘦得像是一把枯骨。

他们定定在那扇门前僵持了许久。

僵持到沈鸢已站不住的时候。

卫瓒将沈鸢扶起来,却又死死咬住了沈鸢的肩,说:"你以为我这样还算是活着吗?"

沈鸢被他咬出过多少印子,他已记不清了。

沈鸢那时只怕已眼前发黑,口齿都不清楚了,只浑浑噩噩间呓语:"……求你了。"

再睁开眼时,随风仍是忧心忡忡地劝说:"主子若有什么吩咐,只派我去就是了,何必以身犯险呢?"

卫瓒却摆了摆手,轻声说:"都安排好了,不会有问题。"

"你好好休息一夜便是。把我的弓取来。"

有些事,终究只能他自己去做。

是夜。

卫锦程怀揣着书信,穿过城外的森森荒林,自马车上向外头张望,心里暗骂——怎的就约在了这样一个偏僻之所。

可想到要与安王商谈的事情,他又想,这样一个隐蔽之处也好。

私藏甲胄这般的谋逆大罪,怎么想也不能在花巷酒楼里商谈,至于安王府——他这个卫家人若敢登安王的门,只怕他那假仁假义的好二弟头一个要拿了他去。

思及此,卫锦程不由得心头火起。

分明都是一个父亲。

一个是自小就被当作将星转世的二弟,一个是金尊玉贵的皇后三妹,而他这个兄长却只能仰仗他们的鼻息过活,连一个差事都要卑躬屈膝地去求,就连他二弟那十几岁的独子卫瓒都要比他风光尊贵。

叫他怎能咽得下这口气。

是以当安王递来橄榄枝时，他只惊愕了一瞬，便迅速下了决断。

那位以出尘离世、一心修道著称的安王，竟能与甲胄失窃之事搭上干系，他几乎一瞬间就明白了对方的意图。如今嘉佑帝无子，又无储君在朝，这皇位迟早要换人来做。与其等着过继不知哪家的皇嗣，不如直接就上得安王这条船，来日他定是要比他那二弟三妹皆笑得长久。

到那时候……

卫锦程转了转手中的扳指。

他竟已畅想起自己一雪前耻的模样了。

马车夫响亮地喊了一声："老爷，咱们——"

卫锦程教人打断了妄想，随手一鞭就抽了过去："闭嘴，谁准你扬声。"

那马车夫吃了鞭子，便一缩头，噤了声。

马车旁只有一座荒宅，风过林响，在他眼里却黄金屋似的亲切。

卫锦程将衣摆掸了又掸，才上前小心翼翼地叩门。

便如信纸那般，前三后四，往复三次，道："主人可在？"

那宅门"吱呀——"一声开了，他心头便是一喜，心道果然如信中所说，他算是走了大运了。

开门的是个面目普通的男人，负手而立，瞧见他便冷声道："你是何人？"

卫锦程压低了声音，用只有两个人才能听见的声音，如信上一般道："下官是应安王之邀前来，还请先生带路则个。"

那人听闻"安王"二字，便瞬间变了脸色，蓦地道："你说什么？"

卫锦程一瞬间有些恐惧。但思来想去，安王没有害他的道理，若非安王相告，他怎会知道这藏甲之地。诱他前来又杀了他，岂不是更惹来事端？

再者，他姓卫，安王只要不是个傻子，就该知道他与靖安侯府关系甚密，这可是送到手的好处，谁会不要？如此一想，他便挺直了胸脯道："下官卫锦程，应安王之邀前来，事关甲胄失窃一案，烦请先生带路则个。"

卫锦程本就有些圆润，这般一挺胸脯，肚皮便凸了出来。

那人定定瞧了他片刻，仿佛是在打量他这大腹能流出几斤油来，蓦地笑一声，说："原来如此，先生请进。"

那笑声阴恻恻的，教人心里头直打鼓。

卫锦程自仰头要往门里头走，却因激动过了头，脚下一绊，却听"刺啦——"裂帛之声，手臂上传来了剧烈的疼痛。

他还未站稳，只将将一瞧，便大惊失色。那男人袖口里竟是没有左手，只有一把雪亮的刃，划破了他的手臂，如今又高高扬起，刺向他的胸口，用瞧猪猡似的眼神冷冷瞧着他。

卫锦程心头一凉，脚下一软，竟在台阶上滚了三四滚，哆哆嗦嗦捂着伤口，高声疾呼："杀人——杀人啦——"

荒郊野岭。

只有他的声音绕树盘旋。

那男人身后却有十几个黑衣人，就这样自废宅里扑将出来，个个儿手中刀刃雪亮，屠夫似的目光恶狠狠盯着他。

他听见那男人冷声道："他说出了主人的名字，留不得。"

卫锦程倒退两步，大惊失色。

却也反应极快，冲着马车冲了过去

车夫尚且不知发生了什么，便被他一把扯了下来，卫锦程一个翻身便上了马，狠狠一拉缰绳："驾——"

在这又恨又急之时，他却忽地生出几分急智，想起身后的树林来。

树林！好在还有一个树林。

夜深人静，只要进了林子躲一宿，这些人也不好寻他。待他逃出去，再图后事。

生死关头，卫锦程恶狠狠抽了那马一鞭子，又是大喝一声："驾——"

待他逃出去……

待他逃过这一劫，他定要——

却忽地有箭矢自林中飞啸而来。

一前一后两声，那一瞬间，他恍惚生出一种不祥的预感。

紧接着，是剧痛袭来。

两支利箭又深又狠，却是正好穿膝而过。

马匹受惊长嘶。

卫锦程仿佛一个沉重的面口袋，"扑通"一声，自马上坠下。

一箭亡母之恨。

一箭破家之仇。

卫瓒孤身一人，在树上射过这两箭，便眼睁睁瞧着那几个黑衣人一拥而上，将卫锦程臃肿的身体淹没。

依稀有哀号声响起，他在林中无喜无悲地瞧着。

阴云闭月。

一片漆黑中，他翘起嘴角，露出了一个近乎微笑的表情。

或许他也怪不得卫锦程的蠢。

这案子与安王的关系，也是待安王登上了皇位，众人才想通了的。

安王行事向来周密谨慎，所有与他相关的秘密一经拆穿，无论如何花言巧语，死士皆会如蝗虫般扑上来。

若非这般心狠，前世怎能窃得了大位。只是卫锦程哪怕有一丝一毫的畏惧，也该想到，谋逆之罪一旦事发，连侯府都要跟着倾覆。

卫锦程却偏偏就这样应邀了。

意料之中。

那无手男子用沙哑的声音道："林子里有人。"

"不可留活口，去追。"

卫瓒倒也不欲隐藏，直接跳下了树去，反身便走。

却见几个人影扑将过来。

藤甲坚韧，刀枪嗡鸣，透着粼粼寒光，如天罗地网一般兜头罩来。

他却轻飘飘几个错身闪了过去，转眼枪尖似迅猛闪电，忽听天空"轰隆隆"闷雷滚滚，震得四方寂静。

只听"噗"一声，这一枪穿透两个人的身躯。

探出一个血红的尖，叫这些看惯了血腥的死士也惊了一惊。

卫瓒这时竟有几分走神，心想京中那些恶鬼传闻现在可不算冤了他。

他学的是卫家枪，曾是保家卫国的枪。可如今只怕他父亲卫韬云亲自来了，也认不出这枪法来。

这是杀人断命的枪，是恶鬼索魂的枪。

卫瓒回手一抽，便见血花喷溅。

他本就蒙着半张脸，鲜血又为他绘了半张鬼面，越发不似活人。

又是一声雷声闷响。

远远有火光闪烁，马蹄声响，似是有官兵发号施令："查，给我彻查——若甲胄真藏在此处，漏掉了一个甲片儿，你我都担当不起——"

却见那无手男人冷冰冰盯着他质问:"阁下是何人?"

卫瓒在黑暗中笑了笑,没出声。

那男人冷冷看了他一眼,发号施令道:"撤。"

死士便迅速退去,四散而逃,连地上的尸首都抬了去。

卫瓒远远望了一眼那火光,也迅速隐没在了这夜色中。只余下春雷阵阵,与紧接着而来的,第一场春雨。

回到万安寺时已是四更。

雨声缠绵,冲去了卫瓒留下的血痕足迹,他路上又换了一双新靴,踏进庙里时,没留下丁点儿痕迹。

寺里守夜的沙弥已困得睡去,唯有左右金刚怒目看向他。

穿过这一间,是金身佛陀、彩绘菩萨,个个慈悲,尊尊端庄,烛光灿灿,金碧辉煌。

他孤身一人、浑浑噩噩,提着血染过的枪,一步一步自这些死胎泥像侧行过。无尽遥远处有一声一声的木鱼声响,似乎有僧人喃喃念着细不可闻的往生咒。

渐渐如鬼魂般窃窃私语、如春雷般声声震耳。

一遍复一遍。

一遍复一遍。

细细密密,钻进他的耳朵眼儿,钻进他的心尖儿,钻进那走马灯一般昏黄暗淡的往事里。

鬼使神差一般,他最终却立在了沈鸢的门前。

夜雨绵绵,只有这静室的门窗亮着。

那小病秧子又在熬夜温书,少年纤瘦的身影被烛光投在纸窗上。

卫瓒背倚在门板上,仿佛被那烛光烧得滚烫。

屋里的人仿佛听见了动静,阵阵脚步声响起。

那小病秧子提着灯走到门前,轻声问:"谁?"

卫瓒张了张嘴,却没有发出声来,只有一呼一吸的声音,在雨中消弭。

这淅淅沥沥的雨,润了他干涸的唇,濡湿了他枪尖上干涸的血迹,也为他的黑衣染上了挥之不去的红。

沈鸢又问了一次:"谁在外面?"

卫瓒仍是没说话。

木鱼声，咒声，雨声。

卫瓒想从这温暖的门前离开。

屋里人沉默了一会儿，半晌吐出两个字来："卫瓒。"

"是你吗？"

一刹那，万籁俱寂。

再无声响。

"别开门。"

卫瓒倚着门，仰面捂住自己的眼睛。

血红模糊了眼前的色彩。他却放柔了自己沙哑的声音，轻声说："……沈鸢，别开门。"

这春雨来得急去得也急，卫瓒合眼不过两个时辰，便听得远处隐隐有人声吵嚷，似乎是寺里来了什么人，他这才抓着头发翻身而起。

推开门，外头天色蓝蒙蒙的。

好巧不巧，隔壁的门也"吱呀——"一声被打开了。

卫瓒拿眼去瞧，沈鸢似乎也是睡眼惺忪，如墨的发松松束了一道，他披了一件素面的袄，自门口张望。

这一瞧，两人便撞了个脸对脸。

卫瓒想起昨夜的事来了，下意识盯着沈鸢看，连他自己都不知道，他想从沈鸢的神色里读出什么来。

只是沈鸢没有开口。

晨雾潮湿，外头有侍卫报："似乎是官兵，办事来了。"

卫瓒笑说："天还没亮呢，你回去再睡会儿吧。"

沈鸢立在那看了他半晌，意味不明道："他们一会儿要过来问话，我等等他们。"

不过一会儿，几个官兵并小沙弥走了过来，为首的果真是一位年轻的统领。

兴许是早就听闻这院儿里头住了靖安侯府的人，一行人便谨慎了许多，这位年轻的统领见了卫瓒，便先露出个笑脸，一拱手道："小侯爷，沈公子。"

卫瓒笑问："大人来此有何公干？"

那统领走上前来，压低了声音说："正是，昨个儿先是府尹接了消息，说……说圣上追查的甲胄就藏在城外一处荒宅里。"

沈鸢闻听甲胄两个字，指尖便轻轻动了动。

统领继续道："如今甲胄已抄得了，可那荒宅却连半个人影也无，依稀见那林子里有打斗留下的痕迹，便要按例调查城外，万安寺的香客也免不了被询问。"

"咱们也是按例办事，还请二位不要见怪。"

却听沈鸢轻声问："既是此事，卫锦程卫大人可来了吗？"

那人怔了一怔，看了卫瓒一眼，才低声说："沈公子有所不知，卫大人昨夜出了城，兴许是来查这甲胄之事的，却至今未归，咱们正派人四处寻他。"

卫瓒倚在门板上打呵欠，总觉得沈鸢在若有似无地看他。

昨夜春雨下了一夜，房檐还滴答滴答往下淌水珠，他倚着门道："若有了消息，还请往侯府通报一声，也好使我父母安心。"

统领一拱手，道："这是自然。"

不多时，那金雀卫便开始询问："昨夜二位可是在这院里？可曾出去过？"

卫瓒道："不曾。"

又道："可见过有什么人形迹可疑？"

卫瓒道："没有。"

卫瓒每答一个字，都见沈鸢静静瞧着他。

这对话想来也听过许多次了，那人一一记下，拱手就要告辞。

却听见一小沙弥忽地开口，轻声说："昨夜这位卫施主不在房中。"

屋檐水珠啪嗒一声落下。

院里的人皆是愣了一愣。

那小沙弥不过十岁，不谙世事，不懂发生了什么，只听从官兵的命令说实话，道："昨夜二更落雨，倒春寒，我奉师父的话，过来问问静室的诸位施主是否要添些被褥。"

"那时……卫施主房里并没有人。"

说着说着，见众人的表情有些凝重，那小沙弥自己的声音也小了，说，"……怎么了？"

那统领的目光便生出几分犹豫来，半晌开口："小侯爷……这……"

卫瓒倒是不怕这一问，正欲开口解释。

却听沈鸢淡淡说："昨夜二更，他在我房里。"

卫瓒顿了一顿。

继而唇角不自觉蔓延起一分笑意来。

沈鸢拢了拢身上的衩，垂眸慢悠悠说："小侯爷有心研习佛法，昨夜与我谈至深夜，是以他房中并没有人。

"他的斗篷忘了拿走，还落在我窗边，你可以进去查看……只是莫要惊扰我的侍女。"

沈鸢体弱，所以留身侧侍女在静室守夜照顾。而屋里有侍女，小沙弥是进不去房的，自然不知道里面到底有几个人。

统领进去查了一圈，检查了片刻后，见房内果然有痕迹，便出来，拱手笑道："卑职还有最后一问，请问二位缘何上香来呢？"

沈鸢淡淡道："我父母灵位捐在此处，如今开春近清明，小侯爷代侯府前来祭拜。"

沈卫两家是世交，这话说得再清楚不过了。

再者卫瓒一个还在学堂里、日日跟同学拌嘴混闹的小侯爷，怎么看都与此事无干系。

那人便利落道："原来如此，得罪了。"

于是去了。

只余下卫瓒跟沈鸢立在原处。

春风微凉。

沈鸢淡淡道："也够糊弄事儿的。"继而又瞟卫瓒一眼，"是了，谁没事儿招惹你。"

沈鸢甚至有些后悔了，平白无故管这闲事做什么，官兵难道还敢拿了卫瓒去。

至少卫瓒从面儿上看，跟这事儿实在是没多大关联，他又是名满京城的小侯爷，谁没事儿来触这个霉头。

卫瓒却笑着问："研习佛法？"

沈鸢面无表情退了一步："……"

卫瓒又往前一步，问："谈至深夜？"

沈鸢又退了一步。

卫瓒再往前一步："你把我斗篷带来做什么？"

沈鸢再退了一步，却正正好踩在门槛上，一个趔趄。

057

卫瓒本是想扶一把，一开口瞧见那小病秧子已是恼羞成怒、尴尬得涨红了脸的模样。方才的淡然自若已全然不见了，倒是恶狠狠剜了他一眼。

猛地一扭头。

那门板一声巨响，险些撞在了卫瓒的鼻尖儿上。

卫瓒便用额头抵着房门，忍不住笑了起来。

笑着笑着，声渐渐低了。只是闭着眼睛，静静在那待了一会儿。

到下午时，卫瓒再去寻沈鸢，便见沈鸢正独自一人在抄经室。

这抄经室是专为贵客准备的，正前头一尊佛像，下头摆着桌案，沈鸢立在案前，神态平静，一笔一画地写着什么。

卫瓒悄无声息凑到沈鸢身后，窃得几页在手中，定睛一瞧，便笑一声，说："沈折春，人家对佛祖抄经祈福，敢情你就对佛祖骂我啊？"

沈鸢下意识伸手要夺，没夺到，便轻哼："圆成和尚教我的，说让我过来，将业障写在纸上忏悔。"

尽管沈鸢自己也怀疑，或许只是那圆成和尚懒得听他抱怨卫瓒了。

沈鸢顿了顿，说："再说，我也祈福了。"

卫瓒说："哪儿呢。"

沈鸢指着角落一点儿。

上面写了一句佛号，拢共六个字。

南无阿弥陀佛。

沈鸢说："这句给你写的。"

卫瓒让沈鸢的话给气笑了。只是盯着看了又看，心道这小病秧子骂他的话也文绉绉的，竟不惹人恼，只是有些好笑。

沈鸢低头说："披风我让人给你送回去了。"

卫瓒说："你怎么想到将披风取出来了？"

沈鸢淡淡道："一直想还你，却没找到机会，这次便让人带了出来。昨夜三更我让照霜去过你的房间，你不在。

"四更天你在门外。"

沈鸢本就心思深重，卫瓒离开后，他便越发睡不着，忍不住筹备了一二，做出有人在屋内商谈的景象。

卫瓒却又说："那你为什么帮我？"

沈鸢说:"不过是还你人情罢了。"

阳光从窗口投射进来,将这抄经室镀了一方金漆。

空气中微尘静静地飞舞。

卫瓒坐在窗沿,仿佛又瞧见了沈鸢眼底同时存在的执拗和别扭,像一簇火一样。便撇开头,没再说什么。

那小病秧子低垂着头,露出一抹雪白的颈项,唇角不自觉翘起了一抹笑意。

卫瓒坐在窗边,看着手中另一页纸——沈鸢抄得密密麻麻的佛经。

祈求身畔之人皆能长乐平安。

哪怕重来一回,卫瓒也是不信神佛的人。

可不知怎的,竟生出一股别样的暖意来。

卫瓒傍晚时回静室,果然瞧见了小病秧子归还的披风。

这披风应当已让侍女洗净烘暖了,他随手拿起在鼻端嗅了嗅,仍是沈鸢身上挥之不去的药香,萦绕在鼻端,教人止不住地犯困。

他盯着瞧了一会儿,轻轻塞进了自己的被子里头。

寺庙静室的床板很硬,他本以为自己又会梦见前世的梦魇。

可这一觉梦得很怪,他梦见了沈鸢。

是将他拦下来之后的沈鸢。

在沈鸢将他救下后的很长一段时间里,他都是病态的。

卫瓒那时多少存了些死心,不管不顾地发泄,将此生最坏的脾气都给了沈鸢。不知恩,只知仇,日日夜夜想着去屠尽卫锦程一家,还不知死活地想要去刺杀那位安王。

夜里难眠,人也越发疯癫,只要一时压不住怒火,他便疯了一样要去报仇,沈鸢只得日日夜夜守着他,按着大夫的要求教他重新走路练腿,去学着如何一瘸一拐地行走射箭。

他磕磕绊绊地在院里行走时,总疑心沈鸢在嘲弄他,疑心沈鸢并不想帮他复仇,只是想看他的洋相丑态。

于是白日里他对沈鸢冷漠刻薄;夜里却又只有与沈鸢同处一室时才能入眠。

起初沈鸢只是守夜为了给他换药,跟两个侍女轮着班守他。

可卫瓒不知为什么,身侧只要不是沈鸢,便睡不着觉,第二日脾气越发的躁。

后来沈鸢没法子，只得日日守着他这个病人。

再后来沈鸢累过了头，夜里迷迷糊糊给他换过了药，为了哄他睡，还迷迷糊糊哼了几句小调。起初还是官话，唱着唱着就出了乡音，出了吴语那黏糊糊的腔调，叠着字儿哼月亮亮，哼天上星，后头哼起了乡野歌谣。

是极熟悉的音韵，仿佛在何处听过。

唱到天上星多月弗多时，渐渐没了动静。

卫瓒凝视沈鸢很久，竟不知怎的，将人叫醒了。

沈鸢被搅醒了，浑浑噩噩要恼，却反让他制着了。

卫瓒一只手就能将人捉着，呵令沈鸢："别动。"又笑说，"沈状元，你怎么连个瘸子也敌不过。"

"连个残废也能欺负你。"

只有伤害沈鸢，压制沈鸢，卫瓒才能从中得到一丝快意。

沈鸢恨得一直在咬牙，说："卫瓒，你到底要干什么？老老实实睡一会儿能憋死你吗？"

"我疯了才救你出来，怎么就没让你死在牢里。"

"睡不着，"他笑了一声，却不知为什么，轻慢道，"沈状元，你接着唱。"

沈鸢让他气得发昏，冷声说："唱什么？"

卫瓒说，刚才唱到的那段儿。

沈鸢这才想起来自己在乱哼些小调，不愿开口。

却让卫瓒按在那儿，俨然是不唱就不肯松手的模样。

沈鸢也早被他熬没了力气，顾不得屈辱不屈辱，声音都是哑的，一首一首接着哼。

最终仍是抵不过困意，眼皮子越来越低。

"天上星多月弗多，雪白样雄鸡当弗得个鹅。"

"煮饭煮粥还得自家田里个米，有病……"

已是困得厉害了，喃喃唱："……有病还须亲老婆。"

到这一句，原本支着的眼皮彻底合上了。

本是些乡间俗韵，听起来颇为可笑才是。

卫瓒却盯着沈鸢瞧了好半晌。

半晌才嘀咕："唱的什么东西。"

卫瓒想起沈鸢母亲与自己母亲的娘家皆在吴地，好些仆役都是跟来的，难怪他听着这样熟悉。

彼时满心仇恨不知事，自以为是在报复沈鸢。

又或者，只是眷恋那柔软的、吴侬软语的腔调。

次日回程的时候，卫瓒自当没事儿人一样，跟沈鸢乘一辆车。

沈鸢那车里头坐不下许多人，随风的消息都得从窗口递进来。

而卫瓒总挨着沈鸢，隔着层层叠叠的衣裳，也能觉出来沈鸢身上让炉子烘得热热，连药香都溢到了卫瓒的鼻端。

沈鸢说风凉话道："哪儿就短了你小侯爷一辆车了，非得跟我和侍女挤在一起。"

卫瓒也笑着说："就你沈公子的车里头舒服，怎么就不能分我半辆。"

就这么插科打诨着，沈鸢却不住地瞥他手里的信纸。

大约是想探一探他在打什么主意，跟卫锦程的事儿有关没有。

卫瓒有些好笑，故意往边儿上挪了挪，避着他看信。

那小病秧子便冷笑一声，撇过头去，跟知雪道："咱们小侯爷见不得人的事儿可多。

"兴许是佛祖赐他的夜叉到了家，有人急着叫他去领。"

卫瓒纳闷说："赐我夜叉做什么？"

沈鸢轻哼一声："给你做那脾气大的新娘子。"

卫瓒忍不住笑。心说他自己都忘了，这病秧子怎么还记得那随口编的求姻缘。

卫瓒从随风手里接过信纸，瞧了瞧，又随手给了沈鸢，道："母亲送来的，哪是给我的，分明是给你的。"

沈鸢道："什么？"

卫瓒轻笑了一声："你那卷阵图出了风头，圣上今日朝上点名要你去御宴领赏，让我爹回头将你也带上。"

沈鸢指尖顿了顿，才小心翼翼展开信纸来看。

一个字一个字看过去。

卫瓒便瞧着那小病秧子分明喜上眉梢，耳根也红了，却将嘴唇抿得紧紧。

最终只平平淡淡"哦"了一声。

卫瓒说："你想笑就笑，做什么这假惺惺的模样。"

沈鸢只扭头去看窗外。

卫瓒一伸手扣住沈鸢的后脑，把人的脑袋扳过来，说："沈鸢，你这什么毛病……"

却见沈鸢轻哼："小侯爷早都习以为常的阵势，我若还高兴，岂不是太没见识了。"

话虽这样说，沈鸢却是眉眼弯弯，唇角掩不住的坦荡笑意，倒如熏风扑面，连帘外春光都逊了三分暖色。

自己挣来的光鲜，怎样都是高兴的。

沈鸢将那信纸瞧了又瞧，终是轻轻咳嗽了一声，道："多谢小侯爷做一回喜鹊，我收下了。"

卫瓒迟疑了半晌，轻轻"嗯"了一声。

第三章 英雄出少年

沈鸢的阵图在兵部搁了许久，非是有意怠慢，实在是兵部这些日子被甲胄失窃一事搞得战战兢兢、愁云惨淡，别说阵图不阵图了，只怕这些兵部官员回家吃饭都食不下咽。

前日那甲胄事件终于有了些许消息，兵部好歹是缓了口气出来。

东西算是找着了，至于是怎么丢的、谁弄丢的，那自让金雀卫查去，他们急也没用了。

只是眼看着嘉佑帝的脸色越来越难看，兵部那边儿急需拿出点儿什么东西来，让嘉佑帝心里头松快松快，左右瞧瞧，便看见沈鸢这份儿阵图了。

这阵图也的确是绘得好，尤其今上开国子学昭明堂，选将兴武之心昭然若揭，纵然沈鸢上不得战场，就这些阵图拿去交予将领也是大功一件。

因此夸起来也不觉得心虚，什么词儿都往上扔。

今日的后起之秀，来日的国之栋梁。咱们大祁人才济济，未来可期。

就这么三夸两夸之下，嘉佑帝的脸色好了，兵部得以缓了口气，沈鸢去了御宴，得了赏赐与风光。

三赢。

这上上下下，唯独卫大夫人不大高兴。

两个儿子躺在床上，丢了个丈夫没处寻，是以日日到侯夫人那头哭天抢地，埋怨靖安侯不该给庶兄找个这样的差事。

她一边骂一边抹眼泪："我还道你们家卫瓒怎么不接这差事，原是个送命的差事，可怜我家老爷生死未卜的，留下我们娘们可怎么过活。

"你们家父子倒都是好端端的，平白叫我们老爷去送命——"

往往一闹就是半日，累了便摔摔打打出门去。

侯夫人被她吵多了头疼，旁边侍女给揉着太阳穴。身侧几个姑娘都不忿："这差事分明是她来走动时要的，当时还明里暗里说二爷年纪小，担不得大事，不如跟圣上娘娘讲讲情，换了大老爷来。"

"还是咱们家二爷让了一步，亲自开口说的，否则怎么也轮不到大老爷的头上——如今又不认了。"

侯夫人摇了摇头道："罢了，她现在一个人也不容易。"

"只闲话几句，听了就听了吧。"

卫瓒正好去与母亲那里请安，在门口听了一会儿，没进屋，倒是转身走了。

三步并作两步，卫瓒便追上了大伯母，借道在小竹林谈话："大伯母可知，伯父那日出城去做了什么？"

大夫人闻言一愣，道："什么？"

正是日薄西山，天色不复澄清碧蓝，昏黄一片间，卫瓒含了几分笑，循循善诱："我向圣上请了差事调查此事，只是还不知道从何查起。若伯母知晓，伯父那夜出城去做什么，倒也好有个方向。"

"咱们卫家的人，哪能说丢了就丢了呢。"

"若顺着这甲胄一路查下去，兴许能将大伯父寻回来也说不定。"

大夫人便似是卡住了一般，好半晌没出一个声来。

卫锦程夜里是去奔前程的，见的是谁，大夫人未必晓得，但想做什么事，她却是一清二楚。

若此事成了，自是风平浪静，他们一家子将来都能去搏一搏荣华体面。如今却是甲胄被抄了出来，人也失踪了，若真一路深查下去，卫锦程是死是活未必，万一查出意图与贼子勾结谋逆……

头一个遭连累的就是她！

届时靖安侯府有皇后护着，未必如何，只是他们家却是连命都要搭进去了。

卫瓒见她半晌不说话，却也不催促，只盯着她的眼睛轻声问："伯母？"

大夫人打了个冷战，半晌道："……不、不知道。"

卫瓒又道："那近来伯父可有与什么人交好？可有什么特别的书信？"

"若伯母想不起，我倒可以去府上帮忙看看。"

大夫人冷汗都要淌了下来，急急道："不必！有什么书信往来，我都已交予官府了。现在家中已什么都没有了。"

若是叫这靖安侯府的人发现了什么，岂不是立时就要送到嘉佑帝面前去治罪？

倒是靖安侯府一个大义灭亲，就被彻底摘了出去。

这几句话说下来，不觉已汗透后背。她无端来这侯府做什么！竟招惹了这样的祸事！

卫瓒静静地看了她一眼，笑说："若伯母想起来了，不妨直接来说与我听。我母亲内宅事务繁忙，我却可以亲自为伯父奔波，四处寻上一寻。"

大夫人仿佛让人抽了主心骨似的，脚都软了。如今哪还能指望着卫瓒去寻出人来，恨不得卫锦程干干净净死在外头才好。

她只胡乱点头，逃也似的去了。

卫瓒抱胸倚竹，慢慢瞧了一会儿，眸子似是幽深的寒潭一般，心想这位大伯母大约很长一段时间都不会再来了。

风过竹林，沙沙的声响。

卫瓒蓦地笑了起来，道："折春，你要不把随风的活儿顶了吧，还省得我给他发月钱了。"

竹后白色的衣袂飞扬，只听一声熟悉的、淡淡的声音："我只是来向姨母请安。"

卫瓒说："你出来，我对着你影子说什么。"

沈鸢这才慢悠悠走出来。

浅杏色的衫，簇新的白绣袍，宽袖窄腰衬着几分春光。

锦带一束，便是风流倜傥。

寻常男子很难穿得起这样柔和鲜亮的打扮，偏偏沈鸢穿着最是漂亮。

卫瓒伸了个懒腰，笑道："你不是跟我爹去御宴了吗？怎么回来这样早？"

沈鸢道："本就没什么事，圣上早早走了，我与人说了几句，便回来了。"

卫瓒瞧见沈鸢的面颊隐约浮着一层红晕，便道："你饮酒了？"

沈鸢道："只有一点。"

沈鸢的酒量算不得好，也算不得很差，三两盏薄酒，只得几分薄醺，还称不上醉意。

风灌进他宽敞的衣袖，仿佛要飘起来似的轻快。

沈鸢慢慢走过来，说道："兵部林大人私下同我问了阵图的事儿，说是按例可以荐我做官。"

似是得意夸耀，却故作不在意的神色。

卫瓒便顺着问："你可答应了？"

沈鸢道："没有。"

卫瓒说："要走科举？"

沈鸢"嗯"了一声。

卫瓒便轻轻笑了一声。

他前世曾以为沈鸢的状元是运气，如今才想清楚，沈鸢是看不上被举荐入朝的。若只是想考个官做，那以沈鸢的本事，其实早两年便可以。

只是沈鸢没有前三名的把握，是绝不会入场的。

他苦学蛰伏这么多年。图的便是不飞则已、一飞冲天，不鸣则已、一鸣惊人。

沈鸢非要风风光光地入朝，得让谁都赞他一声少年天才才行。

卫瓒笑说："嗯，是等着做沈状元郎呢。"

沈鸢被看破了心事，眉一皱，拢起自己灌了风的衣袖："若是从前，你非要骂我钻营不可。"

卫瓒笑说："会吗？"

有时他会想不起自己年少时的傲气狂妄，其实很多话都是他与沈鸢争执时，话赶话到那儿胡说的。

——他并没有觉得沈鸢不该去做官。

沈鸢看了他一会儿。

卫瓒不说话。

"若是从前……卫锦程一家人也根本不被你放在眼里。"

沈鸢凑近了，却忽然矮身，伸手摸向他的膝。

沈鸢用正骨大夫似的手法，按捏了三两下，眸子露出了一丝了然说："果然，你腿没有伤。"

"只有半个月，分明招式动作都有变，却一点儿伤都没有。"

"不知道的……还以为你做了十年八年的瘸子。"

这小病秧子的微醺几分真几分假犹未可知，眼底的精明质疑却是真的。

卫瓒忍不住笑一声，说："沈鸢，你过来一些。"

风掠过沈鸢余着几分酒气的眼尾，沈鸢以为他要密谈，便当真凑了过来。

卫瓒却把下巴放松地搁上去，满足地眯起了眼睛。

沈鸢等了许久没等到话。

只发现肩头一沉，这王八蛋眼看着已眯起了眼睛，怕是就要睡了。

半晌，沈鸢怒道："卫瓒！你再敢睡试一试！"

闻听沈鸢怒喝，卫瓒颇为不要脸地叹了口气，道："折春，要不你以后来我院里住吧。"

"我这些日子实在是困得厉害。"

这可是真话。从奢入俭难，卫瓒在睡过几夜好觉之后，没了熟悉的药香味儿就越发睡不着了。

沈鸢冷笑一声："你到底有没有什么要说的话。"

"自然有。"

卫瓒却是玩笑似的哼歌。

"绝代有佳人，幽居在空谷。自云良家子，零落依草木。"

沈鸢将将一听，便连面色都黑了，听至"依草木"一句时，禁不住拂袖而去。

卫瓒便笑出了声来。他眼见那白色的一抹影子去了，日暮西沉，竹影重重，才慢悠悠继续唱。

"关中昔丧乱，兄弟遭杀戮。

官高何足论，不得收骨肉。

世情恶衰歇，万事随转烛。

……

天寒翠袖薄，日暮倚修竹。"[1]

这歌声栖栖惶惶。

竹中有惊鸟飞起。

卫瓒倚着血红的天色，唱罢，拢起衣袖，悠悠伸了个懒腰，笑了一声，却又不知笑了什么事，什么人。

沈鸢走出那片竹林。

---

[1] 出自唐代诗人杜甫的《佳人》。

却慢慢停住了脚步。

照霜轻声问他："公子，怎么了？"

沈鸢道："无事。"

"有些王八蛋……"不被逼到尽头，是不会说实话的。

后头半句话没说，沈鸢也不愿胡思乱想。但他心思深重，本就有太多的疑虑。因而欲言又止，只道："罢了。"

沈鸢转头再瞧那竹林。

却是酒意上头，有点发昏。

第二日卫瓒到国子学时，只见一群人闹闹哄哄的，挨在一起没玩棋，也没偷偷斗虫，勾肩搭背地不晓得说什么，见他来了，便齐刷刷看过来。

唐南星语气却颇有几分兴奋："听说圣上将追查的差事交于了你，还令一队金雀卫协助你，我还当你不来国子学了呢。"

卫瓒随手将书往案上一抛，没好气道："单日公差，双日来念书，月试岁试还不准退步——否则我爹扒了我的皮。

"这好事给了你，你要不要？"

卫瓒是打着要寻找大伯父踪迹的幌子，去求的嘉佑帝。

本来这事儿顺理成章，偏偏他爹在嘉佑帝旁边吹胡子瞪眼，一会儿嫌他学业不上心，一会儿又嫌他心不定、主意也跟着变——前些日子还说不乐意入朝，如今又变了心思。

倒叫嘉佑帝笑了一会儿，道："既如此，便把差事领了，学业也别耽误了。"

卫瓒出门看了自己亲爹好几眼，心道这可真像是生父。

自己这折腾来折腾去的，是为了谁呢。

倒是唐南星让他说得眼睛一亮，忽地道："卫瓒，要么你将我也带上算了，我宁可给腻当碎催[2]去，也不坐在这儿背书了。"

这简直是一石激起千层浪。

昭明堂皆是武将勋贵出身，堪称整个国子学精力最旺盛的一拨人，他们只要能不上学念书，就是把他们卖了也心甘情愿。

---

2 地方方言，打杂的人。

一个道:"我体力好,能给你当护卫。"

另一个道:"我善驾车,能给你当车夫。"

不知哪个道:"我长得好,能给你当侍女。"

被众人看了过去。

那人倒也是个秀雅公子的模样,就是支棱着腿、坐姿粗犷,雅不雅俗不俗的实在有些别扭,他往脸上扑了扑粉,还抛了个媚眼:"还能代你去施展美人计。"

一众武人子弟绿了脸,没禁住"呕"了一声。

旁边便有人嗤笑了一声:"美人计也轮得到你?整个国子学的门脸,都长在咱们昭明堂了。"

众人"哦——"了一声。

国子学一景,沈郎春色嘛。

昔日沈鸢在文昌堂的时候,几乎要让那些酸书生给捧到天上去了。

文昌堂尽是些文人,平日里就爱写个诗、做个词,相互吹捧,捧着捧着,沈鸢这张脸就成了公认的好看了。

唐南星却嗤之以鼻:"我看咱们卫二哥也没差到哪儿去,不过是文昌堂那些酸儒会吹罢了。改明儿咱们也做几首诗,就叫卫郎冬……冬……"

读书不多,没词儿了。

不知道是谁嘀咕了一句:"冬瓜?"

唐南星怒而扑上前:"你才冬瓜呢,你会不会讲话——"

话音未落,却正瞧见有人自门外施施然而来。

众人几乎都噤了声。

是沈鸢。

似是刚去请教学问回来,他抱了一摞子书在怀里,淡淡一眼扫了过去,仿佛谁都瞧了,又仿佛谁也没瞧。

……确实是容色殊丽。

沈鸢入了昭明堂有半月有余,始终处在一个不尴不尬的位置。从前他在文昌堂时,同卫瓒的矛盾闹得尽人皆知,卫瓒素来傲气,不是没被人挑衅中伤过,只是向来也不放在心上。

唯独和沈鸢,两人日日一个府住着,偏偏势同水火一般。

如今虽有所缓和了,旁人却依旧是摸不透这两人的态度,以至于远也不是、近也不是，在这种时候便显得尴尬。

譬如沈鸢这般远远走过来，众人接着说，像是在排挤他，不接着说，一群人傻愣愣在这儿沉默着也不大对。

倒是卫瓒开口喊他："折春。"

沈鸢"嗯"了一声。

卫瓒说："明日随我出城办差一趟。"

沈鸢说了声："好。"

众人皆唉声叹气，求了半晌也没见答应，可见卫瓒是只打算带着沈鸢一个人出门去。

唯独唐南星"啊？"了一声。

众人看唐南星，道："你又怎么了？"

唐南星："……没什么，没什么。"

有人道："你近来怎么一惊一乍的。"

唐南星痛心疾首、有苦难言："……"

他的卫二哥啊！他英明神武的卫二哥啊！

怎么感觉路子仿佛已越走越偏了呢！

没过多时，学里博士便来讲课了，吹胡子瞪眼，训斥他们三五聚堆在一起不做好事。

众人便耷拉着脑袋四散而逃，学堂又充斥着博士的之乎者也、念念有词。

卫瓒听着听着，便有些无趣，下意识去看沈鸢。

沈鸢跟他隔了一张桌案，离取暖用的熏笼更近些。卫瓒歪着头瞧过去，正能瞧见沈鸢低垂着头读书，眉眼静默，耳垂仿佛白皙晶莹的一块玉一般。

看得久了，被沈鸢发现了，抬起头来跟他对视。

卫瓒就侧撑着头冲他笑。

沈鸢顿了顿，又装作没瞧见似的低下头。

卫瓒勾了勾唇角，去看窗外风光，想着他爹逼他来学里念书的事儿，也没那么令人着恼了。

将沈鸢挪腾出来帮忙，也不是件容易事，一听说要出城去，侯夫人那边儿就要叮嘱好半天。

那个个子不高、圆眼机灵的小侍女知雪，唠唠叨叨地嘱咐了一路，一溜儿跟到马车边儿上,险些就跟着出了城。仿佛沈鸢是那生面捏出来的人儿,领出去让风一吹就要散了架。

百般没法子,出门的行头又是原模原样地准备了一通,卫瓒亲自把人裹得跟个白毛球一样,拿马车给请神像似的请了出来。

同行的金雀卫首领姓梁,也是年轻后生,为人素来冷面简朴,瞧见这般排场就忍不住皱眉。待到沈鸢下车时,瞧了一眼模样,又瞧了一眼沈鸢手中精致镂空的手炉,那眉越发拧得紧了。

那梁侍卫碍于卫瓒在场不好多说什么,却是一眼也没往沈鸢身上瞧,连进门时,都只冲卫瓒一拱手:"小侯爷,可以开始了。"

沈鸢面上不大在意此事,指尖却是下意识磨蹭一下袖口,自顾自进了那藏甲的废宅。

这废宅是京郊的一处老宅子,外头瞧着破败失修、许久不曾有人住过的样子。进门便是一个松鹤延年的影壁,依稀有风蚀磨损的痕迹,绕过影壁,便是正中央四四方方一个大院,空旷得连一丝摆件儿也没有,后头几间院落,远远望去,破败萧条。

沈鸢问:"你让我来瞧什么?"

卫瓒道:"瞧一瞧他们操练的是什么阵。"

莫说沈鸢了,就连金雀卫在后头面面相觑。

就没人听得明白,在这空荡荡的院里怎么就能看出操练的阵形来。

卫瓒却道:"前两天,我跟梁侍卫就来瞧过了,疑心这院落中间是用来演武练习的。若瞧地上砖土,还能瞧出些经年累月、阵形变化的痕迹,角落里也遗留了他们没来得及拿走的令旗。

"只是不晓得他们练的是些什么东西。"

沈鸢抬眸看了他一会儿。

卫瓒便笑吟吟地与之对视。

半晌沈鸢抿了抿嘴唇,道:"让他们先出去。"

卫瓒便摆了摆手。

刹那院中只剩下他们两个,面对面立着。

沈鸢往前走了几步,去观察地上的痕迹,垂眸低声道:"你跟他们交过手?"

卫瓒勾着嘴唇笑,并不说话。

071

沈鸢冷哼了一声："有什么讯息？"

卫瓒便笑说："共十余人，有枪有刀，二人持轻盾，我见那架势很是灵活，只是没见过这般阵法。"

却是大约比画了一二。

沈鸢盯着地上的痕迹道："行军打仗，几千上万人的阵常见，十余人的阵倒不多。"

卫瓒笑道："若非如此，我怎会找你来瞧。"

沈鸢闻言，略略扬起了眉梢，这便是对他的话满意了。

卫瓒看得仔细，便忍不住想，这小病秧子得意时也颇为有趣——

会故意低下几分头，却又忍不住抬眼皮偷偷瞧人。仿佛不经意就翘了尾巴，等着谁去揉一把。

这厢沈鸢在院中转过一圈，看过了令旗，终于又走回那影壁前。

那影壁上雕的正是一幅松鹤延年图，精美繁复，沈鸢伸手慢慢摩挲了片刻，将那松鹤延年的鹤眼用力按了下去。

便听得一声机关弹簧声响。

空旷院落便骤然响起利箭破空的声音。

这院里豁然箭如雨下。

卫瓒反应极快，甚至连这箭矢都没落下，只闻听声音便瞳孔皱缩，下意识捉着沈鸢向后一撤，飞似的退了七八步，几乎要退到院子外头去。

等箭矢落下了，才发觉沈鸢原本站的地方干干净净，连一根箭都没有落下。

倒是沈鸢，猝不及防被他用力一带，没站稳，惯性撞在后头的石砖墙上，疼得一个劲儿皱眉。

卫瓒："……"

沈鸢却还瞪他一眼："昔日先生教惊弓之鸟，今日倒见了活的。"

卫瓒这才恍然。

——这小病秧子是故意没告诉他，突然按下，想看他吓一跳出丑的。

谁知他没什么事，沈鸢自己倒捂着肩揉了半天。

卫瓒便倚着那影壁笑说："惊弓之鸟我不晓得，什么叫偷鸡不成蚀把米，我却是学会了。"

沈鸢又恨恨剜了他一眼，闷声道："那箭多半是训练用的。"

"我没想到,这用的是真箭……只怕是在训练死士了。"

门外金雀卫众人似乎刚刚听见弩箭声,以为院内生变,惊了一跳,冲进来见遍地箭矢,见他们两个立在边儿上,阴一句阳一句似是在吵架,一时竟不知该问什么。

梁侍卫更是面色发青,下意识就要喝令沈鸢出去。

却只听沈鸢淡淡道:"有人在此操练连云阵。"

为首的梁侍卫一愣。

谁也没指望沈鸢真的能从一个空荡荡的庭院里瞧出什么来。

沈鸢却没管旁人的神色,只缓声解释:"此阵并非城外作战的战阵,而是用于街巷狭窄之处城内的作战突袭,是以灵活多变、操练复杂。

"历来开疆扩土、两国相争,战场皆在城外。城门一旦攻破,守城一方便已是败了,鲜少有城内作战的先例,因此这战阵用途不广,且记载多有错漏,本应无人能重现。"

众人皆是沉默,心知这等战阵却正适用于宫中或京城。

卫瓒却发觉沈鸢的目光似是掠了他一眼。

那目光含有几分炫耀和胜负心,沈鸢继续道:"且此阵有一大好处。

"因在狭窄街巷作战,不必顾及阵形方圆,可分十几人一组各自操练,只需懂得统一的旗令,合之是一军。其阵形如云,聚散莫测,故名连云。"

因此,若是阴养死士,便不必冒着天大的风险,将几百上千人聚在一起日夜操练。也不必告诉目的,及至起事,只令这些人听从旗令行动便是。

不知具体养了多少人,但哪怕只有几百人秘密行事,这都是一支令人胆寒的队伍。

若是上千人……

众人闻言一阵冷意。这样的人在京城及京郊到底有多少,竟无人知晓。

正在众人头疼之际,独独卫瓒没变颜色,喊了一声:"折春。"

沈鸢挑了挑眉。

卫瓒笑着说:"还有呢?"

能通过操练痕迹认得阵法已是惊人,众人皆不知道还能有什么。

卫瓒却猜,这小病秧子还藏着什么等着炫耀的东西。

否则不会如此得意。

果然,沈鸢轻哼了一声,微不可察地勾了勾唇角:"其实,这阵法很好查到源头。

"我父昔年在江南收集此书时,曾与书坊对质,说这连云阵有误,书坊不愿承认。他便与书坊打赌,说若能将此阵复原,便要书坊将正确的阵书印上一二十本。"

梁侍卫一怔:"那这连云阵……"

沈鸢道:"如家父所修阵法一致。"

因此记录了正确阵法的书籍,应当只有那一二十本,随着昔年沈家交游散落各处,不知落在何人之手。而如今重现这阵法的人,多半是看过这本书的。

果然,这才是沈鸢藏着的东西。

顺着死士往前查,是自下而上地追,就算查到了什么,对方也只会一死了之。但若是顺着这兵书查下去,却是冲着布阵之人,从上往下去查。

——叫沈鸢来,是真的叫对了。

众人心服口服。

"此番多亏了沈公子。"那梁侍卫垂眸时,似乎有一丝惭愧之意。

这作揖的动作便格外诚恳。

卫瓒却在盯着沈鸢看。

大抵只有他瞧得见,小病秧子眼底那若有似无的自得。

偏偏沈鸢面儿上谦逊平淡:"梁侍卫不必多礼。"连下巴都比来时高了几分。

卫瓒没忍住,轻轻笑了一声。

沈鸢瞧了卫瓒一眼,道:"若没旁的事,我便回去了。"

卫瓒便三步并两步跟上去,道:"我同你一起。"

沈鸢道:"我能瞧出来的,已都说了,你还同我一起做什么。"

卫瓒笑道:"送你回去,省得我娘回去训我,说不知道体恤兄弟。"

沈鸢道:"谁是你兄弟。"

卫瓒道:"你管我娘叫姨母,那你管我叫什么?"

沈鸢还欲还嘴,却瞧见一群金雀卫都在,便不欲与他多争,只爬上车去。

卫瓒便跟着上车。

见沈鸢又老老实实把自己裹成球,暖暖和和笼上手炉,禁不住想笑。

卫瓒忽地又想起来一事,便问:"你方才撞伤了?"

沈鸢垂着眸回:"没有。"

卫瓒便道："胡说八道。"

分明刚才在外头揉了好一会儿，有什么可装的。

卫瓒依稀想起一件事来，沈鸢似乎很长一段时间，都以自己身体孱弱为耻，怪不得不让他看。但沈鸢这身体，若真带着伤回去……

卫瓒想了一会儿，忽地抓住沈鸢的手腕。

沈鸢一怔："你要做什么？"

卫瓒笑道："你就让我瞧一眼，省得我总惦记着。"

沈鸢面色一紧，说："你惦记什么？卫瓒，我不记得我们有多要好。"

卫瓒也不同他辩，反正这小病秧子也没什么力气。

沈鸢挣了一下手腕，没挣开。

又挣了一下。

气得已开始咬牙了。

卫瓒忍不住笑着喊了一声："你让我瞧一眼，沈哥哥。"

梁侍卫眼看着马车夫正欲扬鞭启程，却忽地想起一事，在马车帘外喊了一声："沈公子。"

那马车里寂静一片，却无人掀起帘子，只半晌传出一声来："何事。"

这行径有些轻慢。

梁侍卫却并没有露出不满的神色，反倒定定抱了一拳，问："若日后再有阵法相关的事，卑职可否上门请教？"

隔了许久，那马车里才传出轻轻一声："可以。"

梁侍卫道："多谢公子。"

这才离开了。

帘内，沈鸢一手攥着车帘，另一只手捉着自己散落的衣襟。

沈鸢玉似的脊背伏在柔软的绸缎之间，在昏暗的车内格外脆弱，也透出了肩胛骨处一片乌紫的瘀青。待到人走了，沈鸢攥着帘道："看够了？"

冷不防被微凉的药膏激了一下，他又道："卫瓒，你做什么？"说着伸手要将衣裳拉上去，却让人拦着了。

小侯爷嘀咕说："上了药再回去吧，否则我没法儿跟你那两个侍女交代。"

"下次还怎么带你出来。"

沈鸢皱眉挣了两下，道："用不着……"

那药膏被匀开时，后半句话又卡在了喉咙。

无事献什么殷勤。

沈鸢心里只骂，出来个屁，下次谁跟他出来。

沈鸢体弱，早已被当作病人伺候照料惯了的。

每每病时虚弱无力，喂药针灸，连进浴桶药浴都须得有人在身侧扶着，只怕一时不察便淹死在浴桶里，这般身不由己的滋味儿，沈鸢早已尝得惯了。

只是如今为他上药的人是卫瓒，便格外地丢脸一些。

黏稠的药膏被缓缓匀开，沈鸢低着头，闭紧了眼睛，权作眼不见为净。

沈鸢肩后有一颗淡淡的红痣，生在右侧的肩胛骨上方，不过小米粒大小。

在揉散瘀青时用力重了，沈鸢便皱紧了眉，半晌骂了一句："你心里怀恨，报仇来的吗？"

卫瓒道："肩后怕疼？"

沈鸢胡乱"嗯"了一声。

常人都是后颈一带怕痒，他却是肩颈一带触觉格外敏锐，尤其是生了那一颗红痣的地方。

只是平日里也没人从背后碰他。

倒是知雪针灸时，还拿这笑话过他，说天生是少爷的肩，挑不得东西。

卫瓒调侃："越是怕疼，越是生一颗红痣，你这是生了个靶心儿在这儿呢。"

沈鸢说："卫瓒，你会不会说话。"

便听得卫瓒笑了一会儿，说："我轻一些。"

沈鸢觉得承认怕疼有些丢人，尤其是在卫瓒面前。

那小侯爷见他不答，便也不说话，将药匀开了，便道："上好了，先晾一晾，省得蹭到衣服上。"

沈鸢"哦"了一声，伏在那儿一动不动，也不知道卫瓒瞧了他还是没有，只一阵烦闷一阵尴尬的，却是寸阴若岁。

几次想开口，都做罢了。

过了一会儿，忽觉那卫瓒恶作剧似的，又戳了他肩后头一下。就像少年总爱戳同伴的痒处，带着几分恶劣地戏弄。

他却是条件反射似的一颤，连衣襟也来不及拢起，只怒瞪着："卫瓒！"

卫瓒闷着偷笑一声，说："药已干了。"

卫瓒丝毫不提自己幼稚的举动，帮他提起衣裳道："衣服披上，别让狗咬了。"

哪来的狗！就他最像狗！

沈鸢心道卫瓒胡说八道，可愤愤对上他的眸子，却总觉得像是罩进了西洋磨砂玻璃的火光，不大透亮。

卫瓒笑着替沈鸢整理衣襟口，系上衣带，又披上外衫、裹上厚厚的白裘。

睫毛下的眸子分外专注，指尖动作还有些笨拙生涩，一看小侯爷就没这般照顾过人。

待整理整齐停当了，卫瓒又捡起兔子软枕塞到沈鸢的怀里，又自己盯着窗外去发呆了。

沈鸢饶是有一箩筐骂他的话，一时半会儿也说不出来了，只嘀咕说："今儿小侯爷倒是不睡了。"

卫瓒盯着窗外，说："原本想睡的，现在有些睡不着。"

沈鸢揪着兔子软枕的耳朵暗恼：他答应卫瓒出城查案，本不是出于纯然的好心，是想试探卫瓒一二，让他露出马脚来的。谁知道这一路没试探到什么，自己却将能说的都说了。弄巧成拙把自己伤了也就罢了，最后还是让卫瓒给上的药。现在再想试探什么，也都说不出了。真是要多丢人有多丢人。

那兔子的耳朵都要被他给拽下来了。

这般浑浑噩噩地走了一会儿，沈鸢被晃得有些困倦。

快到城门前的时候，车却停了下来，听得外头车夫一声道："公子，二爷，前面有人拦着路了。"

卫瓒道："是哪家的马车？"

车夫似乎是认了认，道："是安王府的，似是安王自外头修道回来了，车辕坏了，正修着呢。"

沈鸢怔了一怔，说："卫瓒，按理咱们得出去行礼。"

卫瓒沉默了一会儿，笑着说："好。"

安王的车驾算不上豪华，沈鸢依稀记得这位安王是当今圣上的弟弟，外去辛国做了十年质子，几年前才被接了回来。

不闻世事、一心求道，似乎连宫宴都不常见。

沈鸢本以为安王应当不会见他们，却见一只手缓缓掀起锦帘。

远远也能瞧见细长眉眼、雍容紫衣，生得与嘉佑帝算不得相似，只能看出些许影子。与宽和庄重的嘉佑帝相比，安王多了几分文雅郁结之气。

沈鸢感觉到，有一道目光从卫瓒的脸上到他的脸上，细细端详打量过了一遍。

安王缓声道："可是靖安侯府卫世子？"

卫瓒拱手道："正是。"

安王道："我曾听皇兄说，如今你正追查甲胄一案。"

卫瓒便笑道："是金雀卫在查，我不过是跟着凑热闹罢了。"

安王的指尖抚摸着座椅，缓慢道："英雄出少年，何必自谦。"

"我这边怕是要耽搁许久，你们且先过去吧。"

卫瓒道："多谢殿下。"

一问一答。

卫瓒神色疏疏懒懒，规矩倒也没有落下，依旧是那个胆大傲慢的小侯爷。

沈鸢不知为何，在风平浪静之下尝到了一丝机锋的味道，便无声无息地用目光端详两人，正欲开口，却忽地被卫瓒捉住了手，轻轻拽回了车里。

卫瓒笑道："外头风大，莫着了凉了。"

沈鸢皱着眉问："卫瓒，你认得安王？"

卫瓒说："宫宴见过一两次，算不得熟悉。"

沈鸢心思细腻，不自觉道："这便怪了，若要夸你这一两句，早就夸了，怎么今儿平白无故说这么两句。"

一抬头，却见那位惯常恣意的小侯爷，双目黑洞洞一片，竟没有半分笑意。

冷如静渊。

沈鸢仿佛又回到了那淅淅沥沥的雨夜。

门外站着一个危险的、淋湿了的卫瓒。

这会儿两人面对面坐着，却又如那雨夜的余韵一般。

其实这时候是最好的试探机会，至少沈鸢应当问一问，这位小侯爷为何性情大变。

沈鸢张了张口。

却像是那夜一样，将手轻轻抬了起来。

不一样的是，这次沈鸢触到的不是粗糙的门板，而是轻轻按在了卫瓒的头顶，柔软的发上。

卫瓒愣了一愣，仿佛从梦中惊醒一般看他。

沈鸢轻轻喊他一声："卫瓒。"

卫瓒垂眸，轻轻按住他的手，声音却是带着一丝沙哑。

卫瓒说——

"折春，你离我近一些。"

沈鸢这日回去沐浴时，侍女瞧见他后肩那大片的瘀青，果然心疼了起来。

他却淡淡道："无事，查案时不小心磕碰了。"

知雪嗅了嗅那指尖药膏的气味，知道是好药，才松了口气，又颇有些赌气说："早知道我就跟着去了，偏偏那梁统领是个死脑筋，说什么金雀卫皆是些男儿，我跟着去不方便。

"外头那些随从一个赛一个的笨。

"我人都是从战场死人堆儿里捡回来的，学医便是捡着战场上的男人尸体学的，死男人都不怕，怕什么活男人。

"下次再不肯听他们的了，只放你一个人去吃亏受罪。"

说着，絮絮叨叨替他在木桶里添上几味驱寒的药。

沈鸢听了颇有几分好笑。

隔了一会儿，却低声道："也……还好。

"不算受罪。"

知雪愣了一愣。

能从沈鸢口中听到这话，便已是开心的意思了。

沈鸢盯着自己浸泡在药汁里的指尖发呆——他到现在指尖儿都欢喜得发热。

与因读书被夸是截然不同的感觉。

他分不清是因为卫瓒做不到而他做得到；还是单纯因为所学所知、继承自父亲的一切终于能被人得窥一二。但那股子出风头的喜悦就一阵阵在他心尖发抖、在指尖发颤。

又教他有些心慌，反复想自己的言行可得体，在卫瓒面前露了怯没有，最终他还是一言不发，只把整个脑袋都沉一半到水里去，露出一双意味不明的眼睛来。

知雪见他这般，却是开心地笑了一声，一双眼笑得跟弯弯月牙儿似的："高兴就好,高兴就好。

"什么都没有咱们公子高兴重要。"

沈鸢怔了怔,又有些不好意思:"也没多高兴。"

隔了一会儿,知雪又说:"那公子回来怎的不见个笑模样,我还道谁给您脸色瞧了呢。"

沈鸢似乎想起了什么,脸色一黑,嘀咕说:"那是另外的缘由。"

卫瓒这夜怎么也睡不着。

分明是在城外跑了一天,应当是身心俱疲,可他独自倒在床上,一阵倦意,却又始终睡不着。

他曾经以为卫锦程死了,他便能睡得着了。但并没有。

他便想,兴许得安王死了,他才睡得着。

可今日见了安王,他才发现,他怕的并不是哪一个人,而是更怕眼前的才是一场梦。

怕的是他一觉醒来,一切都早已过去,尘埃渺渺、阳光荡荡,而自己的身侧空无一人。

卫瓒闭着眼睛躺了许久,干脆一翻身坐起来点了灯,写了封信给宫里头的皇后娘娘。

向自家亲姑母哭穷,道是差事难办,手下无人。问他爹手下的人能不能分他两个。

他爹多几个少几个问题不大,他却是又要办差又要念书的可怜人。

写得那叫一个睁眼说瞎话。

写完心知回头又得挨他爹一顿揍,但手底下只随风几个实在也是不好办事,遂将笔一搁,正欲唤人进来,却听得门外随风敲门道:"主子。"

卫瓒说:"进来说话。"

随风便拎着一个小丫头走过来,揉着眼皮嘀咕道:"抓到一个小奸细,沈公子院儿的侍女,叫怜儿。

"门口探头探脑好几天了,跑得还快,今儿咱们换班的时候给抓了个现行。"

卫瓒笔一顿道:"你们抓她做什么?"

他其实早就瞧见这小丫头了,这丫头没事儿就过来转转,想来是沈鸢派来刺探敌情的。

随风理直气壮:"主子,眼看着也要季考了,咱们不能泄露军机啊。"

卫璱心道狗屁的军机,只见那叫怜儿的小姑娘不过十二三岁,还是一片混沌的孩子气,便招了招手,把人叫到近前来,颇有些好笑地问:"怎么,你家公子怕我偷偷读书习武?让你来打探?"

怜儿不说话。

随风便训她:"你晓不晓得自己是谁家的人,平日里都是吃的谁的饭?怎的胳膊肘朝外拐呢?"

怜儿犹豫了一下,乖乖点了点头,却又摇了摇头,说:"今儿是让我来瞧瞧您……是不是不舒服的。

"所以才走得近了点。"

往常怜儿都是在门口远远望一眼灯火就跑的,她才不敢跑到这前院来。

卫璱怔了一怔。

哪还不知道那小病秧子是疑心他,又忍不住关心他,一时说不出话。想了一会儿,他又起了些兴致来,便示意随风抓些银钱过来。

那怜儿不知所措地瞧着他,也不敢接。

随风便将那银钱放桌上。

卫璱懒洋洋说:"回去就告诉你家公子,我已睡下了,这边儿一点儿动静都没有。

"也劝他早点儿睡,知道吗?"

怜儿似懂非懂地点了点头。

卫璱又用笔杆子敲了敲桌,半是玩笑说:"收着拿去买些点心吃,每晚照常到院子口,自有人领你过来。

"每日记着点儿你家公子几时入睡就医,要是说了些什么跟我有关的话,也好好记着。"

怜儿不敢收,也听不懂。

随风便道:"就是反间计,要你两面做奸细,好好瞧着点儿沈公子。"又道,"怜儿,你这已是侯府的叛徒了,可得晓得戴罪立功的道理。"

这小姑娘父母皆是侯府人,也不晓得自己怎的就做了侯府叛徒,迷迷糊糊让随风吓唬着应了,又受了桌上的贼赃,小声说:"那这事儿……也不能同公子说?"

随风恨不得戳她脑袋："都说了奸细奸细的，你若说了，哪还叫什么奸细。"

怜儿诺诺应了。

卫瓒瞧了随风一眼，心道别管随风理解成什么样，反正人已教明白、事儿办成了就是。

他忽地又想起一事，令随风退下。

自压低了声音跟那小姑娘说："你家沈公子素日熏过香的物件儿，挑个不打眼不值钱的送来。"

小姑娘懵懵懂懂地瞧着他。

他寻思着沈鸢房里头好些香囊香球的，都是让那侍女混着药熏的，带着能睡得香甜些。

小孩子也知银钱好，怜儿偷偷摸了摸怀里的银子，高高兴兴点了点头，跑了。

待随风也拿着信出去，他便懒得读书了，倒是随手抽出一张纸来胡乱勾勒。

竟勾出一幅衣衫半解的美人图来。

国子学里教画，他还得过博士的夸奖，说他颇有灵气，只是在这上头不甚用心。谁知此刻他却不知不觉画了一个多时辰，画中人伏身在锦缎绫罗之间，衣裳堆叠在手肘处，即便只画出了小半个精致的脊背，连一分颜色也无，只线条变幻也见艳色。

卫瓒素来恣意任性，在京中走鸡斗狗、无法无天之事不知做了多少，这会儿画些不成体统的东西，也不觉得有什么，只一笔一笔勾上去，最后笔尖沾了一点练字批红的朱砂。

犹豫了再三，却忽地听外头随风轻轻敲窗："那小丫头说，沈公子已睡下了。"

卫瓒这方才如梦初醒，"嗯"了一声，说："知道了。"

又听窗外随风尴尬地咳嗽了一声，道："那小丫头有东西要给您。"便从窗口递了个篮子进来。

他心道是什么东西。

却瞧见叠得整整齐齐的一沓雪白衣裳。

卫瓒指尖一捻，跟他身上的里衫一个料子，侯夫人专门挑来给他们做衣裳的。

好家伙，这小丫头，把他家公子熏笼上熏着的衣裳给弄来了。要说不值什么吧，在侯府也的确不值什么。就是……

卫瓒看了看手里的衣裳，心道这么大一件衣裳没了，哪有发现不了的道理。

要说这小丫头也是胆大包天。沈鸢赶明儿找起来，还不知道她要怎么圆。

就着卫瓒查案的几天工夫，季考的日子一天天近了，昭明堂里头肉眼可见，一个赛一个的紧张。

国子学一春一秋两次季考最是重要。自打前些年，嘉佑帝着意设昭明堂养将，改国子学学风之后，这群公子哥的前程便跟学业挂了钩。

除去卫瓒侯府独子早早得了嘉佑帝的青眼，注定锦绣前程的。如唐南星一干并非嫡长子的，到了年纪就须得拿着几年的成绩再去考核，通过了才授官给职。

昭明堂这一干人是最头疼的，尽是些武将勋贵出身。每每经史课都睡倒一大片，打鼾被博士罚出去提水的都不知道多少，一到了考前，他们便各拿着干干净净的书抓瞎。

倒也有来找卫瓒的，只是唐南星早早就晓得他的作风，哀声道："你问他没用，卫二哥脑子跟咱们不一样，他是考前抽一宿，把一本书都背下来。"

周围人闻言，顿时响起一片倒抽冷气的声音。

卫瓒正在窗边儿跟人玩双陆，闻言低着头说："倒也不是。"

众人便竖起耳朵听。

他老神在在，一本正经道："只背半本就够了，有些博士还没讲过的，倒不用背。"

得到嘘声一片。

卫瓒头一偏，正躲过其他人义愤填膺扔过来的一个纸球。

一伙儿人抱着书唉声叹气的，却有一两个机灵的，把眼神往沈鸢那头使。努一努嘴，示意如今国子学经史策论的头名就在那儿坐着。另一个就"嗤"一声，示意不行，凑上去也是自讨没趣。

独独有一个立起来了。

便是昭明堂里头惯常抹粉簪花、意图混进文人堆儿里的那个。

他叫晋桉。

他老子生得张飞样，偏偏娶了个秀气的漂亮姑娘。天长日久，晋桉虽学问不精，却学了一身文官子弟涂脂抹粉的习气，在一众武官子弟里，活似个锦鸡掉进了狼狗堆儿，花哨得实在突出。

就见晋桉摇摇曳曳地走到沈鸢面前，将书往他眼前一推，道："折春。"

沈鸢抬起头来，瞧了他一眼："什么事？"

晋桉道："你能给我讲讲季考吗？"

众人皆屏息凝神。心道这下完了，他们都是见过沈鸢讽刺卫瓒的。那叫一个牙尖嘴利，连个脏字儿都不吐，就能把人贬到泥地里去。

却不想沈鸢没怎么多话，只随手抽出一本书来，道："哪一门？"

——众人眼球都要掉下来了。

晋桉眨巴着眼睛，道："我除了骑射，都不大行。"

沈鸢可能也鲜少遇见这般直白的，抬头看了他一眼："……"

半晌，他无奈道："书给我，我帮你圈一圈吧。"说着，便拈起朱笔来，一边圈，一边慢慢讲解，"这一门赵博士素来爱以古喻今，近来讲的典故不多，甲胄之事闹得沸沸扬扬，再有朝中兵部洗牌，这两件事多半要关联上的。

"若以他课上所说，最可能考的题目大约有七道……"

一群人竖着耳朵抓心挠肝的想听一听，又不好意思。

卫瓒在那看得好笑，却也不点破。

待晋桉笑盈盈道了声谢，一扭头，就让学堂里的那群浑小子给拉走了。

这群人不好意思在堂里头问，只簇拥着晋桉挤了出去。一个两个三个，后来跟卫瓒打双陆的人，也忍不住出去瞧。

独独就剩下卫瓒跟沈鸢在堂里，隔着一张空桌案。

沈鸢指尖动了动，看了卫瓒一眼。

卫瓒没了打双陆的搭子，只得坐在案边儿，将两颗水晶骰子一抛一接，冲沈鸢笑："找我？"

沈鸢瞧了他半晌，显然不太喜欢他的眼明心亮，却还是走过来，将手中的书并一纸阵图放在他案上，垂眸道："我昨夜将记录此阵的书寻了出来，阵图也绘了出来，小侯爷和金雀卫要查，不妨顺着这些往下查。"

卫瓒笑着道了声谢，便要将这书拿起来。

却没能拿动。

是沈鸢用手按着书册，静静看他。

窗外头昭明堂的学生不知说什么，在那嘀嘀咕咕讨论题目，兴许是谁说了句傻话，惹得一阵哄笑。

衬得这堂内越发静了。

卫瓒心知这小病秧子还有算盘,便笑说:"怎么?舍不得?"

"我叫梁侍卫看过了,好模好样还你就是了。"

沈鸢却并不接他的话,按着书说:"小侯爷跟安王有过节?"

卫瓒说:"不曾。"

沈鸢又说:"那小侯爷昨日为何面色不渝?"

卫瓒说:"突发恶疾。"

沈鸢:"……"

卫瓒很少看到沈鸢这般吃瘪的表情,竟微妙生出一丝愉悦来。

却忽地听沈鸢问:"安王与甲胄案有关?"

卫瓒顿了一下。纵然早就知道沈鸢的直觉敏锐,却还是大大出乎了他的意料。

沈鸢显然已经捕捉到了他面色的变化。

那双漂亮的眸子眯了眯,正欲进一步乘胜追击。

卫瓒却忽地反咬一口,一本正经说:"沈折春,安王为国做了十余载质子,如今潜心修道求国泰民安。你却敢污蔑亲王之尊,胆子够大的啊?"又说,"也就是我了,这话可不能说给别人听,否则岂不是居心叵测。"

沈鸢让他噎了个透彻。

比不要脸,沈鸢是比不过他的,只冷哼一声,愤愤地松了手。

卫瓒便光明正大将东西拿起来,还当着这小病秧子的面儿晃了晃,笑着说:"多谢。"

沈鸢只将手缩进衣袖里,恨恨瞪他一眼,却因着神色没有半分威慑力。

瞪过了,反身要走。

卫瓒却又唤一声。

沈鸢冷声说:"还有什么事?"

卫瓒笑说:"梁统领叫我叮嘱你,此事机密,须徐徐图之。他已向圣上通禀,阵法之事暂且不可说与旁人,以免打草惊蛇。"

沈鸢道:"知道了。"

便又瞪了他一眼。

卫瓒虽然是让人瞪了,却禁不住笑起来。

窗外阳光正好,沈鸢嘴唇已抿出了红色来,一呼一吸间,倒显得气色甚好。

卫璞问:"折春,你嘴巴严实吗?"

沈鸢没好气说:"总比你严实。"

卫璞轻笑一声,喃喃自问一般:"有多严实?"

他前世可知道吗?

昭明堂一众人等正抱着晋桉的那几册书,撅着屁股在大石上传抄。

有人嘀咕:"这可是真的吗,姓沈的不是故意挑了些假题,来诓我们吧?"

晋桉翻了个大大的白眼:"臭不要脸,这题本也不是画给你们的。叫花子还嫌饭馊,你不信就别看别抄。"

那人便嘿嘿讪笑:"不馊,不馊。"

晋桉一扭头,只见唐南星抻着脖子,心神不宁似的,总往学堂里头瞧。

晋桉拿着一把扇一下一下地戳他,说:"姓唐的,你瞧什么呢?"

旁人道:"准是担心卫二哥跟沈鸢打起来。"说罢了,有些不好意思,道,"咳……跟沈折春。"

用了人家猜的题,还直呼人家姓名,的确有些不好意思。

晋桉跷脚坐在大石上,嘀咕说:"我觉着沈折春挺好的,卫二哥又不是不明事理的人,你少操那些没有用的心。"

唐南星道:"你知道他挺好的?他挺好的,能天天找卫二哥的茬儿?"

晋桉又翻了个白眼,说:"那你倒是回去啊,你跟着出来干什么。"

唐南星没动静了。

——他也是出来瞧瞧题目的。

众人又嘻嘻哈哈地笑他。

晋桉又摇着扇,说:"说真的,沈折春人挺好。"

见众人都不信,他便挑着眉问:"你们记得我前年去诗会那次吗?"

唐南星说:"哦,就你不死心,非要往文生里头挤的那次。"

晋桉踹了他一脚,说:"对,就是那次。"

晋桉这人,喜好些文人做派,偏偏肚子里墨水不够,那帮子文生又瞧不起他。

那是他头一回去诗会,难得让人请了去,忍不住跟人附庸风雅说典故。却偏偏说错了,将樊迟说成了樊哙,好好的孔子门生竟成了汉高祖手下一猛汉。

他那时也是头铁,非要死鸭子嘴硬,咬着牙红着脸说自己没记错。对方也是较真，扬着嗓子喊了一声，便引得周围人一同来笑他。笑得他头顶冒汗，脚趾缩成一团，恨不得立时钻进地底下，这辈子再不来什么诗会。

那时碰巧沈鸢来了，别人笑着问他，说："折春，你来得正好，你可曾听过樊迟改名叫樊哙？"

沈鸢瞧了他一眼。

他以为沈鸢要笑他了。

却听见沈鸢淡淡道："樊迟是何人？读书读乏了，竟一时想不起。"

那些人便笑："好哇好哇，连这都敢忘，我非得向先生举报你不可，季考岁考准是作了弊的。"

沈鸢瞧也没瞧他一眼，便将他给救了下来。

他后来想要去道谢，却发现沈鸢已提前走了，终是没能谢成。

如今把这事儿拿出来说，众人都笑道："都说了让你少跟书生打交道，非要去露怯。"

晋桉道："那之后我不是就再没去了吗。"

唐南星却嘀咕："不应该啊，那天我求卫二哥领你去了。"

晋桉闻言一愣，说："什么？"

唐南星便嘀嘀咕咕说："那天我估计你就又要去丢人了，碰巧卫二哥去那附近办事，我便央他去瞧你一眼，省得你光着腚拉磨转圈丢人——"

说一半，让晋桉蹬了一脚："你才转圈丢人呢。"

唐南星说："反正就是这么回事儿，这么说，你压根没见到他？"

晋桉想了一会儿，说："的确没见到。"

"兴许是来了，见没什么事，便走了吧。

"我那天后来可是拉着一帮书生划拳喝酒，喝吐了七八个，他们如今见了我就怕。"

过了一会儿，晋桉又笑着说："又或许是听见沈折春替我说话了，省了他的事。

"那不是更好吗？如今知道沈折春不是什么坏人，便更打不起来了。"

卫瓒坐在窗边，依稀能听见一点晋桉的话。

他的确是瞧见过沈鸢的好的。有那么几次，他见过沈鸢对素未谋面的人温和相待。

才晓得，沈鸢并不是时时刻刻都尖酸刻薄，也有善解人意的时候。

晋桉说的那次诗会，他的确去了。本想带走晋桉，只是瞧见沈鸢将那事化解了，便没有出声。

只是远远在角落瞧着。

沈鸢那天应当是病了，不大舒服，却硬撑着做了几首诗，非要博得了好些人的喝彩，才肯独自去角落休息。

那时他似乎已累极了，额角都是涔涔冷汗，后背的衣衫也已湿透。

卫瓒见了，便走过去。

沈鸢已是没力气抬头瞧人了，眼睛也睁不开，用温暾的语调喊了一声："兄台。"

卫瓒瞧他片刻，低下身，试图将一方手帕塞到他手里。

那小病秧子垂着眼皮，乖乖巧巧喊了一声："多谢。"

却又没攥住，帕子不小心落在地上。

卫瓒一刹那说不出是什么滋味儿，便弯腰替他去捡，连声音都缓了许多，问："沈鸢，你不舒服？"

谁知沈鸢竟听出他的声音了。一发现是他，便立马变了脸色。

沈鸢吃力地抬起眼皮，望着他冷笑一声，说："原来小侯爷也来了，看来是国子学已不够小侯爷风光了。"

那是一种戒备和嫌恶的姿态，仿佛是怕他将这诗会的风头抢走。

与对待晋桉的温和相比，冷漠得不像是一个人。

卫瓒的手一顿。

还来不及卸下防备，就让什么蜇了一下，又疼又热，伤口火辣辣的。

半晌，卫瓒将那帕子随手扔在沈鸢面前，嗤笑说："你以为谁都跟你一样？"

最后，卫瓒到底还是去托了诗会主人，遣人送沈鸢回家。

只是再也没给过沈鸢好脸色。

少年人的自尊心，容不得自己低三下四地讨人欢喜，甚至心生羞恼，将沈鸢待他人的和善都归为邀买人心。

每次争嘴都说沈鸢钻营，确信他是个唯利是图的小人，就是不愿意承认，沈鸢只讨厌自己。

后来很长一段时间，卫瓒都来不及去细想。

可隔了太久的时间之后，当初到底是用什么样的目光看待沈鸢的，他竟晦涩不清了起来。

　　卫瓒甚至不知道，是否有过那么一瞬间。他也如现在这般，跟沈鸢共处一室，隔着一张桌。假做随性，却总用余光一直静静地看。

　　沈鸢让人缠着讲了许久的题，旁边还有个卫瓒盯着，到了傍晚回院时，便渴得厉害。
　　都没等照霜动手，自己先灌了三杯茶下去，舒了口气。
　　照霜道："怎么渴成这样。"
　　他嘀咕说："白给人做先生来着。"
　　照霜便笑："又是人家一央你，你便应了？"
　　沈鸢道："来日说不准儿有用得上他们的地方。"
　　照霜没说话，心道不过是心软罢了，嘴上非得找个借口。
　　沈鸢止了喉咙里的渴，却听到知雪在外头训小丫头。
　　侧耳细细听了听，似乎是丢了什么东西，知雪说了好半晌，怜儿那丫头在那一个劲儿地木呆呆、傻乎乎点头。
　　沈鸢便问："这是怎么了？"
　　照霜说："熏笼上熏着的里衣少了一套，查了好半天，怜儿才承认，说是送去洗的时候弄丢了，问她丢哪儿了，她也支支吾吾说不出来。"
　　"好好一套衣服，还能插翅膀飞了吗？"
　　沈鸢哭笑不得，道："我当是多大点儿事，丢了就丢了，这训了快一炷香，让她俩回来歇歇，"
　　照霜说："她要早点儿说，也不值得训她，非让知雪问了一下午才结结巴巴承认，不说她几句，下次还不长记性。"
　　沈鸢笑了一声，说："那也差不多了，还能有人把我衣裳拿去下咒吗？"
　　他也就这么随口一说，谁知这话音一落，便瞧见门外那小姑娘愣了一下，仿佛想到了什么，惊慌地看了他一眼。指尖儿在衣摆揉来捏去，突然一下就慌了似的。
　　沈鸢喝茶的指尖儿顿了顿。
　　原本含笑的眸子，也闪过一道光来。
　　他瞧了一眼那小丫头，轻声细语笑说："怜儿。"
　　"你过来。"

第四章 退而求其次

这夜，金尊玉贵的小侯爷刚沐浴过、绞干了头发，正打着呵欠在藤椅上吹凉风。

随风立在左边儿，怜儿立在右边，细声细气地汇报说她家沈公子已经睡下了。

这几天听说卫瓒不怎么念书，那小病秧子都睡得早起得晚，甚至还有心情去园子散散步、稍稍比画一会儿剑招，端的是修身养性、与世无争。

卫瓒问："大夫怎么说的？"

怜儿犹豫了一下，说："大夫，呃，大夫说公子……挺好的。"

卫瓒一时之间心情大好，自从把怜儿这个小间谍给策反后，他实在是放心了许多。

前世沈鸢那身子堪称是千疮百孔，固然是他带累得多些。可沈鸢自己那股子钻牛角尖的劲头，也是一个大问题。如今至少不用担心，那小病秧子自己把自己给作死了。

要么怎么孙子兵法里说，不用间不胜呢。

对付沈鸢这种人，就得用点儿反间计，要些无伤大雅的小手段。

卫瓒这头心情大好，倒是随风在旁边目光忧郁。

随风本以为主子是终于开窍了，知道念书了，专程找了个间谍制着沈鸢。谁知如今沈鸢是不学了，问题是他家小侯爷也没学过啊。

每天也就练练武，剩下的时候不是在吹风摸鱼，就是往金雀卫那边儿跑。

这两天实在没什么忙得了，还弄了把藤椅摆在院子里，把沈鸢那儿顺来的兔子软垫放上去，每到了夜里，就抱着个软兔子，喝着酸梅汤吹凉风。

——好不享受。

仿佛全世界都在操心小侯爷的季考，只有他自己不操心。

卫璎瞧不见他家侍从忧郁复杂的目光，又问了几句沈鸢近来的饮食医药，怜儿一一答了，便示意随风带着怜儿进屋去吃点心去。

一阵春日暖风袭来，人也渐渐有几分倦意，睡不大着，只是合着眼闭目养神。

——即便沈鸢的里衣还在他屋里头藏着，他也不打算当着人的面儿就抱着睡。

却忽地听见，那小姑娘细声细气地问随风："随风大哥。"

随风应了一声。

小姑娘眨巴着眼睛，把手里的点心分给了随风一块，道："咱们小侯爷平日都这么悠闲啊。"

随风咳嗽了一声，替自家主子挽回面子："也不是，主子这是读书读累了，歇一会子。"

怜儿懵懵懂懂"哦"了一声。

隔了一会儿，她又问："那平日里都读多久的书啊？"

随风开始胡诌八道："嗯，从回来读到现在吧。"

这时候卫璎已经觉得哪里不对劲儿了。

只是闭着眼睛，继续往下听。便听那怜儿又小声问："随风大哥，你最近有没有觉得，小侯爷跟原来有什么不一样啊？"

随风还在那迷迷糊糊说："什么不一样啊？"

怜儿扳着手指头说："就是脾气啊、习惯啊什么的……"

卫璎："……"好家伙，这是司马昭之心了啊。

他确定了，这丫头片子就是让沈鸢又给教训了一回，来反反间计了。而且这丫头片子看着迷迷糊糊的，也不知道沈鸢怎么教的，竟然灵光了起来，开始转弯抹角了。

这有点笨的孩子乍一灵光，连随风都没反应过来，险些让这小丫头套进去了。

卫璎便在院儿里重重"咳"了一声。

随风这才警觉不对，搪塞了两句，将小丫头匆匆忙忙送走，便来院儿里摸着脑袋说："这小丫头片子，刚刚是不是套我话呢？"

卫瓒睨他一眼："不然呢？"

随风倒抽一口凉气，说："这沈公子真行，傻子都能给调弄聪明了。"又说，"不行，我得把这小丫头找回来。"

"找她有什么用？"卫瓒说："你先找人去问一问，松风院这些日子蜡烛用了多少。"

他心里估摸着，若是这小姑娘让沈鸢给发现了，那些话估计是一个字儿也不能信。

倒是小看这病秧子了。侯府就这么点儿人，沈公子也能斗智斗勇。

随风心道得了，这活到底还是落在他身上了，匆匆忙忙布置下去。

没一会儿，就来消息了。

这些天，松风院里的蜡烛足用了平日里的三四倍，卫瓒掐指一算，怕不是沈鸢这几天读书读得昏天黑地、不见天日。感情天天放这丫头过来散布假消息动摇军心，就是为了趁着他不注意疯狂念书。

卫瓒在那藤椅上坐着，险些让这小病秧子给气乐了。

随风也没想到，区区一个季考，竟如此较真。

半晌回过味儿来，他说："主子，要不咱们再派个别人……"

卫瓒道："派谁？你派了，他能把窗蒙上、在被窝里偷着学。"

"人家凿壁借光，他沈折春倒反过来了。"

随风乍一听荒唐，细一想，沈公子不是做不出来这事，不由心生一股扭曲的钦佩。

便见卫瓒伸了个懒腰，从那藤椅上跳下来，说："走吧。"

随风说："您去书房？"

"去什么书房，去松风院。"卫瓒说，"找人收拾收拾东西，今晚就睡那边儿了。"

卫瓒就不相信，沈鸢还能当着他的面儿玩心眼。

夜半三更，怜儿回了院没一会儿就去睡了。

别说小丫头禁不住熬夜，就是知雪都犯困，脑袋跟小鸡啄米似的耷拉着，一点一点的。

沈鸢坐不住了，便改站着读书，瞧了她一眼，有些好笑说："困了就去休息，用不着你伺候了。"

知雪摇了摇头，边说边捂着嘴偷偷打呵欠："没事儿，不……不困。"

沈鸢正欲再说什么，却冷不防听见外门一声："小侯爷来了。"

沈鸢一惊，屋里头几个侍女顿时乱作一团。

知雪亲自提着裙摆出去应付，余下藏书的藏书，藏笔的藏笔。

最后都收拾得干干净净，也顾不得仪态，将那灯"噗"一声吹灭，沈鸢把鞋子一蹬，哧溜一下就钻进被窝里。

三卷两卷，把自己卷成了一只大蚕蛹，开始眯缝着眼睛装睡。

知雪这下困意全消，眼珠子滴溜溜地转，去门外拦着："我们公子已经睡了，小侯爷您有什么事儿跟我说就成，明儿还得念书呢——"

话没说完，就见这位爷毫不客气把门推开。

左右瞧瞧，见屋里头早就跑得一个人也没有，只屏风后一副厚缎子床帐，将里头遮得严严实实。卫瓒却是半点儿不客气，大步流星走上前去，将帐子一撩，紧挨着那被子卷——坐下了。

知雪也愣了："……小侯爷？"

卫瓒混不要脸，打了个呵欠，说："我屋里床塌了，过来借着睡一宿。"

这是糊弄鬼呢，侯府哪儿没有他这位小侯爷睡一觉的地儿。

知雪常年跟着沈鸢，想来是没怎么应付过无赖，硬着头皮说："我们公子床窄，要不这样，将外间儿书房给小侯爷收拾出来……"

却见卫瓒笑了笑，道："不必，我跟折春关系好，凑合待着。"

随手往床上拍了一把。

就听"啪"一声响，沈鸢在床上裹得跟个卷饼似的，连卫瓒自己都没反应过来这一巴掌把人拍疼了。

反应过来的时候，那卷饼似的被子已立了起来，里头蓦地钻出一个乱蓬蓬的脑袋来。

沈鸢怒不可遏地瞪着他，喊了一声："卫瓒！"

"卫瓒！"

沈鸢近来爱阴阳怪气地喊他小侯爷。

乍一直呼姓名,听起来还有点儿亲切舒坦。

卫瓒"嗯"了一声,已猜出自己是哪一下将沈鸢惹恼了,但他偏偏不说,只笑吟吟地坐在床边,说:"怎么了?"

当着侍女的面儿,沈鸢有恨说不出,又眼见着卫瓒已要在赖这屋了,只得咬牙唤知雪,说:"知雪,你先出去。"

见知雪出去了,沈鸢终于不装睡了,只阴阳怪气说:"卫瓒,大丈夫堂堂正正,你搞这些歪门邪道是什么意思?"

卫瓒回道:"堂堂正正?你哄那小姑娘来探我的底怎么不说?"

沈鸢说:"是你先让怜儿监视我。"

卫瓒说:"这丫头最初是谁派出去的?"

沈鸢便冷笑:"我不过让怜儿在外门望上一眼,有些人倒好,又是偷衣裳,又是登堂入室,不知道的,还以为是哪路的绿林强盗来了。"

卫瓒便是一顿,心道衣裳那事儿果然还是被发现了,还是不能心存侥幸。

沈鸢见他不还嘴,自以为是捉着他把柄了,便继续道:"也不知我那衣裳小侯爷是拿去下了什么咒,亏得我是个男人,若是个姑娘,这等歹心歹肺、强闯民宅的贼,怎么都得送去官府打个四十板子。"

灯火摇曳下,卫瓒却是笑了一声,慢条斯理道:"若是个姑娘,让人闯了空门,怕不早就吓晕过去了。"

沈鸢万万没想到卫瓒这般巧言善辩,竟一时之间木了舌头,万般话语都噎在了喉头:"卫瓒、你……"

卫瓒暗笑一声,心知这小病秧子恐怕浑身上下只有这张嘴最厉害,便懒得跟他争下去,只打了个呵欠,伸长了手一勾,将那厚缎的帐子放下。

收回手又往后一退,坐到书桌旁。

"扑通"一声闷响,沈鸢"扑通"一声闷响,连人裹带着厚厚的被子都倒在了床上。

卫瓒眯着眼睛打呵欠,说:"都三更了,你不累我也累了,睡吧。"

沈鸢扑腾挣扎着要起来,却不防四肢都卷在了被子里,作茧自缚,动弹不得。

卫瓒又扬长了声音喊:"熄灯,沈公子要休息了。"

门外头吵吵嚷嚷,似是卫瓒带来的人和知雪一个要熄一个不让,最后听得一声:"抱歉,知雪姑娘,奉命行事。"

然后灯就熄了。房间里头一片漆黑。

沈鸢心知卫瓒这人犯起浑来,别说知雪照霜,就是把侯夫人请来都没什么用处。他心里头还惦记着那复习的大计,忍着气、磨着牙跟卫瓒讲道理:"卫瓒,你自己怠惰,还不许旁人勤学苦练,你有道理没有?"

卫瓒嗅了嗅,发觉小病秧子房间里的药香果真有叫人安心的功效,跟香草气息混在一起,干净又舒服。

沈鸢又说:"不如这样,你回去睡,我不学了就是了。"

卫瓒又挪了挪胳膊,找个更舒适的倚靠姿势。

那小病秧子还在喋喋不休继续说:"卫瓒,就算前头那些我都不与你纠缠,你不请自来也是无礼,不若还是先回去休息……"

卫瓒心不在焉说,啊对对对,你说的都对。

然后,把眼睛闭上了。

沈鸢阴阳怪气了半天,不见回声,一扭头发现这人正在装睡,登时气得说不出话来。偏偏整个人都卷在被子里,连胳膊腿儿都不自由,有火没处发。

接连激了卫瓒好几句,也没见回音。

最终含恨将眼睛闭上了。

沈鸢原本是不想睡的,他得多背几页书,不然未必考得过卫瓒这个不用功但是记忆力超群的混蛋。

他闭着眼睛想,等卫瓒睡迷糊了,就下去接着看书去。

但他夜夜秉烛读书,身体哪里撑得住,眼皮一合上就开始犯困,跟让糨糊粘了似的。没一会儿就犯了迷糊,意识也开始昏昏沉沉。

假睡成了真睡。

半睡半醒间一翻身,额头撞了床柱,沈鸢也没反应过来,还惦记着那点书,喃喃念叨着要下床读书。

有人声音里带着几分困倦,懒洋洋地在不远处笑。

"沈折春,你哪儿来那么多心眼儿啊。"

第二天卫瓒醒的时候,沈鸢正坐在小桌边儿上吃茶,见他醒了,嘀咕了一声说:"小侯爷起得早啊。"

卫瓒倒挺佩服沈鸢这早起的意志力,他自己除非是行军打仗,其他都是能舒服则舒服,能懒惰则懒惰。这会儿他便揉着眼皮,趿拉着鞋,抻着头去瞧沈鸢吃什么。

桌上只一碗粥,配着一碟子雪菜,一碟子凉豆,几样软糯点心,巴掌大小的碗里装了三五颗小馄饨,边儿上一壶清茶慢慢地吃。

算不得富贵,却样样精巧应季,果真就是江南小公子那细致的做派。

见他醒了,知雪便又取了一套碗筷放在边儿上。

卫瓒怔了一怔,笑道:"给我的?"

沈鸢不情不愿说:"不然呢?

"我白吃白喝侯府这些年,还敢把小侯爷饿着肚子赶出去吗?"

就是看在侯夫人侯爷的份儿上,沈鸢也做不出这事儿来。

卫瓒便闷笑一声,心道真是好话也说得难听了。

却又不知怎的,他真坐在那儿,跟沈鸢一张桌子吃饭,倒觉着有些奇妙。

清晨的太阳只冒了个头,卫瓒低头咬了一颗小馄饨。皮薄馅儿嫩,却是切得细细的脆笋鲜肉,热乎乎、鲜美得叫人恨不得把舌头吞下去。他便蹦出一句:"怪不得你生得细白,在江南汤汤水水里滋养大的,跟学里那些油饼包子养大的是不大一样。"

卫瓒说得一本正经,却是沈鸢茶吃到一半,差点呛了。

沈鸢说:"小侯爷这话,也不怕我传出去。"

卫瓒说:"传给谁?唐油饼还是晋包子?"

"他俩外号比这难听多了,唐油饼他爹给他起了个小名叫狗蛋,到现在吵起架来都怕人指着他骂唐狗蛋。"

沈鸢又扬起了一点唇角。

卫瓒见屋里头眼下只两个人,便搁下勺子,喊了他一声。

沈鸢瞧了他一眼。

卫瓒说:"衣裳那事,是怜儿弄错了我的意思。"

沈鸢"哦"了一声。

想来什么咒啊术啊的,也不过是浑说的,沈鸢并不真的忌惮他做这样事。

卫瓒又笑:"昨儿是我胡闹了,你早些睡就好,我往后不来闹你。"

沈鸢瞧了他一眼,垂着眸喝茶,又"哦"了一声。

隔了一会儿,他皱着眉开口说:"卫瓒……"

卫瓒心里头一跳,却若无其事看着他:"什么?"

沈鸢说:"……没什么。"他怎么会觉着卫瓒是真心为他好呢。

季考本就考得科目繁杂，再加上昭明堂额外要考校骑射和兵法，便教这些人考足了三天。

更可气的是，考校结束了，没等放榜，就先遇上了上巳节，博士们按例休沐一日。也不管这些学生提心吊胆，能不能休息好。

但昭明堂的人向来没什么心肺，先玩痛快了再说，一早就纠结了一伙人，上靖安侯府的门儿来，叫卫瓒去外头踏青、泡汤泉去。

一群人也不进门，只叫人传话，在门外等着，骑马的骑马，说笑的说笑，放眼望去，皆是风流矫健的少年郎，惹得好些姑娘从门缝儿偷眼去瞧。

唐南星道："咱们就放一天，急着来回，叫二哥快些准备。"

却有人忽地想起什么来了，摸着脑袋说："叫不叫沈折春啊？"

另一个道："文昌堂说是设了什么曲水流觞宴，多半已叫了他。"

唐南星嘀咕说："现在沈折春是咱们昭明堂的了，有他们什么事儿啊，天天过来凑什么热闹。"

晋桉看他一眼，说："你用了人家的题，连声谢都没说，还有脸说呢。"

"欸，"唐南星摸着后脑勺，"你不是都说了吗？"

晋桉说："哦，我说了就等于你说了啊？我这嘴是你捎的？"

唐南星没法子，又跳下马，凑到那传话的仆童前，跟做贼似的低眉顺眼说："也问问你们家沈公子出不出来。"

那仆童乖乖去了，出来的却是一身飘逸春衫的卫瓒，他摇了摇头道："沈折春说他今儿不出来。"

众人皆笑，道："卫二，你亲自去碰了一鼻子灰啊？"

卫瓒还真是。他疑心是前两天考试的时候蹭吃蹭喝蹭睡，将那小病秧子给惹恼了，以至于接连一两天都没跟他好好说话，逢着他就若有所思一般，用那狐疑的眼神儿扫过来扫过去。

今天更是连门儿都没让他进。

就派了个怜儿，可怜巴巴地看他，说："公子说了，今日不见客，我要是让您进去了，就把我打包送到您院里去。"

那小丫头耷拉着脑袋，眼泪都要掉下来了。

卫瓒心道他那枕戈院是养了老虎还是养了狼，能把这小姑娘吓成这样。

只得无奈牵着马出来了。

之后，便是众人嘻嘻哈哈上了路。

这年头只要能出来的节日,其实都是少男少女出来飞眼睛眉毛的日子。上巳节要格外热闹些,年轻人都相约踏青放纸鸢,他们这些贪图玩乐的主则去庄子跑马、泡温泉。

城里骑不得快马,走得慢些,便有往来的姑娘将香囊花儿往他们身上扔。

卫小侯爷银鞍白马春衫薄,总是让人抛得最多,只是他懒洋洋的,跟没瞧见似的。

姑娘见他没什么反应,又去抛边儿上眼睛圆圆、喜不自胜的唐南星。

如此一来,唐南星倒是发了迹。

晋桉也得了不少,只捡了姑娘的一朵花簪在头上,笑他:"怪道你不情愿叫沈折春呢。"

"若沈折春在这儿,哪还轮得到你。"

沈郎春色可不全是吹的。

唐南星悻悻说:"这可不是我不叫他,他自己不乐意去。"隔了一会儿说,"你们说,是不是我上回见死不救,让他记恨上了?"

众人笑道:"兴许就是有事儿呢。"

卫瓒听着听着,总觉着有些心不在焉。

其实他这些日子里,金雀卫和国子学两头跑,若说不想出城跑跑马、松快松快,那是假的。可沿途见了好些挑着担子,卖风筝,卖糕团,卖春茶的,总觉得少了点儿什么。

越是热闹,越没了兴致。

到了城门口人挤着人,他们也不得不下了马慢慢等着。

学生见旁边一个老妪提着一篮子黄不黄、青不青的糕饼卖,模样有些丑却也有几分清香,便忍不住问是什么。

老妪不会说官话,开口便是浓重的乡音,说了个名字。

学生没听清,听了好几回,才听懂是江南一带上巳节的点心,正碰上这群人出门风风火火、谁也没带个饭食,他们便将一篮子都买下了,拿垫篮子的荷叶包了分了来吃。

吃了又觉得干渴,四处找卖茶的担子。

卫瓒咬了一口,还是热腾腾的,软软糯糯,几分微甜,蒿草的香气倒是扑鼻。

眼看着已到了城门口,卫瓒却忽地反悔了,他将热腾腾的糕团往怀里头一揣，连个理由也不找，说："我想回去了，便不与你们去了。"

唐南星只来得及"啊"了一声，便见卫瓒一翻身，上马回去了。

只留下飘飘然一个白影儿。

那头人还吃点心、分茶水呢，一回头，见卫瓒已没了影子。

"卫二哥呢？"

唐南星摸了摸鼻尖，说，回去了。

卫瓒这次回院儿学得聪明了，没走正门，走得窗户。他现在将登徒子这一套学得很扎实，一翻身就跳进沈鸢的窗子里。

果然，这小病秧子没出门，也没去什么曲水流觞宴，就坐在窗下，一身月白色的衣裳，淡淡垂着眸读兵书。

见他来了，怔了好一会儿。

半晌，沈鸢才问他："你不是泡汤泉去了吗？"

卫瓒道："泡汤泉没什么意思。"

沈鸢竟不自觉有些避开了他的目光，说："我这儿也没什么意思。"

卫瓒隐隐嗅到房间里有零星的酒气，又疑心自己是闻错了。

沈鸢不是个白日饮酒的人，更鲜少把自己一个人关在屋子里饮酒。

再低头一瞧，却还真在沈鸢的书桌案上寻到一壶酒，一摸，竟已凉了。

卫瓒顿时拧起眉毛来："沈鸢，你有什么想不开的要吃冷酒，嫌自己身子太利索了吗？"

沈鸢却是怔了一怔，摸了一下酒壶，才轻轻"啊"了一声，说："原来已经凉了。"

卫瓒拿有些迟钝的沈鸢没法子，只好道："你那两个侍女呢，也不管着点儿你？"说着就要去外头寻照霜和知雪。

被沈鸢叫住了："是我让她们出去的，你别多管。"

隔了一会儿，沈鸢耷拉着眼皮，慢吞吞瞧着书说，"本来也不干小侯爷的事情。"

算不得冷言冷语。

可他总觉着沈鸢不大对劲儿，蹲下身问沈鸢："怎的？是季考的题没答上？还是我前些日子惹你了？"

沈鸢一听说前些日子，口气越发硬了，说："与前些日子有什么关系。"

卫璀不知怎的，竟有几分心虚，想问问他是不是察觉自己想真心待他了。

却又怕让这小病秧子知道了，再连夜跑到山上去躲他，只说："你若有什么不高兴的，便告诉我。"

"只是冷酒不能多吃，我拿走了。"

他起身便拿起那壶酒，要走。

衣袖末端却被轻轻拉扯了一下。

他扭头。

瞧见沈鸢仍坐在那儿，低低垂着头，指尖捉着他的衣袖，有几分犹疑落寞。

沈鸢轻声说："今日……是我父母忌辰。"

"你陪我坐一坐。"

对于沈鸢的父母，卫璀一半是从靖安侯那听来的，还有一半是前世沈鸢断断续续说的。

前世侯府凋零以后，沈鸢就不再在他面前提起自己的父母，他们像是有某种默契，便是互相不去触碰让人难受的那一部分。

但拼凑起来的那些只言片语，还是能窥见当年旧事的一隅。

沈玉堇与靖安侯卫韬云是挚友，但在行军打仗的才能上，却是截然相反。

卫家人似乎生来就流着战斗的血，行军机敏、奋勇果决，是刻在骨血里的天赋。

而沈玉堇却生来不是行军打仗的料子，他出身江南文人世家，性情温暾和蔼，于行军打仗上更是无甚天赋，却偏偏一心要做武将。

读书时被人喊"呆玉郎"，后来进了军营，人人以为他是姑娘。

他便逢谁都笑一笑，操着一口温柔得能拉出丝儿来的吴腔官话，耐心地说自己不是女扮男装，是想要做将领，还想要做不世名将的。

旁人一听，便哄得一声笑起来，个个儿喊他"玉将军"。

这算不得赞美，但说的便是他脾气好、学问好、容貌好，却偏偏不是个打仗的料子。后来他被派去驻守康宁城，更是个碰不见一场战事的地方。

那时同营的卫韬云已在北方草原大展雄图，那些精妙的战役策略早已传遍了大江南北。而沈玉堇整日着人做得便是募粮、喂马、操练新兵的事。

康宁城荒僻，将他的心气一点儿一点儿磨了去。

春秋口干舌燥，夏日汗透一层一层的衣衫，冬日冻裂手脚，他却始终只能碌碌于杂事，日复一日。人人都说他是个呆子，若是做了文官，怎么至于这样日日奔波操劳，连带着百姓也不拿他当个官老爷来看。

农忙时，人家笑着问他："沈大人，借两个兵来收稻子嘛，反正咱们这儿也没有战事。"

他也笑一笑，真带着兵，去田间做了收稻将军；旧时同营写信给他，调侃问他玉将军可曾大展拳脚。

他苦笑着摇头，提笔却回："平安便好，无事最好。"

这天底下将领有许多，既有卫韬云那般叱咤风云的，也有沈玉堇这般庸庸碌碌、泯灭于人海的。

每至北方捷报，沈玉堇读卫韬云破敌之策，便抚掌道："奇哉妙哉！"

时而他又叹息黯然："果真有天生将才一说，韬云的行军之道，只怕我此生不及。"

转头，却又忍不住接着昼夜研读兵书。

连沈玉堇自己都晓得，他的确是个平庸的将才，便悉心做些平庸之事，描些无人问津的阵图，读些蛛网尘封的兵书，笔墨化作千军万马，一心一意做他的纸上将领。

但就是这样一个呆子，在大军节节败退溃逃，辛国外敌打至康宁城的时候，死守了康宁城整整三个月。

三个月，前无援军，后无补给，先帝时朝政乱作一团，康宁城也并非边防之城，原是不可为的战役。哪怕是后来历尽千锤百炼的卫韬云，也不敢说自己能守住这样一座城，但这样一个呆子、一个玉似的人却守住了。

搜肠刮肚、昼夜不休。

后来卫韬云去康宁城为挚友祭奠。

在康宁城一一复原当时的战役，他惊讶地发现，沈玉堇几乎穷极了所有能想到的智计。

箭是借来的，粮是窃来的，也曾遍插旗帜，鼓噪做百万雄师之声，也曾烈火烹油，自城墙熊熊而下，一路烧到了天的尽头。

在这一座僻远安宁的小城，那一册一册兵书凝结的心血，如烟花般绽放开。他在那一朵又一朵的烟火中，终于比肩了那些千古名将。人们知晓了他的英烈，却再无机会知晓他的才能，只将精魄永远地留在了这座城。

康宁城是那样坚不可摧。

康宁城后，是一望无垠的田垄，沉甸甸的稻子静默地低着头。

沈家夫妇死后，只留下如山的兵书和一个在江南水乡等着父母回家的小公子。

沈鸢那时还什么都不知道，只晓得父母离家的日子里，已没人陪他推演军棋了。

他父亲下棋总输给他，却并不恼，反而笑说："我儿杀伐决断，心思缜密，我看不逊于卫家那儿郎。

"我虽是个呆郎，我儿却个名将种子，甚好，甚好。"

沈夫人虽温柔，却有几分侠骨飒爽，卷着书敲了父亲一记："哪有你这般说自己的。

"再说，鸢鸢还小，你别这样把人捧坏了。"

沈玉堇笑说："我儿这般天赋，还不准我扬眉吐气一把吗？

"连上回韬云过来都说，我儿学射箭骑马都极快，阵法学得也好，很有儒将风骨。你是没瞧见韬云那脸色，酸掉牙了都要。"

沈夫人瞪他，说："你又有主意了，鸢鸢长大了未必想带兵呢。"

沈玉堇笑着说："一定想的。"

沈鸢便跟着一本正经点头说："想的。"

怎么能不想呢，他便是父母捧在手心儿里，这般殷殷盼望着长大的。

年少时心思总是单纯。读书学剑，也都是为了让父母笑一笑。后来父母赴任康宁城，临行前都是他去送的。

他那时也想要一同去，只是年纪太小，祖父留着他不肯放。他求了好些日子，也没个结果。

是以当天快快不乐。

沈夫人便哄他，说："鸢鸢在后头，咱们才能放心打胜仗"

他便装作懂事的样子乖乖点头。

沈夫人也心疼，她的孩子，这样小就要离开父母，便忍不住亲亲他的发顶，跟他说："等鸢鸢长大了，咱们一家子就再不分开了。"

沈鸢又点了点头，看着父母走了，连一滴眼泪都没掉。

那时候照霜也小，抱着剑跟在他后头，边走边哭，说："公子，咱们偷偷跟去吧。"

他便摇头，忍着不哭，一步一步背对着父母走，边走边背："知兵之将，民之司命，国家安危之主也。"

走过水乡的白石桥，走过碧绿的水道，一只一只乌篷船过去。

楼上酒娘"郎啊奴啊"地唱着小调。

一回头，父母的影子都没了。

沈鸢才抹着眼睛，吴语软软糯糯地喊了一声"阿爸，姆妈"。

再后来，沈家夫妇殉国的消息传了回来。

他度过了极其难熬的一段时光，后来又从水乡被接到了京里。

在很长一段时间里，沈鸢都觉得他父母好像有天还能再回来似的。

他已学不得剑、骑不上马，便转而开始读书，时常病得浑浑噩噩，好像昨日与明日、生与死的界限，都不那么明确。

病重时，他伸出手，就还能牵起父母的衣角。

有人风尘仆仆从外头回来，会把手轻轻放在他额头，一个人喊一声鸢鸢，另一个抱怨说别把他吵醒了。

可睁开眼，似乎又不曾有人来过。

直到卫瓒立功，他瞧见卫瓒接下赏赐。

那时卫瓒比他还要小两岁，一身灿灿的银铠，眉眼几分恣意狂荡，漂亮得耀眼。

靖安侯嘴上左一句"逆子"，右一句"狂妄"，却还是掩不住唇边那自豪的笑意。侯夫人攥着帕子，笑时那一份柔软，竟有几分像他的母亲。

他那时怔怔地立在墙外。仿佛忽然就醒了过来。

他父母已回不来，也永远不会再回来了。

沈鸢已许久不曾同人提及自己的父母了。

沈氏夫妇在哪一日走的，谁也说不清。

那时他们是康宁城的主心骨。疑兵之计用了太多，真亦假来假亦真，甚至为了守城，他们早已布置好了身后继续假扮自己的人。

到了最后他们真正离去那日，竟无人知晓，也无人发丧。

"是今日，"沈鸢却喃喃说，"我梦见过他们。"

也是上巳节，人皆外出踏青，兰汤沐浴，他亦欢天喜地地绸缪了许久。可一梦惊醒，却不知何故，哭个不停。

在这样的忌辰，是不好提及的。

时间已过去了许久,如今他日日在侯府吃着住着,连衣裳都是侯夫人亲自描了花样子、盯着人做的,他又怎么能让这些人都陪着自己悲春伤秋。

只余下一个卫瓒,坐在这儿,听他说上只言片语。

沈鸢说着说着,不愿说了,就闭上了嘴巴。

隔一会儿想起了什么,又干巴巴说一句,却是极其无关紧要的一句。

说父亲走的时候,叮嘱他要好好练剑。如今却是照霜的剑,都练得比他更好了。

卫瓒坐在那听了很长时间。

沈鸢说累了,便坐在地上,抱着膝盖,一动不动。

卫瓒说:"我让她们将酒拿去热一热。"

沈鸢说:"好。"

卫瓒便将酒拿了出去,叮嘱了一二。

回来时,卫瓒坐在了沈鸢的身侧。

沈鸢忽然想起了乘车时,卫瓒曾大模大样靠着他。

他吃多了酒,有些疲累,脑袋也一阵阵地发钝发昏,微微一顿,便下意识挨了上去。

卫瓒仿佛愣住了,不复平日的嬉皮笑脸,只是下意识搭了一下他的肩,目光却渐渐柔了。

一切都变得很静,卫瓒甚至听见了窗外叽叽喳喳的鸟鸣。

沈鸢闭上眼睛,轻轻地说:"卫瓒。"

卫瓒"嗯"了一声。

沈鸢说:"京城的上巳节好玩吗?"

年少时还去过,如今已经很久没去了。

卫瓒的声音变得很低:"很好。"

"也不是非得挤在这一天半天的,到处都是人。

"城外有温泉庄子,改明儿包下来,专程带你去泡。"

沈鸢说了声:"好。"

卫瓒道:"你也别答应那么快。"

沈鸢醉意蒙胧地看过去。

卫瓒正欲开口,却忽地听见有人"笃笃"叩了两声门。

照霜说:"酒已温好了。"

卫瓒这才想起了什么似的，将怀里揣着的糕饼给他，说："外头卖的，说是你们那边儿的，你吃一些，解解酒气。"

沈鸢接过来，轻轻咬了一口。

浓郁熟悉的蒿子香，混合着糯米的甜，的确解了些许的酒意。

片刻后，他不自觉低下头，将包糕点的荷叶撕成一小块一小块。

竟有几分懊恼。

果然是饮酒误事。怎么就跟这人讲了这样多呢。

上巳节过完，便是季考放榜的日子。

众人问卫瓒那天去做了什么，卫瓒只轻哼一声，说："关你们屁事，问那么多做什么。"

这些人便打趣："好哇，如今通武侯有了本事，便不把我们放在眼里了。"

这也是昭明堂这群学生日常调侃他的，只因嘉佑帝说了一声——来日允他通武侯。

便是捧他时喊他小侯爷，调侃时便唤起了通武侯。

卫瓒叫他们滚蛋。

众人便嘻嘻哈哈说起上巳节那日沐浴的汤泉，道是那日跑马出了一身的汗，又在山上汤泉泡了个舒爽，实在快意极了，恨不得天天都休沐一场才好。

正说着呢，见已有人抄了一份榜来，他们便都头挨着头挤在一起一瞧。

顿时哗然。

这次沈鸢实在是考得漂亮，除了骑射两项没拿着头名，余下头前皆是工工整整写着沈鸢的名姓。

倒是卫瓒，考得忽上忽下惊心动魄的，骑射独占鳌头，从前不擅长的策论也跟沈鸢不相上下，但须得背书的经义等课却掉到不知哪里去。

这热闹也只瞧了一瞬，之后便是各看各的，嘀嘀咕咕窃窃私语，几家欢喜几家愁。

只有卫瓒走到边儿上去，喊了一声："折春。

"你这回又是案首。"

这时才有人想起，这份榜让人围着层层叠叠地看，还没让沈鸢瞧上一眼。

却见沈鸢抬眸轻轻瞧了卫瓒一眼，半晌，抿唇说："多谢。"

卫瓒又光明正大笑说："我爹说今儿回来得早，让咱们早些回去吃饭。"

沈鸢说："知道了。"

卫瓒说："他是憋着训我呢。"

沈鸢竟是一个嘲讽的字儿都没蹦出来，仿佛一身刻薄尖锐都让什么给压住了，恼恨又不能，亲近更尴尬，最终只憋出干巴巴一句："你考得怎样？"

卫瓒说："你过来看看就知道了。"

沈鸢说："不必了。"

他又低下头继续读书。

这场景却是看得昭明堂一众学生啧啧称奇。

卫瓒便倚在窗边，将沈鸢那一身的别扭劲儿看了又看。

越看越是心软。

到了晚上，靖安侯府难得凑齐了一家人。

靖安侯出身寒微，侯府人丁稀少，平日里交游也不多，没什么世家规矩，按理是并不忌讳家中人一同宴饮的。

只是平日里，靖安侯嫌儿子卫瓒碍眼，卫瓒也嫌他爹不下饭，父子俩只要在一个空间，三句两句过去，靖安侯就得气得咻咻把筷子撂下，骂一句"逆子"。

只是这顿饭，卫瓒倒有些感谢他爹的训斥了。

自打上巳节那日，那小病秧子酒后在他面前露出几分软弱，便越发避着他，像是生怕他提起来似的。

也许是打定了主意，不再嫉妒他——至少明面上，不该再嫉妒他。

如今一桌子人吃饭，沈鸢也低低垂着头，不愿看他。

只有靖安侯训他的时候，才抬起头来瞧一瞧他。

他爹骂他在学堂不读书，他装模作样暗自垂泪；他爹说他不成器，他就哀哀戚戚自认愚钝。

他还在那念诗："父兮母兮，进阻且长，呜呼哀哉！忧心恻伤。"

他爹让他噎了好半天，说："卫惊寒，你给我像个人一样。"

"再做这样子我揍你。"

卫瓒忍着笑道："我这不是尽孝呢吗？"

靖安侯道："你这是尽孝？我看你是要给我戴孝。"

这话一出口，靖安侯就让侯夫人瞪了一眼，灰溜溜地低下了头。

见对付不了儿子，靖安侯只能从沈鸢身上找些安慰，闻听沈鸢考得了头名，更是喜不自胜，连喝了几杯下去，道出一个"好"字来。

才学品貌，性情姿容，浑身上下，没有一个地方不好的。

又考问了几句兵法，见沈鸢对答精妙。

靖安侯便是越看沈鸢越顺眼，道："那沈呆子是祖坟冒了青烟，竟生得这样一个好儿子。"

"可惜了……"

接着就听侯夫人咳嗽一声，生怕惹了沈鸢的伤心事。

靖安侯便把后头的话给咽下去了。

沈鸢却仿佛没注意到似的，只轻声说："小侯爷少年英雄，也肖姨父。"

这时候，靖安侯便要冷冷瞧卫瓒一眼，意味深长地"哼"一声："他？"

卫瓒撑着下巴，懒洋洋说："是有点像。"

靖安侯说："你像个屁，你老子像你这么大的时候……"

"已得了军功、领了好些兵了。"他接话。

这话卫瓒两辈子耳朵都听得起茧子了，便揭自己父亲老底："结果官服连一年都没穿热乎，转年就让人给扒了贬去江南。若不是沈家接济着你，我差点儿就做了丐帮的少帮主了。"

"这您怎么不说。"

靖安侯顿时面子上挂不住，骂了一句说："谁告诉这小王八蛋的。"

侯夫人却忍不住笑了。

卫瓒忍不住拿眼去看看，沈鸢笑了没有。

见沈鸢也笑了，他才觉得几分舒心。

又是闲谈一阵，靖安侯忽然就问他："你领了那甲胄案的差事，办得怎么样了。"

卫瓒顿了顿，说："金雀卫查着呢，也还行。"

他听了父亲一晚上的训斥，以为他爹又是要申饬他什么，已撑支棱了起来要反击。却听靖安侯"嗯"了一声，说："缺多少人手，我拨给你。"

他倒有些怔了。

又听靖安侯嘱咐了几句："别以为上过战场就了不得了，京里跟塞外不一样。你手下那几个小子，挑个得力的提起来，教他带一带人，往后好用得上。真有难处，就回家来。"

卫瓒的唇微微动了动，到底没说什么，像漂泊了许久的人，忽然见了一点儿灯。

摸不着,却教人肺腑发烫。

靖安侯说过了这番话,见他没回声,自己先不好意思了,搁下了筷子,说:"想起些事儿来。"

便走了。

剩下侯夫人了然似的看了丈夫一眼,目光中也是几分忧心,轻声说:"你爹他不好说,最近看你脾气不大对,又听你姑母说手里头缺人,是担心你。

"今儿也是为了这个才回来。"

卫瓒说:"我知道的。"

隔了一会儿,说,"娘……你替我……算了。"

谢谢爹这话,卫瓒也实在说不出来。矫情得不能再矫情。

侯夫人便笑了。

卫瓒闷头吃了两口,再抬起头,见到对面沈鸢也是怔怔的。

那小病秧子攥着衣袖,看着靖安侯的背影发呆。

再隔了一会儿,他才抬起头来。

仍是一张温温柔柔的笑脸,说了个学堂里头的笑话,哄得侯夫人眼中的担忧一点点散去,逐渐笑了起来。

侯夫人见沈鸢面前的菜冷了,便要人拿去热一热。

沈鸢却笑说:"已吃好了,姨母这儿有点心没有。"

自然是有的。

这夜色雾蒙蒙的,这说笑声却是又热络又冷清。

卫瓒时而瞧一瞧自己的母亲,时而瞧一瞧沈鸢。

父母总是如初。

少年人却各怀心事。

这家宴散后便已是入了夜,比来时凉了几分。

沈鸢走得有些急,连外氅都忘了拿,侍女在后头拿起追着走。

卫瓒见了便接过来,摆摆手示意其他人离开,自己一路跟在沈鸢后头。

月色澄明、夜风微凉,沈鸢却是疾走,待后来没了力气,才缓了下来。那一丁点酒意还浮在脸上,沈鸢急喘了两声,又接着慢慢走。

卫瓒喊了一声:"折春。"

沈鸢没应他。

卫瓒又喊了一声："沈折春。"

沈鸢闷声说，让他回去。

卫瓒自然不肯。

沈鸢便不再说了，只低着头，没头苍蝇似的乱走，遇上小石子儿就踢一脚。

那石子儿让他踢得咕噜噜乱滚，有一两颗飞进草木里，有一两颗飞进他自己的鞋里。

沈鸢也浑然不觉似的。

后来不慎一脚踹在了葡萄藤架上。显见是用了好大的力气，那架子晃了晃，摇落了几片叶子，沈鸢自己也抽了一口气。

他一声不吭，整个人都蹲了下去，紧紧抿着嘴唇，手捂在自己的靴上。

月亮明晃晃地照着，浓绿色的葡萄藤下，那小病秧子的影子缩成了很小的、漆黑的一团。

卫瓒在旁边站了好一会儿，弯腰将那厚实柔软的氅衣披到他身上。

沈鸢抱着膝，一动不动。

卫瓒问："碰疼了？"

沈鸢闷声说："没有。"

卫瓒说："那能走吗？"

沈鸢说："能。"

然后豁然起身，拽着自己的氅衣，一瘸一拐地走。

沈鸢总是倔得让人忍不住想笑。

卫瓒不顾沈鸢的挣扎，强把人搀扶起来。

葡萄藤下吊着秋千，是姑娘们吊起来荡着玩的，他便将沈鸢放上去，又一撩衣摆蹲了下去，硬是脱了沈鸢的靴。

靴里都是沈鸢东踹一脚、西踹一脚的碎石粒儿，倒出来几颗弹在地上噼啪作响。

他将沈鸢的足衣剥了下来，借着月色一瞧。

果然是红肿了。这小病秧子是将石头当他来踢了不成。

卫瓒说："我没拿药，一会儿给你送点过去。"

沈鸢说："用不着，我有知雪。"

卫瓒说："你躲着我做什么？"

沈鸢不说话。

卫瓒便说:"不是考得很好吗,怎么也不高兴?"

其实他跟沈鸢都知道,沈鸢真正在乎的不是书院里谁高谁低,不是谁多答上了那么一道策论题,谁多得了一句夸赞。

沈鸢想要的,永远也得不到,所以才退而求其次。

风声过,藤叶沙沙地响。

也许只隔了一分钟,却又像隔了许久。

沈鸢抬起腿,在他肩头踢了一脚。

卫瓒抬头,看到沈鸢坐在那秋千架上俯视着他。

那是一双红通通的、含恨的眼睛,定定地看着他。

风掠过秋千索,发出"吱呀——"一声,刺耳的声响。

沈鸢仿佛被惊醒了,撇过头去,手指难堪慌乱地攀紧了秋千索。

半晌说:"你走吧,我在这儿等照霜她们。"

卫瓒没答话。

沈鸢嘴唇动了动,似乎还想说什么,却没有说出口。被冷风一吹,不自觉打了个寒噤,似是愧悔了,又似是怕他发怒,只是指尖攥得更紧了。

隔了一会儿,卫瓒直起身,手也跟着攀上了秋千索。那秋千又发出"吱呀——"一声。

卫瓒极轻地叹了一声。他说:"我背你回去。"

嫉恨、委屈、无端的愤怒,自我憎恶,一路烧到了心肝。沈鸢的手下意识捏成了拳,又不知何故松开。

一切都乱成了一团。

卫瓒低头替他穿上了靴子,半晌不见他说话,便当他认了。

沈鸢爬上了卫瓒陌生的背,一路小径蜿蜒,月光如水,他只觉着有些彷徨。

听见了什么声音,"咚咚、咚咚"的,像是战场擂鼓的声响,却分不清是进攻还是撤退的命令。

卫瓒跟他玩笑,说:"折春,你不会在我背上吐口水吧?"

沈鸢说:"你拿我当什么人了。"小孩子吗?

卫瓒便笑:"要不这样,你若不高兴,就咬我揍我。"

沈鸢不说话。

卫瓒只将他背到了松风院，这次没进门，在门口就将他交给了照霜搀扶着，却又不走了。

立在门口，笑着看他。

沈鸢说："你还不走，今晚难不成还等我招待你睡在松风院吗？"

卫瓒说："我倒是不介意。"瞧了瞧他的脸色，笑说，"好吧，那我走了。"

沈鸢却忽地又叫住他，不情不愿对照霜说："他忘了灯，你拿一盏灯给他。"

但其实卫瓒也没走开几步。

沈鸢进屋后，站在窗边看，瞧见远处廊柱下头，立了一个提着灯的人影，在夜里显得远远的、小小的。

沈鸢不知怎的，竟想起卫瓒的背来。

常年习武的人，后背很是暖和，这骤然一下来，他却仿佛忽然就有些冷了。

沈鸢禁不住打了个寒战，被劝着从窗边走开了。

松风院灯火通明，他一回来，屋里就叽叽喳喳忙活开了。

热水的热水，倒茶的倒茶，照霜替他松开了发髻，将人扶到床上，知雪小心翼翼挽起他的裤腿，脱下鞋袜，瞧他脚趾撞得红肿。

知雪一瞧见，便老大不乐意地嘀咕："又伤着了啊。"

"怎么只要一跟小侯爷在一起，不是磕了就是碰了的……"

沈鸢说："我自己碰的。"

知雪更加不满道："那公子对自己也太不上心了。"说着，挽起袖子来替他上药。

被摸到脚踝时，沈鸢下意识一缩脚。

对上知雪迷糊的眼神儿，他才意识到自己非条件反射一样的举动，不自觉攥紧了被褥。

知雪上过了药，惯例替他诊脉，便轻轻"呀"了一声，道："怪不得脸有些热，是有些受寒了，叫他们煮一碗姜汤过来。"

旁人受些寒风算不得什么大事，沈鸢身子骨弱，实在是吃不得寒气。次次伤风冒寒，都要闹得天翻地覆。

沈鸢却轻声道："先等一等，我有事要说。"

他这话一说，照霜便心领神会地将门闩上，确定了无人窃听，才冲沈鸢点了点头。

沈鸢说："知雪，上次让你准备的药，都准备好了吗？"

知雪和照霜闻言，都惊了一惊。

沈鸢的发已散了下来，漆黑柔顺地贴在白皙的面孔旁，越发显得五官艳色惊人，风撩起的余温还没有消去，一双瞳孔却冰冷又明亮，如夜里灼灼的火光。

知雪有些心虚地转了转眼珠儿，小声说："准备是准备好了……但是，公子，咱们真的要对小侯爷下手啊？不是说再观望观望吗？"

沈鸢摇了摇头，盯着那扇纸窗，指腹磨蹭过锦缎被褥上的刺绣，慢慢说："不能再等了。"

"不对劲儿的地方太多了。"

他已观察了许久，卫瓒身上有太多解不开的谜题。

若只是如此也就罢了，但这些日子，卫瓒渐渐浮现出了跟甲胄谋逆案、跟安王的关联。

这等事稍有不慎，就要将整个侯府都拖下水。

"今日侯爷饭桌上允诺，要将手下人拨给他，之后再想下手就难了。"沈鸢低声说，"侯爷手底下有许多都是专做暗卫的，下毒暗杀一类事如小儿科一般，真到了他身侧，咱们再想做什么，都太容易露馅了。"

他不想在疼爱他的靖安侯和侯夫人面前，露出自己精于算计的一面来。

"而且……"沈鸢说着说着，话头顿了顿。

知雪问："而且什么？"

沈鸢没继续说下去，只喃喃算计："他明日应当要去办差事，夜间回来，是个好时机。"

"照霜，辛苦你去盯一盯他，金雀卫敏锐多察，你只远远跟着便是，不必离得太近。"

照霜点了点头，抱剑隐没在黑暗中。

知雪替他上过了药，也跟着出去，问他："今晚公子还读书吗？"

他说："不读了。"

知雪说："一会儿我送姜汤来，公子记得喝。"

他说了声："好。"

说着，便整个人都缩进床帐里，蜷缩成一团。

脑海里反复着的，都是吱嘎吱嘎的秋千，仿佛将他高高地、晃悠悠地悬在空中，踩不到地面。

偏偏是卫瓒，偏偏是不知底细，不明心思的卫瓒。

不能等。

卫瓒第二日去随金雀卫办差事，属实是有些不情不愿。

并非是他不上心案情，只是心里头那股子劲儿还没下去，始终惦记着那小病秧子如何了，到底病了没有。

只是金雀卫这边儿的差事，他不来也不行：金雀卫循着沈家散出去的那些书，到底找到了人。

其实沈鸢散出去那些书好找的原因，还是昔年沈玉堇交游的皆是一些武将，战死的战死、遗失的遗失，有些人驻守边疆了一辈子，也不曾入过京，见过一天的京城繁华。

只余下那么三五本，四处辗转流离着，再与其他线索一相合。

很快便寻着了唯一的那么一个人——李文婴。

卫瓒单单是听了这名字，便是眉梢一挑，立马决定同金雀卫一起来拿人。

梁侍卫见了他便道："今日沈公子不来吗？"

卫瓒挑了挑眉："怎么？"

梁侍卫道："这人未必肯承认，沈公子精通阵法，若当即对峙，兴许能套出些什么来。"

他轻声笑道："这差事血气重，他受不得。"

梁侍卫心道确乎如此。他们来拿李文婴，是前前后后、仔仔细细彻查过了的，除去沈鸢兵书的线索，这李文婴甚至亲自去过那藏甲的老宅。

只是梁侍卫又道："前几日甲胄案发，李宅里头运出去了好几具尸首，皆是多年的家仆。"

"若是想要知道什么线索，恐怕只能将他带回去，慢慢儿撬开他的嘴了。"

卫瓒淡淡笑了一声，眼见着金雀卫喝开李宅大门，鱼贯而入。他却没带枪，只随手拿了把匕首防身，在李宅书房、卧房各转了一圈。

隔了片刻，出门时，卫瓒便瞧见一个男人被身后人追赶，跟跟跄跄似乎正欲逃走。

他便微微一抬手，手中把玩的匕首骤然飞出。

113

却是一股猛力，将那人"噗"一声钉在墙上。

那人惨呼一声，在这夜中分外凄厉。

梁侍卫远远拱手道："多谢。"

卫瓒笑说："不谢。"

那人见已被金雀卫围上，插翅难逃，顿时心如死灰，口中却死咬不放："我不知道什么阵法兵书！"

"谁写的阵，你们找谁去，我不晓得！"

卫瓒走过去，看了那人一眼，又念了一次这个名字："李文婴。"

梁侍卫道："小侯爷认识他？"

卫瓒笑道："曾见过一两面，不熟悉。"

李文婴是朝廷命官，见过也不足为奇。

梁侍卫一挥手，便喝令将人拿下。

卫瓒却无声地多瞧了那人一眼。

李文婴啊，今日不过是一小小京官，后来却是安王手下的第一武官。这可不是送上门儿来了吗？！

前世，安王篡位是借助辛国之力、死士之谋。安王登上帝位之后的头一件事是扣下靖安侯府上下众人。二件事是勒令卫韬云归京，交奉兵权。

为了防止边疆生变，安王不准卫韬云动用一兵一卒，只许他与几个家将上路。

可靖安侯却没能回来，他只带着几个人上路，却遇上了李文婴和参与谋反的辛人骑兵。

卫韬云多年镇边，辛人对他有刻骨的恨。

而李文婴则盼着卫韬云早死，才能靠着从龙之功，将安王手下第一员武官的位置坐稳。

两厢一合。

靖安侯卫韬云未死于沙场，而死于异族宵小之手。身中数刃、死后仍立，怒目望边。

辛人畏惧，将其锉骨扬灰。

无人敢将此事说出，李文婴拿了兵符归京，只说靖安侯病逝途中。

只有一随从逃出，千里奔赴府中将此事告知沈鸢。

此时侯夫人重病，卫瓒在牢中，卫家长房已逼上门儿来抢掠。

只有沈鸢听罢，立时呕出一口血，站立不稳，咳喘了许久，抹去了，低声道："您可信我？"

那家将含泪道："侯爷嘱咐属下，若小侯爷不在，便全听由沈公子吩咐。"

"侯爷信，属下自然信。"

沈鸢强压心绪道："我将您送出京城养伤，此事万万不可对任何人讲。"

"若是传出，只怕小侯爷、侯夫人皆性命难保。"

杀父之仇，卫瓒又是那样的脾气，李文婴不会放过他，安王更是要斩草除根。

届时诏狱中的卫瓒只能病死。

"此事捂死了，尚有一线生机。"

后来卫瓒想，沈鸢实在是很能隐忍的一个人。

他刚刚从牢里出来的时候，尚且不知双腿是否能行走，几次问沈鸢，父亲是怎么死的，沈鸢都一口咬定，靖安侯病死路上。

那时他头脑混沌不明白，后来才想得清楚。他那时若治不好腿，就没有机会再去复仇，那么沈鸢一辈子都不会告诉他父亲的死因，然后孤身一人踏上为靖安侯府复仇的路。

沈鸢忍到了安王与辛人反目成仇的那一日，忍到了安王无将可用，不得不派遣李文婴去边疆与辛对敌的那一日，他才将此事一一告知。

卫瓒几乎已早有预感，闻听那一瞬间，仍是怒不可遏。

沈鸢却平静地从牙缝里挤出带血沫的话来。

沈鸢说："忍着。"

"卫瓒，你只能忍着。"

他们现在连安王和李文婴的衣角都碰不到。

忍不住，卫瓒的命也要没，卫家便是满门覆灭。

忍不住，靖安侯和侯夫人便都是白死。

那时的卫瓒空有一杆枪，却什么都做不了。他只能满腔恨意地盯着沈鸢，说："忍着，然后呢？"

沈鸢说："我使了银子，过了明路，将你我都塞进了李文婴出征的队伍。"

卫瓒说："你就不怕李文婴先下手？"

沈鸢说："你若能搏出彩来，他就要想法子先用了你，再杀你。"

"你以为李文婴会打仗吗？他打不过辛人，他见了辛人腿都打哆嗦。"沈鸢说这话的时候，眼底闪过一道厉色，"他懂得阵法又如何，他根本就不是将帅，他求的只是官。"

　　嘉佑帝一手扶植起来的靖安侯府已没了。而为了选将而设立的昭明堂，也早已荒废了。

　　安王这皇位来路不正，上下洗牌了多次，昔年的昭明堂学生各自流散，老将皆在北方镇守，李文婴被赶鸭子上架，正等着一个替死鬼。

　　沈鸢逼近了他一步，那双极艳的眸子流过一丝嘲弄："小侯爷，这回没了姨父，没了少将军的名头，没人捧着你、护着你……你不会怕了战场吧？"

　　卫瓒已许久没听过小侯爷这个称呼，那时听得，只有讽刺。

　　他抓住了沈鸢的衣襟，只轻轻一扯，那病秧子就跟跄着，几乎要贴在他的身上，他便嗤笑一声："这话该我说，沈鸢，你就这样上战场？"

　　沈鸢说："我是文吏。"

　　卫瓒冷笑一声，说："你还当自己是沈状元？位卑人轻，打起仗来，谁能顾得上你是不是文吏？"又盯着沈鸢的眼睛，一字一句说，"我自己去。"

　　"你留下。"

　　可沈鸢没听他的，到底是去了。

　　应当是沈鸢心里太清楚，那时他们在京城已挣不来出路。

　　沈鸢被侯府无微不至、锦衣玉食养了这些年，养出的命数，最终都要还给侯府。

　　金雀卫的马蹄声踏在石砖上嗒嗒作响，羁押着李府之人一路前行。

　　伴随着一声两声的喊冤、痛呼、叫骂，在这寂静的夜里令人不寒而栗。

　　卫瓒的思绪如这夜里的灯火，忽明忽暗。他想的却是，当初靖安侯府是何种情形？

　　沈鸢可也是这般瞧着他被抓的，沈鸢那般精明，是否已料到自己要为侯府，搭上一辈子呢？

　　他一时竟有些想不出来。

　　却忽地听闻夜中似有杂乱脚步声。

　　他比梁侍卫更先一声冷喝："有人，应敌。"

　　便见金雀卫飞快动了起来。

夜中，有黑衣人如潮水般汹涌而来，如蚂蚁蝗虫般迎面扑来。那数量足有金雀卫的三倍之多。

卫瓒心道果真是捉了李文婴，叫安王着急了。

李文婴并非忠烈之士，一旦被抓，极有可能吐口。这些死士留着也是被一一拔出，不若牺牲一部分，此刻截杀了李文婴，便可叫这秘密永远烂在尸首里。

可这一刻，卫瓒却无甚畏惧。

他急缺一个发泄口，来将那些无名的情绪痛痛快快倾泻出来。他将马上的枪一解，笑道："来得正好。"

"梁侍卫，如今便看你们金雀卫的本事了。"

便是如一银电闪身入局，马声长嘶。趁着阵形未成，硬生生在黑色蚁群间撕裂出一条血路来。

身后金雀卫便趁着他这一冲杀之力，破出人群，以号声求援。

而卫瓒抢先夺了为首之人的令旗。

夜战之旗，旗杆如枪，旗杆上挑灯火，以令众人看清。

那下令人要夺回，他便将那旗上火直直送去，如火龙一般扑面而袭，那首领一惊，慌忙避让。这一避，卫瓒便是右手虚晃一枪，左手反手一个用力，以令旗将对方刺了个对穿。

血顺着布缕滴答而下。

他只轻轻一抬手，那尸首便应声倒下。

灯火摔得粉碎。

分明这许多人，那碎裂的声响仍是如此骇人。

左右金雀卫皆是惊骇，不承想这一枪竟如此诡变狠辣，连被羁押着的李文婴也睁大了眼。

卫瓒却瞧着李文婴，冷笑一声："你也配学连云阵？"

黑衣人已无旗令，夜袭亦不敢鸣金，便顿时乱了起来，配合也显得慌张。

一片混乱中，却听人一声："先杀李文婴和卫瓒，余下不论。"

卫瓒便目光一凝。扭头看去，却是人群远后方，一个目光阴鸷的黑衣男子，左边袖管空荡荡的，正以弩瞄他。

正是那夜荒宅、动手杀害卫锦程的男人。

此人命令一下，死士便绵绵不绝向他涌来，刀砍斧剁刺向马身，箭矢也如雨飞来，金雀卫众人连带卫瓒也只得暂且下马退敌。

下了马，敌人便铺天盖地而来，卫璜双手握枪，枪尖闪动，不似银龙，却似恶蛟，直冲着人咽喉而去。

只是这一枪却未刺入。

忽地听见"砰砰"几声。便见四五个烟球落下，处处烟树火花。

没什么杀伤力，却呛得人口鼻痛痒，惊得众人纷纷避让开来，就在这一片混乱之中，有人驾车横冲而来。

驾车人黑衣蒙面，武艺很是高超，左手持缰，右手拿一把宝剑，如入无人之境一般。继而又接连掷下许多烟弹，将局面搅得一团混乱。

至他身侧，对他道："小侯爷，带人上车。"

却是微微低沉的女声。

卫璜只思考了一瞬，便一手砍在李文婴颈侧，将人砍晕后一手提起，抛上了车，自己也跟着翻身上去。

那车又从烟雾中飞驰而去。

驾车女子无论是武艺还是驭车之术都很精妙，加上一路巡逻布防的官兵都已涌向方才激战的街道，令黑衣人脱身不得。

他们三拐两拐便将一众黑衣人甩在了身后。

卫璜此时才嗅到身侧那隐约的药香，听到那抑制不住的咳嗽声，终究是无奈喊了一声："折春。"

身侧那裹着白袭，面色几分苍白的人，不是沈鸢还能是谁。

卫璜听那咳嗽声止不住，便面色一变，替沈鸢倒了一杯热茶顺气，道："你让烟呛了，还是不舒服？"

沈鸢摸着自己的额头，声音都透着一分虚弱，说："这两日有些受寒。"

卫璜说："昨日追着你披外裳，你非不听。"

夜。

飞驰的马车。

刚刚逃离的杀局。

一切都不适宜闲话，可他却忍不住埋怨了这样一句。

沈鸢强打起精神，看了一眼他抓上来的李文婴，说："他怎么处理？"

卫璜说："李文婴放在我身边会坏事，我们得绕一绕路，将他送去衙门料理。"

沈鸢轻轻喊了一声："照霜。"

照霜应了声："是"。

隔了一会儿，照霜问："那……咱们还回侯府吗？"

沈鸢顿了顿，说："不回。"

卫瓒挑了挑眉。

沈鸢忍不住又咳嗽了两声，说："卫瓒，还有一件事，我得讲与你知晓。"

他"嗯"了一声。

沈鸢的眸子被病热熏蒸的有些迷离，却是强撑着攥住他，说："我不是来救你的，是来劫你的。"

卫瓒实在不晓得，沈鸢为何能每一句话都教他五味杂陈。

他却是说了一声。

"好。"

沈鸢对于劫走卫瓒这件事，实在是布置得极其周密，中途接连换了三辆马车，想来如果不是遇到了这次刺杀，应当是会直接将卫瓒邀到车上，再迷昏掳走。

而当卫瓒醒来，应当是铁索缠身，接受他的冷酷拷问。

沈鸢唯独没有顾忌到的就是，自己受了风寒。

趁夜出来时，已是有些发热，更没想到的是，他们竟遇上了金雀卫被围。

那时他们远远观望着，照霜便道："不如先去官府求援，再另寻机会。"

可许多事情，就是讲求一个机不可失，时不再来。更何况这被卫瓒冲垮的冒牌连云阵，在他眼中满是破绽。

沈鸢看准了一个空当，便将卫瓒给捉了出来。只是他病中的体力根本不足以支撑他换过三辆马车，最终抵达自己预先准备好的宅子。

途中甩脱那些黑衣人时，他便是浑浑噩噩发虚，再后来一路颠簸，竟是让卫瓒给抱出马车的。

毫无劫匪的尊严可言。

他心中羞恼一起，眼前便登时一黑，昏晕过去不省人事。

迷迷糊糊之间，他虚软无力由着人摆布。

喂水喂药，更衣换衫，他几分恼怒去推。

却听见有人在他耳边儿嘀咕："你挣什么挣，沈鸢，我还没这么伺候过谁。"

——不知羞耻。

沈鸢竭尽全力掀起眼皮子,怒目而视,喉咙里蹦出"卫瓒"两个字来。

便见卫瓒一怔,见他醒了高兴,却又嘀咕:"没病糊涂啊。"

沈鸢烧得满面通红,不忘瞪他,说:"怎么是你。"

卫瓒说:"你那两个小丫头,一个煎药看炉子去了,另一个驾了一夜的车回来,总得歇口气。"又笑说,"你态度好点,除了我,没人伺候你了。

沈鸢哑着嗓子说:"你会伺候个屁。"

卫瓒却说:"我这不慢慢学呢。"

沈鸢连睁着眼睛都费劲儿,闭上了心里赌气想,小侯爷学什么伺候人,放他在这儿就算了。他少换一件衣裳,少喝一口茶水,也不能在这儿就咽了气。

他翻了个身,听见卫瓒如释重负地松了口气,喃喃说:"你可睡一天了。"

沈鸢全当没听见,闭上眼睛。

——又昏睡过去一宿。

沈鸢醒过来的时候,已经是隔日的白天了。

知雪在补觉。照霜倒是精神不错,只是出去探听消息去了。

的确是习武的人身体更康健些。

卫瓒照顾了沈鸢一天两宿,在沈鸢的床边儿打了个盹儿的工夫,醒来就对上那小病秧子若有所思的眼,不知瞧了他多久。

见他醒了,沈鸢才将眼神儿错过他去。

卫瓒打了个呵欠,伸手去摸了摸沈鸢的额头,又摸了摸自己的,这才松了一口气,说:"还好退热了。"

再不退热,他就要质疑知雪的医术,把这小病秧子强行扛回侯府了。

在这方面,他算不得有耐心。

沈鸢让他摸得有些不自在,问他:"你怎么不走?"

卫瓒笑说:"我这不是让你劫来了吗?"

沈鸢冷哼了一声。

声音里有几分郁郁气恼:分明目的已经达成,却阴错阳差,像是输了一截子似的味道。

故撇着头往窗边看。

卫瓒忍着笑，说："锅里面煮了粥，我去给你盛一些。"

沈鸢低着头，说了声："好。"

指尖儿偷偷去抠被子上的刺绣。

正午时分，日光透过纸窗落在沈鸢的身上，沁出了薄薄的微红，叫那苍白的病容多了几分生机。

沈鸢喝粥的样子很有趣，会趁人不注意先探出舌尖儿，试一试温度，确认不烫，才慢条斯理、斯斯文文往下吃。

惹得卫瓒不住往沈鸢那头看，看着看着，又忍不住同沈鸢说话："你这一觉睡得好久，想是把考前熬的夜都补回来了。"

"倒不如平日里多睡些，没准儿还能少病几次。"

沈鸢却垂着眸，慢慢说："病时睡得太久了，总觉得丢了许多时间。"说这话的时候，轻轻看了他一眼，道，"我比小侯爷大两岁，如今却一事无成。"

卫瓒微微一怔。

却是沈鸢问："外面如何了。"

卫瓒说："咱们给李文婴灌的蒙汗药不少，我问了知雪，说是不睡个一两天醒不过来，就算醒过来了，金雀卫要撬开他的嘴也还有一段时间。"

那蒙汗药还是给他准备的。

卫瓒瞧着那个药量，还是感慨了一下沈鸢的心黑手毒。

真要吃下去，沈鸢把他卖了，他都不知道。

沈鸢说："你不着急？"

卫瓒说："我急什么。"

沈鸢慢慢思忖着说："现在幕后人只怕急着灭口李文婴，只要李文婴死了，那他背后的人，甚至训练的死士都会成为无头公案。"

"如此情势，你为何不急？"

卫瓒看了他半天，说："你病里就琢磨这些？"

怪不得好得这么慢。

卫瓒甚至怀疑，沈鸢那烫得吓人的温度根本就不是风寒烧的，纯粹是脑子转得太狠太多，才烫得吓人。

沈鸢不语，只定定看着他。

卫瓒却笑了笑，说："你摸一摸衣襟。"

沈鸢愣了一愣，伸手往自己衣襟里一摸，不知何时，多出了一张纸来。

便猜到，是换衣服的时候，卫瓒悄悄给塞进去的。

——展开一瞧，是李文婴操练的死士名单。

沈鸢越瞧越是心惊，这些死士并非以人为单位，而是以伙为单位的。

有的是以家仆的名义买下的孤儿，有的是在京郊伪装的和尚道士，甚至还有许多是寻常城卫，兵营中的一伙人，日日随着正经官兵一同操练，一同配发军械。

要做到这一步，绝非一日两日的图谋可成。

而这些人甚至未必知道他们的主子是谁，不知道他们是为了做什么而操练。只等着到时事起，一声令下，他们便会成为谋反的棋子。

有了这名单，如今李文婴的死活已不重要，甚至说如今卫瓒失踪，众人将目光聚焦到李文婴身上的局面却是刚好。

沈鸢道："怎么会在你手里？"

卫瓒道："李文婴并非善类，他既做了这要命的活，必定会留个底在家里，我便先去解了机关，取了出来。"

沈鸢道："你了解他？"

卫瓒蓦地笑了一笑，不说话了。

沈鸢目光变换了许久，淡淡说了一声："小侯爷好手段。"

那种一切尽在掌握之中的味道让人讨厌，仿佛卫瓒已无声无息棋高一着。

这种感觉与妒忌如此近似，让沈鸢一时之间分不大清楚，却有些食不甘味，他又吃了两口，便轻轻搁下了勺子，有些疲累地靠在了床头软枕上。

卫瓒见他吃过了，便将床上的案几撤了下来，将那页纸三叠两叠，又轻轻塞进他的襟口。

然后，顽劣地隔着衣裳弹了弹纸页。

日光下，沈鸢能看到卫瓒勾起的唇角和几分骄傲的眼神。

卫瓒说的话，却是慵懒亲热的："沈哥哥，后面的事情，还需得你帮帮我。"

沈鸢心中不甘未消，只冷笑说："小侯爷凭什么以为我会答应你？"

卫瓒凑得更近了。

沈鸢不想看他，但更不想输。

卫瓒说："一个问题。"

沈鸢说："什么？"

卫瓒说："你劫我，不就是要审我吗？"

"帮我这个忙，我回答你一个问题。"

沈鸢几乎瞬间就想到了好几个取巧的问法。

卫瓒却在他耳边轻笑，说："不许贪心。"

"你若问得太大，我便不答了。"

沈鸢恼恨瞪他一眼，心道这王八蛋似乎已经算准了他不会拒绝。

他到底是答应了。

沈鸢沉默许久，问的问题，却是最简单的一个。

"你……是卫瓒吗？"

卫瓒怔了怔，在沈鸢耳边说话的声音却柔了许多，说："你怕我是冒充的？"

沈鸢瞧着他，定定说："你若是，我许多事便都可以不问。"

"但万一你不是……"哪怕是千万分之一的可能性。

沈鸢垂下眸，在卫瓒的眼中，看到了自己冰冷复杂的面孔。

卫瓒却闷闷地笑了起来，片刻后，一只手仍撑在沈鸢身侧，另一只手却解开了自己的衣带。

外裳、里衫，直至——敞开，露出些许结实而坚韧的腹。

沈鸢似乎意识到了什么，可看到粗糙伤疤的瞬间，还是轻轻地颤抖了一下。

卫瓒便在他耳侧缓声说："这是第一次上战场时受的，那时候不知死活，觉得很骄傲，却被我爹骂得狗血淋头。"

说着，又指向下。

腹部有一浅浅的伤，卫瓒说："这是习武的时候自己弄的，我不像你规矩，学武的时候我总爱自创招式，吃了许多苦头，是我活该。"

那些细细碎碎的、甚至已被岁月掩盖至瞧不见的伤痕。

卫瓒一道一道数给他。最后数至后背，轻声说："这是为你挨的。"

沈鸢的神色顿了顿。

卫瓒说："我第一次当面说你没有父母，我娘拿藤条抽的。我娘不是我爹，没打过人，不知道轻重，也不知道怎样不会留疤，一边儿抽一边抹眼泪。最后留了疤，她又心疼，又说我再犯还要打。"

说着说着，竟笑了。说："我是卫瓒。你最恨的那个人。"

第五章 小侯爷被劫

日光下，那位小侯爷眉梢眼角皆几分狂悖，人却真得不能再真。

沈鸢的眉梢动了动，细细去端详那一道伤痕。

细长的、浅浅的一道，在温热结实的皮肤上，跟其他更狰狞的疤痕相比，显得秀气而平淡。

可就是这样一道疤，仿佛叫他舌尖泛起了一丝涩苦。是病热还没有消，又或许是被日光晒透了。

许久，沈鸢才慢慢抽回手。

卫瓒问他："确定了？"

沈鸢却撇过头去，淡淡说了一声："我不曾见过小侯爷的这些伤痕，你说是便是吧。"

卫瓒笑了一声，说他嘴硬。

卫瓒窃出来的那份名单，让照霜暗地里给送回了侯府，嘱咐说："你将这东西交给我爹，他自然知道后头该怎么办。"

沈鸢说："梁侍卫那边呢？"

卫瓒笑了一声："金雀卫既然被截，那便是有人将消息泄露了出去，他们自己屁股没擦干净之前，我可没胆子用他们。"

沈鸢说："倒也是。"

如今的确是最好的时机，卫瓒这位小侯爷失踪得恰到好处，所有人的目光都聚焦在了李文婴身上。

包括幕后的安王。

现在表面上一切都风平浪静,可卫瓒相信现在安王一定动用了金雀卫里头的眼线,死死盯着李文婴。

若是能杀了李文婴,安王便能保全自己的死士;若是李文婴吐口了,安王也会迅速得到消息,壮士断腕舍弃掉一部分,将另一部分转移出城。

卫瓒决定让他爹好好利用这个时机,将安王的那些死士一锅端了才好。又给他爹传了口信,说昨夜被沈鸢救了,现在两个人在宅子里住着,侯府人多眼杂,便暂且不回去,在外头住着了。

对外只说他失踪了就是。

照霜回来得很快。

靖安侯这么多年也不是吃素的,几乎只看了名单一眼,便明白了他的意思,然后回信痛骂了他整整三大页纸。

逆子狂悖,小儿无知。为了不去国子学念书,什么招式都能使出来。

卫瓒估摸着这信是他娘代笔的,因为最后笔锋一转,让他好好照顾沈鸢。

注意事项又写了整整两页。

更糟心的是,为了掩人耳目转了好几个弯,假人之手,送来了奇大无比的两个包裹。

一拆开,全是他的功课。

附带他爹的二次训诫:说这包裹是他爹靖安侯亲手给他打包的,嘱咐他这几天不要惹事,勤学不辍,下次季考再丢他老子的脸,就把他打烂了。

卫瓒:"……"想骂爹,忍住了。

沈鸢见他发黑的面色,在边儿上无声地翘了翘嘴角。

卫瓒斜着眼去看沈鸢的包裹。

发现给沈鸢打包过来的都是些吃的玩的,还有保暖又舒服的衣裳,连沈鸢睡惯了的软枕头都给送来了,应当是晓得他们匆忙下榻没有筹备,生怕沈鸢在这儿睡不好觉。再往下头一翻,还有两盒擦手擦脸的香膏,说是新买的,让他用着玩。

卫瓒嘀咕说:"这一看就是我娘给你收拾的,不会真把你当姑娘养了吧?"

被沈鸢瞪了一眼,又笑问:"你平日用吗?"

沈鸢顿了顿,说:"平时不大用。"

但既然是侯夫人送来的，这小病秧子估计也会认认真真用完。他忽然有点明白为什么他娘喜欢给沈鸢买这些零碎的东西了，沈鸢在这方面的确讨人喜欢。

幸好他爹还没有丧尽天良，他往自己的包裹下头翻了翻，还是找到了些别的。

铺盖卷儿，一把刀，一袋碎银子，没了。

……谢谢爹，没给他带干粮，不然今晚他就可以直奔北方大漠投军去了。

卫瓒盯着那袋银子看了半天，蓦地哼笑了一声，给沈鸢看，说："你说这会不会是我爹的私房钱？"

便见沈鸢压不住嘴角笑了一下，后又轻轻咳嗽了一声，说："姨父的一片心意，你收着就是了。"

他有意逗引着沈鸢多说两句："你也知道我爹被管钱管得狠？"

沈鸢却垂着眸，不说话了。

卫瓒提着那钱袋子，转悠着流星锤似的回了屋，收起来给他爹做纪念，顺便写了一封阴阳怪气的孝子信给他爹。

至于那堆功课，他打算找个借口扔水里头，等到了国子学，就说遇袭的时候，让那群无耻刺客给抢走了。

小侯爷在睁眼说瞎话方面，实在是有几分天赋。

待他出来的时候，沈鸢并两个侍女已经将那一堆东西收拾了起来。

沈鸢正坐在廊下，一边咳嗽着，眉宇间透出几分病气，一边却拿了一本书在读。

卫瓒简直要让沈鸢气笑了，伸手将那书一夺："你这时候看什么书劳神啊？怎的，现在就要准备岁试？"

发热是不发热了，可沈鸢的病向来不容易好利索，能缠缠绵绵、反反复复上好几日。

这人倒好，不省着些精力用，没事儿看什么书。

沈鸢却抿了抿唇，说："不看书，也没什么可做的。"

卫瓒问他："会打双陆吗？"

沈鸢说："不会。"

"六博棋呢？"

沈鸢说："也不会。"

卫瓒回忆了一下，哪怕是前世，沈鸢似乎也是不常玩乐的一个人。

他那时以为沈鸢是如他一般,现在看来,就是沈鸢根本不会玩。

在国子学里头也是,昭明堂一群人最好玩闹,没课的时候,不是蹴鞠就是玩牌玩棋,独独沈鸢看也不看,只坐在角落一本正经读书。

卫瓒撑着下巴问:"斗虫斗草,摇骰子、叶子牌,你一个也不玩吗?"

"那你平时都玩些什么?"

沈鸢垂眸想了想,说:"会推演军棋。"

卫瓒心道,这跟在国子学念书有什么区别。又问:"还有呢?"

沈鸢说:"会吹箫。"说着又补充了一句,"吹得不好。"

卫瓒:"……"

沈鸢说:"早年听人讲故事,道是张良吹箫退楚兵,便也跟着学了一点。"

沈鸢是个十足的乖孩子,京里这些贵族子弟的游戏,他一个也不懂,刚刚入京时还带着几分乡音,那时还被人笑过。这小病秧子登时臊得满面通红,手揪着衣摆,抿着嘴唇一个月没跟人说话,关起门儿来,一个字儿一个字儿纠读音。

倔得有趣。

卫瓒本以为,自己早就将沈鸢刚来时的样子忘了,可如今才发觉竟然是记得的。

他想了一会儿,跑到侯夫人寄来的东西翻找,果然寻着了一个双陆棋盒子,展开便是一张棋盘,里头棋子、骰子一应俱全,便道:"正巧了,我教你。"

沈鸢却淡淡瞧他一眼:"玩物丧志,我不学。"说着,便抱起书要走。

卫瓒打定了主意,非要教他不可,心道沈鸢就是越读书心思越重,心思越重越不容易病好。

便忽地捉住了沈鸢,说:"不白教你,我设个彩头。

"我教你三天,若你能赢我一次,我再让你问个问题。"

沈鸢这下脚步便顿住了,目光就这样挪到他身上,几分探究、几分锐利,说:"当真?"

卫瓒懒洋洋说:"自然当真。"

沈鸢说:"若是一次没赢呢?"

卫瓒其实没想过。沈鸢输了就输了,三天就想赢他,未免也太瞧不起他了。可话到舌尖儿转了一圈,却说:"那你……就给我唱一段儿。"

他是想起梦里沈鸢吴语酥酥糯糯的小调了,许久没听,便有些怀念那股安心亲切,开了口才发觉这话说得冒犯。只是效果却不错,沈鸢果然让他给激了起来，冷笑了一声，便当真一撩衣摆，坐下来同他玩。

这一上手，就玩了一下午。

沈鸢是个不服输的脾气，勾起来了就非要玩到底不可，三两盘过去，就跟他较上了劲儿。

正逢着白日里还算暖和，沈鸢坐在日头底下，却是越输越精神了。

双陆属于博戏，玩法简单，却是掷骰子挪步，这便有些运气的成分在里头，不如军棋、围棋绞尽脑汁的伤神，但很刺激。

沈鸢掷得一个好点，眉眼就渐渐亮起来，嘴角也漾起一丝笑意，人也生动了许多；掷得一个烂点，眉眼也耷拉下来，几分恼意地撇着。

卫瓒拿眼觑着，嘴上懒洋洋说："等回去带你跟晋桉打，你一定打得过他。"

沈鸢道："我见他不常跟你们玩。"

卫瓒说："是没人带他玩，他是有名的臭棋篓子。"

沈鸢便笑了，又说："赢他们有什么意思。"抬眸时，眼底几分跃跃欲试的味道。

嗯，合着就想赢他。卫瓒有点儿好笑，半晌却说："那你可得加把劲儿了，我是昭明堂的双陆棋状元。"

沈鸢头回听说这么个可笑名号，唇畔的弧度却更大了。

卫瓒继续浑说："还是六博棋状元，蹴鞠状元，投壶第一高手……"

沈鸢没忍住，到底是笑了起来。这人一笑，院儿里的树叶、天上的云朵都跟着摇。仿佛依稀还能瞧见那温柔飒爽的影子，应是他始终未曾见过的那个沈鸢。

隔着一个院儿，知雪那边煎着药，又探头去看玩棋的两个人，回来坐在炉子边儿嘀咕："不是说要审小侯爷的吗？连绳子锁链都准备好了，我费了好大劲儿才带了来，结果倒是他把公子给带坏了，学着玩棋打牌了。"

照霜便在边儿上道："他守了公子一天两宿，公子哪好意思真把他捆起来。"

知雪"唉"了一声。

照霜却笑了笑，说："挺好的。"

"公子也好长时间没玩过了。"

人要是精神起来了，那时间总是过得很快，卫瓒说歇一歇的时候，才发觉已到了晚上。

沈鸢如今是个病人，吃过了晚饭，又忙忙碌碌药浴、针灸，折腾了好半天，才让人扶着回了房间。

那股子瘾头却还没下去，沈鸢又跟卫瓒在床上撑了个小案子，玩了一会儿，便迷迷糊糊犯了困劲儿。

知雪过来叮嘱他："入夜了，公子早些睡。"

这时候沈鸢才发现，自己竟然就这么玩了一天。

沈鸢说了声："好。"

一扭头，见卫瓒没出去，说："小侯爷怎么还不走。"

卫瓒挑眉问："这宅子里头拢共就收拾出两间屋子，你觉得我该睡哪儿？"

沈鸢这才想起来，这宅子不大，地段也荒僻，原本是他几年前趁着主人急脱手，用父母积蓄买下的一处小院，只是一直也没时间收拾出来。

这回更是忙忙碌碌，三个人光顾着伺候病中的他了。

知雪、照霜睡一起。那余下的这间房，自然只能沈鸢跟卫瓒一起用着了。

沈鸢"哦"了一声："既如此，那便换一个问题。"

卫瓒闻言一怔，继而笑了起来，说："你这一套学得倒是很快。"

沈鸢淡淡说："你可别忘了，你是我掳了来的，我若不高兴，赶你出去淋雨也未可知，那让我一个问题，总不为过吧？"

这会儿外头正淅淅沥沥地下着雨，风声簌簌瑟瑟，生出几分寒意。

卫瓒倒仿佛真的在思考一样，嘀咕说："你倒精明。"

沈鸢说："你爱去淋雨，我也不拦着。"

卫瓒便懒洋洋说："沈折春，你怎么这么固执啊。"

"读书是，玩棋是，现在也是。"

沈鸢冷笑说："小侯爷认识我也不是一天两天了，我就是这样的脾气，你只说愿不愿意。"

卫瓒说："你先问。"

沈鸢沉默了一会儿，问："为什么杀卫锦程？"

外头雨下得有些大了，将树叶都打得啪嗒啪嗒地响，窗框也被风吹得越发摇颤，一下一下地响。

沈鸢其实没有卫瓒会回答他的把握。为什么要杀卫锦程？这问题其实问得

129

就很取巧。因为至今无人知晓卫锦程的死活，也没有任何证据，能说是卫瓒杀了他。

卫瓒果然沉默了好一阵子，指尖仍旧把玩着自己的一缕发梢。

屋里留了一支烛，那火光随着风声摇摇曳曳，将卫瓒桀骜的眉眼也映得忽明忽暗。

隔了许久，卫瓒轻声说："因为他该死。"

沈鸢看着他。

卫瓒眉眼中流露出罕见的狠意，声音却平淡："他若不死，侯府便永远算不得安稳。"

"卫锦程此人，锦上未必添花，雪中却必是抽掉最后一根柴火的人，我不可能保证侯府永远没有一丝动荡。"

沈鸢从没见过卫瓒这般神色。

他记忆里的卫瓒，似乎总是让昭明堂一群少年儿郎簇拥着，或是玩棋打牌，或是蹴鞠马球，在人堆儿里都如烈日般耀眼灼目。

天才总是有资格将时光虚掷，甚至抱怨一切都平淡无波。

他抱着厚厚一叠书慢吞吞经过，一抬眼，便能瞧见卫瓒的敌手绞尽脑汁大呼小叫，卫瓒却懒懒散散倚在窗边，无忧无虑，只盯着窗边一枝春杏发怔。

人说："卫二，你怎的又走神了。"

卫瓒说："你又赢不来我。"

那人便怒道："王八蛋，谁说我赢不来你，等我想出一步惊世好棋，立时绝地反击。"

卫瓒便笑一声："那你先想着，我去跟他们玩会儿球。"

何其令人生厌。

可再抬头，眼前却是卫瓒垂着眸，神色莫测，拈着他的发，慢悠悠说。

"折春，我给过他机会，他若不接我的信函，我不会动手。"

"他那夜不去那宅子，我便也不会动手。"

沈鸢却盯着他问："你不是误打误撞知道的，而是有意引诱他去的。"

卫瓒说："是。"

眸中似有绵绵阴云，雷鸣其间。沈鸢说不出自己是什么滋味儿。

只是思索片刻，正欲再问，却冷不防身上让人兜头砸了一卷厚厚的软被，干脆利落地将他包裹了起来。

他的眸子微微圆睁,脑海原本转着的话,也忘得一干二净,挣扎着从被里扑腾出来:"卫瓒!"

这会儿才见卫瓒笑了笑,说:"折春,你问得有些多了。"

沈鸢不说话,只是低着头、抿紧了嘴唇。

隔了许久,他极轻极慢地攥紧了卫瓒的衣袖。

——他并不是在心疼他。

只是卫瓒曾喊过他几声"哥哥",他便仿佛也真的与他有了怪异的联系,教他在怀疑和试探之外,多了一丝截然不同的情绪。

沈鸢忽地额头一痛,便猛地抬起头。

卫瓒在他脑门上弹了一下,露出几分顽劣的神色来。

——沈鸢就没见过这么混账的一个人。

开口时面色通红,险些牙齿打了舌头,却是恨得厉害:"卫瓒!"

卫瓒轻轻咳嗽了一声,笑说:"我刚想起来,你带着病出来劫我,我还没跟你算过账。"

沈鸢气得话都要说不利索了,一瞬间冒出一万句刻薄话来,诸如你是个什么东西,凭什么找我算账。

最后却是抄起枕头,就砸在了卫瓒的脸上。

卫瓒却是一点儿都不恼,只将枕头给他放回去,去吹熄了灯火,说:"睡吧。"

室内一片漆黑,沈鸢在黑暗中瞪了卫瓒良久,只听对方窸窸窣窣铺开枕褥的声响,恨恨地躺了回去,仰面冲着天,自当自己是死了,这王八蛋爱怎样怎样。

又过了好一阵子,卫瓒似乎也睡不大着,听着雨声喊了他一声:"折春。"

沈鸢对自己说,他死了。听不见。

卫瓒又问:"你跟你那两个小丫头,竟不睡一起吗?"

沈鸢恼了:"我素来待她们像妹妹一样,你胡说什么。"

卫瓒便笑说:"是我多嘴,该打。"

沈鸢不语。

又听卫瓒随口问:"是不是没人教你那方面的事?"

沈鸢抬了抬眼皮,说:"哪方面?"

卫瓒打着呵欠说:"就是夜里那方面的事,当然,白天也不是不行。"

京中的公子少爷,只要想知道,哪有不知道的道理。

只是沈鸢这情况太特殊，体弱多病本就容易寡欲，打来了京城也没什么亲近的男性友人，身边儿亲近的更是只有知雪、照霜两个未婚的小姑娘。

沈鸢淡淡说："阴阳交合？我在国子学学过。"

卫瓒噎了一下，说："国子学那个，学得浅。"

国子学那课卫瓒也听过，是个老头儿讲的。

干巴巴讲周公之礼，莫说什么闺房之乐了，那些事都讲得一点儿滋味都没有。而且动辄讲规矩，讲礼法，多少日与妻一同房，多少日与妾一同房，房前须如何筹备，事后须如何洗沐，活似根半截入土的老木头一般。

他们这帮混账学生背地里都当笑话讲，说这老头是不是上床前得焚香沐浴，跟他夫人对着砰砰磕响头。

谁知竟有沈鸢这么个好学生。

卫瓒觉着好笑。

却不想，听沈鸢阴阳怪气说："小侯爷比我小两岁，倒是已学得很深了。"

卫瓒咳嗽一声，说："我……也没多深。"

沈鸢嗤笑一声，说："那倒来嘲笑我，我还以为小侯爷是身经百战了呢。"

卫瓒跟他说不清。他也是随口闲话，总不能说自己没吃过猪肉，但见识过的猪能画一张万猪奔腾图。半晌只得说一句："算了，你就当我没问。"

又听了好一会儿雨声。

隔了一会儿，沈鸢听见卫瓒起身开门进出的声响。

沈鸢没好气说："你又干吗？"

却有一个热烘烘的汤婆子塞进了他的被窝。

卫瓒说："睡吧。怕你冷着了。"

沈鸢怔了许久，才闭上眼睛。

窗外雨疏风骤，这一觉两人却都睡得很沉。

这气息实在叫人犯困，卫瓒缓了好一阵子，才起床去见人。

出了门，便见知雪不知从哪儿弄了一卷儿毡子来，费了好大的力气，就要往屋顶上爬。

问了才晓得，道是这屋子年久失修，昨夜漏了雨，滴滴答答，惹得两个小姑娘一宿没睡好。

他便接过毡子道："我去铺。"便上房顶去将毡子铺开。

知雪道了声谢，揉着眼皮说："这房子也太旧了，昨儿风大，窗框让风吹得一阵一阵响。"

他随口道："怎的买了这一间。"

知雪道："还不是图便宜吗？京城宅子贵着呢，只是公子说，迟早要搬出来住，怕到时候反而没有合适的了……"说着说着，忽然意识到面前的人是他，便噤了声。

卫瓒挑了挑眉问："怎的，你们公子怕我欺侮他？"

知雪不欲多说，含含糊糊道："也不是。"

"是……是公子自己想得多。"

他却明白了。

这小病秧子自己钻了牛角尖，让妒忌折磨得忍无可忍，便想着要逃出来。

这般想着，前世沈鸢似乎也不管不顾就早早搬了出来。

他不深问，只笑说："你们若睡得不舒服，就换南边那间，能暖和些，窗外有芭蕉，能听一听雨声。"

知雪道："算了，就住这么一阵子，还不够折腾的。"

卫瓒三两下便将毡子铺好了，低头瞧见沈鸢不知何时起了，披了件外裳，斜斜倚在门口瞧他。

晨露染得沈鸢眸子氤氲，瞧不清神色，却是问知雪："今儿吃什么？"

知雪道："下些汤面，比不得家里，没什么好做。"又说，"侯夫人送来了些菊花茶，早上吃一些暖和。"

沈鸢点了点头，便回了屋去。

临进屋前，他用不高不低的声音道："下来吃饭。"

卫瓒应了声马上就来。

又问他："今儿还玩棋吗？"

里头人没回他，卫瓒却在屋顶上笑起来。

懒洋洋往毡布上一倒，仰面朝天，却是太阳暖得刚刚好。

到了第三日晚上，吃过了饭，便听得外头远处依稀有兵马声匆匆踏过。

沈鸢认得靖安侯的旗，隔着门缝儿瞧了一眼，远远望着便道："应当是要收网了。"

卫瓒笑说："谁带的兵？"

沈鸢瞧着旗，说了几个人，又说："再远些便瞧不见了"。

卫瓒便笑道："我爹这回是将靠得住的都派出来了。"

靖安侯行事向来雷厉风行，向嘉佑帝禀明了事情缘由，便以操练为名，将京城几支驻军都调动起来，要将那些死士一锅烩了。

想来这一宿过了，他俩便能回家去了。

卫瓒想着想着，总想到这几夜里令人好眠的药香，竟无端生出丝丝缕缕的不舍来。

他也瞧出来了，沈鸢是不甘心就这么回去的。

——倒不是别的什么，这小病秧子是惦记着他那个问题呢。

这小病秧子那日说得倒好听，只要他是卫瓒，许多事都可以不问。可这几日明里暗里、隐忍不发，却不知试探了他多少回。读个书都能夜夜钩心斗角，为了他这么点儿秘密，掘地三尺倒也不奇怪。

这样想着，卫瓒又莫名几分好笑。

就这般断断续续走着神儿，玩了好一阵子，挪子也不甚用心。

待他回过神来的时候，便听得一声"你输了"。

一抬头，那小病秧子正面无表情地看着他。

卫瓒低头见着棋盘，果然是输了。

他许久没输过，倒是愣了一愣。

再抬头去瞧沈鸢，沈鸢一本正经，不见喜色，倒是嘴角紧绷，有几分紧张不安，在那眼底偷偷地匿着。

卫瓒瞧着沈鸢这模样，心里头禁不住一声笑。

——得了，又来了。

他挑了挑眉道："我输了？"

沈鸢"嗯"了一声。

他说："要问我问题？"

沈鸢站起身来瞧他，淡淡说："卫瓒，愿赌服输。"

他闷笑一声，一伸手，捉住了沈鸢，一牵一带拉了过来，指尖儿却是顺着衣袖往里头找。

沈鸢下意识面色一变、道："你这是做什么？"

这小病秧子还要挣扎，卫瓒干脆将整个人都拽了过来，钳制得一动不能动。三翻两找，沈鸢袖口便"丁零当啷"掉出了两枚骰子来，人也顿时哑了火儿。

卫瓒一手仍箍着这小病秧子，一手却捡起那骰子，随手往棋盒里一掷，便是两个六，想来这骰子就是这样，怎么掷都是六。

他心道这小病秧子不愧是心眼儿长得多，学棋学了三天，出老千先自学成才了，便戏谑一挑眉，问沈鸢："沈折春，好一个愿赌服输啊？"

沈鸢嘴硬冷声道："兵不厌诈。"

倒是这么回事儿。

卫瓒笑一声，却说："出千是个技术活儿，你藏得慢了，得再练一练。"

沈鸢挑眉："小侯爷又是懂了？"

卫瓒便一手箍着他，一手捡了一枚正常的骰子在手里，笑着问："你想要几？"

沈鸢也不看他，也不看那骰子。

他笑笑说："那就三吧。"

于是指尖儿一弹，那骰子在棋盘上滚了几下，定住时正好是个三。

他没日没夜在赌场厮混、练骰子玩老千，让他爹拖回家去揍那会儿子，沈鸢还在屋里头平上去入地纠官话呢。

只是这话不能说，越说这小病秧子越火大。

沈鸢从牙缝儿里挤出字来说："你早就知道我不可能赢你？"

他将那骰子捏在指尖儿弹着玩，笑着说："你说了，兵不厌诈。"

沈鸢登时涨红了脸，捏紧了拳。

他笑说："怎样，输得服不服？"

沈鸢就是把舌头嚼烂了，都说不出一个服来。恨恨瞪了他好半晌，拂袖要走。

却让他死死箍着，笑着问："你走什么？丢了脸就要跑了？"

沈鸢气得咬牙："输都输了，还说什么。"

他说："愿赌服输，说好给我唱呢。"

沈鸢说："你先放开我。"

他浑不要脸说："我一撒手，你就跑了。"

抓了个现行还想跑。

卫瓒多少是存了些坏心眼，心道总是最后一日了，再不整治整治沈鸢，他很难对得起自己。

这般想着，他的笑意越发深："沈哥哥，你赶紧唱，趁照霜她们没回来。

"她们这会儿出去瞧人了，若是一会儿回来，你更不好开口了。"

沈鸢抿着嘴唇不说话。

半晌，盯着他的眼睛冷笑了一声，似乎下定了什么决心，道："好，那我便唱。"

这会儿卫瓒心底倒是忽地警觉起来。

沈鸢这人，相处久了会发现一个特点，他窘迫动怒的时候，往往不大设防，最好对付。

一旦静下来了，忍下来了，那便是已在酝酿什么大事了。

卫瓒咳嗽了一声，竟有几分心虚，想要松手，却忽地发觉沈鸢不肯放过他了。

沈鸢一手扶住了他的肩，眸中幽邃隐忍、浮浮沉沉。

院外是兵马铁蹄踏过石砖的声响，天色暗了，隐隐有一道一道火光从门缝间掠过。

沈鸢低垂着头，修长洁白的一段颈子也就在他面前低着，可开口吴语酥软，唱的却是他唱过的那一首诗。

"关中昔丧乱，兄弟遭杀戮。官高何足论，不得收骨肉。"

冷冷清清、凄凄恻恻。听得人后脊一阵一阵发冷。卫瓒的手握成拳，又松开。

半晌笑着说："你听见了啊？"

他那日以为小病秧子已走了，才随口这般唱。谁晓得却是教他听了去。或者说——

这小病秧子的目光，就没有一刻是离开他的。

外头铁骑声渐渐消失了，一盏接着一盏过去的火光也消失了。

这院落中寂静如梦中。

沈鸢指尖在他肩头一下一下地轻叩，神色捉摸不定，却是几分凉意、几分思索。

"卫瓒，昔日读书读过传说，讲有人夜宿邯郸，一夜一梦，便过了一生一世，盛衰荣辱如过眼云烟，醒来却是仍在邯郸，我只当怪谈。[3]

---

[3] 邯郸一梦：出自李泌《枕中记》："开元十九年，道者吕翁于邯郸邸舍中值少年卢生，自叹其困，翁操囊中枕授之曰：'枕此，当令子荣适如意。'生于寐中，娶清河崔氏女，举进士，登甲科，官河西陇右节度使……寻拜中书侍郎同中书门下平章事，掌大政十年，封赵国公……三十余年出入中外，崇盛无比，老乞骸骨，不许，卒于官。欠伸而寤，初主人蒸黄粱为馔，时尚未熟也。吕翁笑谓曰：'人世之事，亦犹是矣！'生曰：'此先生所以窒吾欲也，敢不受教。'再拜之而去。"

"这几日细细想了许久，见你所言所行，却觉得未必是传说。

　　"若非如此，不足以解释你的先知。

　　"若非如此，不足以解释你对我的态度突变。"

　　卫瓒一瞬不瞬地盯着他，却分不清谁更像猎手。

　　只见那夜色沉沉里，沈鸢的眸子如微皱春水。

　　沈鸢缓声问他："你邯郸一梦，可是梦见了我？"

　　虽早已预料到沈鸢的心细如发，卫瓒却还是没想到，几天的工夫就让沈鸢猜了出来。

　　卫瓒连心跳都不自觉停了一停，半晌才勉强笑道："怎的忽然想起这典故来？"

　　沈鸢说："太多了。

　　"若说近的，便是这宅子里从没有过芭蕉。"

　　卫瓒一怔，忽地想起前两天早上，确实曾与知雪说过，南屋窗外有芭蕉的事情。

　　沈鸢淡淡说："芭蕉生南方，如今京中的芭蕉，都是精心照料的，在这边儿荒宅是不可能有的。

　　"但我也曾跟知雪说过，往后若是搬过来住，要在屋外栽一两株，听得雨打芭蕉声，便算归乡。

　　"若只是弄错了，便也罢了，可你那时太过笃定，仿佛亲眼得见一般。"

　　"我便想，也许来日我种得芭蕉，没准儿也有哪个倒霉鬼，会来听一听乡音。"

　　乡音。

　　卫瓒顿了顿，问他："就因为一株芭蕉？"

　　沈鸢已寻了他对面的石凳坐着，说："自然不止，卫锦程之事，安王之事，你连笔迹姿态都有几分变，若要我说，我大抵可以慢慢与你说上一整天。"说着，竟嗤笑一声，"卫瓒，我比你还不愿承认，你竟遇上这等奇事，竟有先知之能。"

　　卫瓒沉默了一会儿，终究笑了一声，说："原来如此。"

　　他露的马脚太多了，沈鸢盯他盯得也太紧，对他太熟悉，这本就是迟早的事。

卫璇瞧着沈鸢沉默了一会儿，终究开口说："是梦到了你。"

他用一种略带复杂的神色，重新打量这宅子。

——这宅子他住过太久太久，以至于重新见到它未曾打理的模样，竟有几分新奇。

这里一砖一瓦他都熟悉。从诏狱出来时，他在这院落一瘸一拐、姿态狼狈地练行走，却迎面遇上归家的沈鸢，登时立在原地；上战场前，也曾坐在阶前，擦拭自己生锈的枪，看着沈鸢苦心钻营、来去如风。

沈鸢虽总是与他相互鄙薄轻蔑，却知晓他怀念母亲，就将芭蕉种在了他的窗外，时常浇水除草。

雨落下，便是水乡的旧谣。

他不晓得这是特意种的，听了雨打芭蕉声，心乱不已，夜半起身，将那一株芭蕉连根拔起。

那根茎上还沾着泥土，芭蕉叶落了一地，他在雨中湿漉漉地立着看。

那夜雨绵绵，沈鸢闻声出来，见了便微怔，问他为什么。

他却答："如你一般，见着生厌。"

沈鸢看了他许久，嘴唇动了动，垂下雨水染湿的睫毛，终究什么都没说。

沈鸢买这宅子是为了逃避嫉恨的折磨。却又在这儿，安顿了一个满怀嫉恨、不断折磨着他的卫璇。

夜风吹拂过，外头有梆子的声响。

卫璇回过神，再开口时，却是惊人的顺畅。

仿佛他早已经想清楚了，该如何叙述这个故事，才能将那惨烈稍稍冲淡。

梦见病秧子如何救他，梦见自己如何复仇。含含糊糊将那一页页生离死别盖去，只说安王篡位、靖安侯府败落，他出了狱来，幸得沈鸢襄助，一路去复仇。

说卫锦程如何、说李文婴如何。笑吟吟说自己做过了几件混账事，才知道沈鸢的好。

饶是如此，沈鸢的眉也锁得越来越紧。

讲到侯府倾覆，沈鸢已是抿紧了唇。

行军打仗一节，他越发不敢细说，不愿说沈鸢受了多少磋磨。

草草说到已杀了安王时，他喝了一口茶。

沈鸢敏锐多察，半晌见他迟迟不说安王之后的事，反是锁紧了眉头问他："之后呢？"

卫瓒却是喉头一哽，嘴唇动了动，怎么也说不出——后来你死了。

也说不出，他最后一次见他，他已经没了气息。

他杀了安王的那一日。

大雪如鹅毛一般，纷纷扬扬而下。

多年行军，后来种种磨难，卫瓒早有了预感，沈鸢的身子撑不过那一日了，只是盼着能再等一等。

可沈鸢没等他。

他匆匆踏雪而归，靴里、发间，都是挥之不去的湿冷。

沈鸢静静地睡在那儿。

这人睡起来总是太静、太冷，仿佛生动明艳、妒他恨他的那个人从来不曾存在过一样。

他不死心，他急得指尖一直在发抖，夺过药碗来喂。喃喃说喝了药就好了，却怎么都喂不进去，药汁顺着沈鸢的嘴角淌了下去。

混着苦咸的泪。

他伸手去抹，却一滴一滴落得更多，弄脏了白皙的面颊，他到底忍不住伏在了被褥之间，濡湿了沈鸢的前襟。

他那时便知晓，沈鸢终究是放下了妒恨，也放下了一切，已不愿再看他了。

卫瓒至今不敢细细去想，只是沈鸢还在盯着他，问："后来如何了？"

他一时语塞，说不出话。偏偏却是一千一万个不愿告知。

他张了张嘴，胡乱冒出一句："后来……后来你封侯拜相，我封王挂帅，咱俩就拜了把子、做了兄弟。"

沈鸢把眉头挑得高高，说："什么？"

卫瓒说："我匡扶正统，那样大的功劳，怎不能做个异姓王了。"

沈鸢却道："谁跟你拜把子？"

卫瓒笑说："就是你跟我，风雨飘摇，同舟共济的，这不得做对真兄弟吗？"

沈鸢冷哼一声，说："小侯爷是梦没醒吗？又是异姓王又是做宰相，在这儿给我唱什么大戏呢。"

卫瓒自己也臊得慌，情知这谎扯得假，糊弄不过沈鸢，但偏偏就话已说了出口，便如同下棋一般，落子无悔。只得一本正经道："怎的就胡说八道了，你我皆是行伍之家出身，本也算得上是情同手足。"

沈鸢却说："我沈家败落，攀不上侯府的高门大户。"

他又慢慢思忖着说："自幼一起长大，我连哥哥都叫过了。"

沈鸢说："针锋相对，你倒不说，一口一个小病秧子你也不提。"

他说："我这会儿已改了。"

沈鸢已让他给搅和乱了，只骂："我看小侯爷这不是做了梦，是发了癫了。"

他笑一声，说："我发癫？"他说，"沈折春，我待你好不好，你不知道？"

他不提这事还好。一提沈鸢就冷笑，偏偏眸子是锐利又明亮的，盯着他说："没有这几日性情大变，我倒未必要盯着你胡乱猜。"

卫瓒却沉默了一会儿，笑着说："是真的。"

真话掺着假，假里又掺着真。

烛光摇曳，卫瓒不敢看沈鸢，惯常恣肆飞扬的神态也不知去了哪儿。

那吊儿郎当的笑意也没了，只有眉眼固执盯着地上的影子。

沈鸢半晌说不出话来，咬牙切齿，就是不肯信这个"真"，只是瞧见卫瓒眉眼间不复天真的固执，终究是垂下了眸。

他妒羡了十几年的天之骄子。

纵是滚落尘埃，都还有重来一次的机会。

——怎么却叫他不忍听。

回程的马车摇摇晃晃。

卫瓒这回没坐在车里，而是在外头骑着马。

沈鸢支着头，想起方才那段对话，就一阵一阵昏头涨脑。

一会儿觉得难受，一会儿觉得荒谬，一会儿又觉得可气。

知雪问："公子，我跟照霜特意在外头待了好些时候，都已问出来了吗？"

他说："算是吧。"

知雪眨巴着眼睛，给他倒了杯茶，显然没理解这个"算是"是什么意思。

沈鸢便说："半真半假。"

沈鸢想想"假"的那一段儿，更是来气，又说："拿我当傻子糊弄呢。"

知雪转了转眼珠子，小声说："公子。"

沈鸢"嗯？"了一声。

知雪说:"我蒙汗药还有半包,绳子也没用上。"

沈鸢:"……"

他忽然有点担心,知雪这几年跟他,别以后跟成了个女土匪。

要不问一问卫瓒,知雪后来如何了。却又不大想问,心里酸溜溜嘀咕,卫瓒这人的确是天选之子,什么稀奇古怪的事儿都能轮到,天降谕言也莫过于此。

可一想到侯府没了,哪怕只是轻飘飘说起来,他也揪心似的难受。皱眉间,又想起最后卫瓒笑着问他,你既已都猜到了,还何必非要出千赢我。

沈鸢心道,他本来也没打算问他什么邯郸之梦。

如卫瓒所说,此事近乎轮回重生,听起来太过荒唐,他本是打算想得久一些再问。可谁料想问出这么一个结果,真真假假的,总觉着卫瓒后头的话是在诓他。

越想越心烦意乱,沈鸢一怒之下,喝干了茶,手里的杯子顺着窗就扔了出去。

啪嚓一声,茶杯碎了个四分五裂。

闻听外头的马一声嘶鸣,继而卫瓒笑着喊他:"沈折春,你怎么偷袭我。"

沈鸢淡淡说:"无事,手滑。"

心里骂了一声,可恶。

李文婴入狱后不久,靖安侯一夜擒获死士无数,火把踏过京城内外,至此,甲胄谋逆案终于轰轰烈烈地烧了起来。

京城一夜风起,卫瓒这唯一知道内情、跟着查案的小侯爷又成了万众瞩目的人物。

上回这待遇,还是他从战场回来,受了御赐银枪的那会儿。

卫瓒次日进宫了一回,回来给母亲请安,正碰上沈鸢,瞧见那小病秧子温声细语,连那水乡的调子都勾出来了一点。

侯夫人问他怎的就病着跑了出去,忧心他这两天病养得如何了。

沈鸢在侯夫人面前,惯常是斯文俊秀的贵公子模样,温声说:"这几日已大好了,连嗓子都不疼了。"又说,"我以为病得不重,便想出去转转,透口气,回来得晚了,才撞上这事儿——下回再不叫姨母担心了。"

端的是乖巧熨帖,连卫瓒都快要听得信了。

果然见侯夫人目光都要化成水了,叮嘱他道:"下回可别这样了,侯爷说你和瓒儿都不能回来，须得在那无人照管的地方住着，我一想着，就实在是睡不着觉。"她又想起什么，对侍女说："前儿定做的那玉佩，拿来给公子试一试，还有水色的那条抹额，也一并取过来看看颜色。"

沈鸢分明是高兴的，眼睛一个劲儿往侍女那张望，却又故作一本正经的样子，说："这些东西都是够的，姨母不必费心。"

这点儿小心思藏得不深，故意漏出些样子来，屋里人见了都笑。倒是侍女俏皮，在他头上插了一只女子的步摇，哄着侯夫人来看好不好看。

侯夫人一瞧，便笑了起来，道："你们这些丫头，简直反了天了。"

沈鸢一怔，也只是微微红了耳根，却是笑了笑，不伸手去摘，只温声说："姨母觉得好看，便是好看。"

蝴蝶金翅翠玉珠，衬着他红玉似的耳垂眼尾，煞是动人。

侯夫人拍那丫头："快取下来，只会欺负他脾气好。"

卫瓒也不进门儿，就在门口看了半天热闹。

不知怎的，竟有点儿好笑。这小病秧子装模作样地跟他周旋了两天就原形毕露了，在他母亲面前倒是要多乖有多乖，对那些个小丫头也温文尔雅的，就在他这儿死硬。

这小病秧子脾气好个屁，不过是会装罢了。昨儿还拿杯子砸他来着。

果然，他一撩衣摆跨进房门，便见那小病秧子收敛了脸上的笑意，又做那矜持有礼的淡淡少爷神色，还起身将位置让给他。

——合着就演他一个。

卫瓒却偏偏往沈鸢下首一坐。

沈鸢眉目淡淡，也不开口，就立在那儿。

侯夫人见这样，便知道是他们又吵架了，笑说："坐着坐着，一家人讲究什么。"

"又怎的了，你俩这才好了几日，又闹别扭了。"

"没有。"

"没有。"

两人开口撞了个异口同声。

沈鸢只抿了抿唇坐下。

侯夫人嗔怪卫瓒："你当然说没有。"

沈鸢娓娓道来，绵里藏针："是真的没有，往常是年少不知事，如今折春长大知恩了，怎么好意思同小侯爷相争呢。"

卫瓒一唱一和，暗藏机锋："嗯，亲兄弟也就这么回事儿。"

沈鸢四平八稳。

卫瓒肆无忌惮。

偏偏就是肩并肩在那坐着，叫别人难受。

侯夫人看着他俩笑，说："算了，我可不管你俩的这些事儿。"

又问他："今儿去宫里头怎样了。"

侯夫人这般一问，那小病秧子的耳朵也竖了起来。

卫瓒道："没怎么样，闹出谋逆来，还指着圣上欣喜若狂吗？"

侯夫人瞪了他一眼。

卫瓒才笑着说："就是问了问我差事，又考了考学问，留我吃了顿饭。让我后头跟着金雀卫继续办差，说是后头还有好些事等着查，到时候一并论功行赏。"

卫瓒顿了顿，忽地道："圣上还问起折春了。"

那小病秧子便骤然看了过来。

他便笑说："应当是梁侍卫将连云阵的事儿同圣上说了。"

"圣上说……"

沈鸢抿紧了嘴唇，腰也不自觉地直了起来。

他说："说什么我忘了。"

沈鸢："……"

侯夫人嗔他一眼，说："你快说，少欺负你沈哥哥。"

沈鸢闻听这一声"沈哥哥"，便忍不住轻轻咳嗽了一声。

卫瓒便笑了笑，说："圣上说连云阵破得好，沈家子大有可为，着人将宫中兵法藏书挑选抄录送来，教他继续勤学不辍。

"估计晚些时候，赏赐就要送到松风院了。"

他说一句，沈鸢脸上的笑意就大一分，再说一句，再大一分。说到后头，那春风得意的柔软笑意，几乎要从眉梢眼角里沁出来。

沈鸢最终咳嗽了一声，撇过头去不看他，指尖却又磨蹭着座椅扶手，蠢蠢欲动，似是想问他什么。

侯夫人见他俩这样，便笑说："请过安了便早点儿回去吧，我一会儿还有管事来。"

"你俩有什么话，私底下说去。"

他俩便一前一后出去了。

暖气袭人。

沈鸢正是春风得意时，眉目舒朗，走起步来都轻快潇洒。

只是那步摇忘了拔，翡翠珠子一步一晃，蝴蝶的金翅也跟着颤，他总控制不住自己盯着看，又不大想提醒沈鸢。

——也不许周围人提醒。

卫瓒问："身子已好利索了？"

沈鸢"嗯"了一声。

隔了一会儿，没问他嘉佑帝的夸赞，却将左右人都支开，压低了声问他："安王如何？"

卫瓒道："今儿进宫还瞧见他了。"又说，"被拔去了多年的死士，盯着我瞧了好久，也不知心疼不心疼。"

沈鸢微微皱起眉，轻声说道："无人怀疑他？"

卫瓒便懒洋洋笑了一声："兴许有，但没人敢提出来，毕竟有太多比他更可疑的人选。

"再者，安王本是先帝嫡长子，因国难赴辛为质，足足十余载才归来，算得上是有功之人。如今还一心修道，没有铁证，寻常人不敢动他。

"连圣上今儿也是，提也没提他。"

"因国为质，"沈鸢皱着眉喃喃，"怎的就变了呢？"

卫瓒说："人心都会变。"他低笑了一声说，"既有因恨生爱，焉知就没有因爱生恨。"

他也曾不信人心变迁，后来见过了自己狰狞丑陋、不可理喻的一面，才知道话不该说得太死。

而安王去国十余年，变成什么样子都是有可能的。

先帝时期的大祁重文轻武、风雨飘摇。北有草原掳掠，南有辛人压境。

昔日靖安侯回忆时，时常感慨年少时为将，时时憋屈，处处受人冷眼。满朝上下，找不出几个能担将任的人，除了当年那个沈呆子，饱读诗书放着文官不做，却偏偏要跑去军营受苦。

便是这般形势，之后才有卫韬云镇守北方、分身乏术；才有大军退让七城至康宁，沈玉堇夫妇康宁死守三月。

边境退至康宁城后，辛人屡攻不下，终于提出愿意和谈，只是提出要送出质子，并且要本该继承皇位的嫡长子。当时的嫡长子便是安王。

多年前，安王负安宁祈愿而去。多年后，勾结辛人兵马，夺皇位，肆虐而归。

安王为坐稳皇位，只得一直求助于辛人。

那是大祁至暗的几年，辛人狂荡，在大祁国境肆无忌惮，年年粮食银钱一车一车送去，掏空了十余年的积累。以至于后来的每一场仗，都是从百姓口中夺食打的。

若退，民无尊严，国无前程。若进，却是前有血泪，后有饥荒。

卫璟这辈子都不想再打这样的仗。

沈鸢垂眸问他："李文婴难道审不出来吗？"

他摇了摇头，道："李文婴已疯了。

"前几日审的时候是不愿开口，如今却是疯疯癫癫。金雀卫将他儿子拿到眼前来威胁，他却发了狂，险些将他儿子亲手掐死。

"如此举止，无论是真疯假疯，只怕都不能供出安王来了。"

卫璟其实也做好了准备。安王并不是能轻松就扳倒的一座大山，如今这次，先撕了安王的底牌，已是好势头了。

沈鸢拧起眉来，半晌说："他既然是这般手段行径，你掺和进这些事里头，便要小心。"

"你如今风头正盛，没准儿会对你下手。"

卫璟抿了抿嘴唇笑说："还好，我这次也是奉命办事，卫锦程那次虽然有人见着了，但他们也不知我的目的。

"如今死士一事就够他们焦头烂额的，未必愿意再生是非。"

他既光明正大，又隐匿于黑暗之中，危险总是有的，却不必拿来吓唬这小病秧子。

本来心思就够多的，国子学那点儿书都够小病秧子折腾得天翻地覆，何苦再为他操心来着。

沈鸢"嗯"了一声。

卫璟咳嗽了一声，说："担心我啊？"

沈鸢说："又发癫。"

他说:"担心我又不丢人。"

沈鸢淡淡抬眸看他:"那我确实有些担心你。"

他一怔,不想沈鸢竟这样直白,尚未来得及欣喜。却听沈鸢说:"小侯爷,我今儿去了国子学,先生问起你,我说你打了两天的双陆,还让我跟着你一起打。"

卫瓒:"……什么?"

沈鸢说:"你还背地里说博士讲学问讲得浅。将功课都扔进水里去了,回来谎称是丢了。"

他噎住了。

几乎能想到,这几件事故意连起来说,学里那迂腐博士会让沈鸢挑唆得何其恼怒了。

沈鸢垂眸,声音越发温柔亲切,说:"博士让你将功课抄上百遍,错一个字加一遍,若不抄,管你是抓了死士刺客还是什么别的,他都要去找姨父谈谈,就是闹到圣上面前去,你也得认这个罚。

"你若说担心,我倒是担心小侯爷的屁股,这次过后还能否健在。"

他说:"沈鸢,你……"

沈鸢却仰着头,淡淡道:"小侯爷是该多读些圣贤书,清醒清醒,省得浑浑噩噩贪玩惹事,不知所谓。"

说话间,那步摇上翠珠都颤颤巍巍地在晃,眉目间的嘲笑好不得意。

卫瓒让这小病秧子给说乐了。

感情这些日子的事儿,沈鸢都记着,等着一次给他连本带利收回来。

卫瓒抬起手来。

沈鸢面色一紧,以为他要做什么,下意识想退,却又不退。

他却光明正大地狠狠地拨了一下那步摇下的翠珠。

见病秧子仿佛受了辱似的,墨玉似的眸子抬起看他,怒目而视。

那几颗翠珠晃荡着打过耳畔,好似环佩丁当。

他笑说:"沈折春,我算是看出来了。"

"你就是个毒夫。"

又妒又毒。

之后的一两个月里,卫瓒跑得马不停蹄。

卫瓒猜得没错，死士被抓了，却是个个儿一问三不知。这些人本就是被拿来利用的刀，不到那一刻，甚至不晓得自己做了什么。倒是民间开始断断续续地闻风传起了谣言，传起了什么小侯爷破案擒死士，编得那叫一个九曲回肠，倒比他本人破案的过程更惊心动魄。

卫瓒就甲胄案这么一个差事，忙忙碌碌干到了夏天，但这还算不得什么大事——最可气的还是抄书百遍这件事儿。

往常博士一生气，就爱让人抄功课百遍。但昭明堂的学生也会混，今儿抄几页，明儿抄几页，等抄着抄着，博士气消了，三五天也就把这事儿给忘了。

架不住眼下这儿有个沈鸢，三天两头、有意无意地提醒博士，甚至还能替博士揪一揪他有没有错字，时不时给他再添上个三遍五遍。

这般来回折腾下来，卫瓒那百遍书活活欠了一春，还余下四五十遍。

昭明堂上下现在是见着沈鸢都觉得心惊，生怕这抄不完的百遍书落在自己头上。

外头闲玩蹴鞠的时候，唐南星还给卫瓒出主意："要不咱们几个帮你抄了算了，再不行，去抓两个会临摹字迹的文生来，还真要这么抄个没完了？"

卫瓒懒洋洋问："你是打算瞒博士，还是瞒沈折春？"

唐南星琢磨了一会儿，还真是博士好糊弄，沈折春那一关难过。

晋桉用膝颠着那皮鞠，笑了笑说："沈折春又不是不讲道理的人，你找他说一说情不就完了吗？"

唐南星说："你出什么馊主意啊？"

晋桉说："本来吗，你越要糊弄他，他越来劲。你去说说情，他兴许一抬手就把你放了呢。"

唐南星道："凭什么要跟他说情啊，前儿甲胄案的事儿，卫二哥还升了品的，就是不升，卫二哥也是武勋在身，见了面儿不让沈折春行礼就不错了。"

晋桉说："这就不是一回事儿。唐南星，我说你一天天的，老跟那沈折春过不去做什么。"

唐南星没好气地看他，竟有几分痛心疾首之色："你懂个屁。"

两人正说着的时候，却听见卫瓒扯松了领口，将那皮鞠踢到一边，说："不玩了，歇一会儿。"说着，便独个儿退了场，坐在边儿上乘凉，汗顺着脖颈淌进衣襟口，越发有几分夏日的懒怠，不知在想什么。

自打入了夏，这日头一天赛一天的毒辣。

文生避暑的避暑、纳凉的纳凉，只有昭明堂这群傻小子不知热，一日不动便浑身难受，顶着火辣辣的日头马球蹴鞠，动辄便浑身是汗。若不是国子学的规矩严苛，如今一个二个早已打了赤膊。

隔了一会儿，晋桉过来，道："对了，卫二，避暑庄子的事儿，你跟沈折春说一声，看他愿不愿一起来。"

"我问了学正，说过两日就放假了，月试应当也免了。"

卫瓒应了一声。

又听见晋桉说："唐南星那小子，脑子里半是面粉半是水，平日里到处喷浆糊，谁知道想的是个什么东西。你让沈折春别往心里头去。"

卫瓒怔了怔，笑着应声："好。"

待汗消了，他便翻了墙出去转了一圈，循着国子学边儿上一家摊子，打了壶酸梅汤回去。

如今昭明堂一帮人都在外头蹴鞠，堂里就沈鸢一个人，支着下巴在边儿上乘凉，一把折扇有一下没一下地摇，额角已沁出了些许汗珠。

沈鸢受不得热，也受不得寒，不用冰块酷暑难耐，用了冰块又容易风寒，所以一到夏天就分外难受。

卫瓒咳嗽了一声，将那一壶酸梅汤放他面前。然后坐在他边儿上。

沈鸢抬了抬眼皮，没看他。

卫瓒又咳嗽了一声。

沈鸢才说："这不是卫大人吗？"

卫瓒说："我早知你这么酸，我还给你带什么酸梅汤。"

沈鸢垂眸慢吞吞地翻过杯子，给自己倒了一杯。

酸甜适口，凉得也恰到好处。再冰一些受不得，再暖一些也没什么凉意。

外头一群傻小子正是踢得好了，一阵呼喝声此起彼伏，还在那儿数着数。

沈鸢说："怎的，提着礼来，不想抄了？"

卫瓒说："没有，我乐意来着。"顿了顿，忽地觉出不对了，说，"沈鸢，你这什么耳朵，外头这么多人，你都能听见我说了什么？"

沈鸢不说话了，低着头继续喝酸梅汤。

卫瓒揉了揉自己的耳根。

人却在胡思乱想。想这小病秧子果真是让那些药材给腌入味儿了，热成这样，身上也有若有似无的药香。有了对比，他才觉得外头那些大汗淋漓的人气味熏人。

外头蝉趴在树上，也热得耐受不住，一阵一阵地响。

卫瓒问："避暑庄子的事儿，你去不去。"

沈莺挑了挑眉，说："晋桉那个？"

卫瓒"嗯"了一声，说："他们家在山间弄了个避暑的院子，建了几间竹林凉屋，说很是松快。只是在望乡城那一带，路上要走个三五天，说是避暑，只怕倒是遭罪去的。"

昭明堂这群小子，哪在乎什么暑气不暑气的，就是在京城待腻了，要找个家里管束不到的地方浪荡去的。

沈莺说："你去吗？"

卫瓒说："去。"

只是卫瓒倒不是冲着避暑的，而是另有事，只是跟这些人顺了路。

沈莺说："我不去。姨母担心我，必不愿放我去。"

这意思就是想去了。归根到底，其实也是武将家少年郎的脾气，也贪玩好动，也爱新鲜。

卫瓒说："我娘不让，你就不去了啊？你上回劫我的时候，我娘也没同意吧？"

沈莺说："就是上回劫了你，受了寒，姨母都盯我好几个月了，晚回去一会儿都要问。"

卫瓒笑了一声，道："我娘是让你以前给吓怕了。"

这小病秧子刚入京时水土不服，又碰上寒冬腊月，头一年那是睁眼咳嗽、闭眼发热，险些就病死在松风院。之后每每风寒，侯夫人都怕得厉害。哪怕这几年沈莺的身子日渐好了，也是如此。

这会儿要出门，侯夫人一准儿不同意。越是温柔的人，越是有些固执。

卫瓒说："我跟我娘说去就是了。"

沈莺看他一眼，阴阳怪气道："你别去。"

"你那些朋友本就瞧我不上，你再跟姨母顶起来，倒是我的不是了。"

他便蔫地笑起来，忍不住伸出手指，偷偷扯了扯沈莺的衣袖，说："你听唐南星胡说，回头我就找他去。"

沈莺让他勾了指尖，也没说话，只瞪他一眼，倒是眼神往窗外瞟，怕让人瞧见他俩这会儿狼狈为奸。

149

卫瓒闷笑了一声。

沈鸢却低着头继续读书去了。

隔了一会儿，见沈鸢还是没应。

卫瓒才叹了口气，伸了个懒腰，说了实话："其实是我曾听说，望乡城有个林姓大夫，传得很是邪乎，我想着……带你顺路去瞧一瞧。"

沈鸢闻言，竟怔了一怔，抬眸来看他。

卫瓒说："我娘那边，只消说一声就是了，她比谁都盼着你好点。

"没跟你直说，是不晓得他有多大的神通，怕你到时候失望。"

沈鸢这身子骨已毁了许多年，京城里能找的大夫也都找过了，宫里头太医也都一一延请，可的确是只能好生将养着，半点儿都操劳不得。

这林姓大夫有多少把握，连卫瓒都不知道，到底只是前世听闻的，战乱中四处施展神通救死扶伤的大夫，多年的旧疾都能调理得妥妥帖帖。他听说时，这人已是丧命了，只晓得家是在望乡。

否则多事之秋，他其实也不大情愿带着沈鸢四处奔波的。

沈鸢却截了他的话头，直截了当说："我去。"

卫瓒一抬头，瞧见沈鸢攥着书的手有几分用力，眼底透着一股子倔劲儿，说："这些事，你直说就是了。"

"卫瓒，我不怕失望。"

卫瓒怔了怔，轻声说："我知道。"

沈鸢是在悬崖边儿攀着荆棘都能往上爬的人，哪怕有一线希望都要挣出来。

——是他不忍让沈鸢难受。

卫瓒"嗯"了一声，趴在桌边儿，不知怎的，就笑了一声。

他一笑，就被沈鸢踢了一脚。

卫瓒说："你踢我做什么。"

沈鸢张了张嘴，又闭上，低着眼皮说："不知道，笑得人心烦。"

还有——

要对卫瓒真心实意说声谢，可太难了。

闻听避暑寻医之事，侯夫人果然忙不迭地放了人，甚至催着卫瓒赶紧上路。

又过了几日，卫瓒将手头的一应事务都嘱咐交接得差不多，总算是赶上了国子学放假的时候。只是沈鸢自打来了京城，这是头一回出远门儿，侯夫人给他打点的行装已到了夸张的地步。

笔墨纸砚、茶水点心自不必说，驱虫熏香，防蚊纱帐，常用的药都配好了包好了、一样样装起来，锦缎被褥也是用惯的，煎药的炉子、行路的行灯、遮阳防雨的油纸伞……数不胜数。

这次算得上是远游，便连知雪和照霜也跟着走，林林总总，光是装车就装了好半天。

卫璬却是一匹骏马，一身白衣轻薄，除去马上一杆枪，一个包袱，再无他物。

包袱往随风怀里一扔，便驰马跟昭明堂众人你追我赶，恣意游荡。

让沈鸢隔着帘看了好半天。

越看越气闷，最后见卫璬回头瞧自己，沈鸢索性帘子一放，眼不见为净。

倒是后头，晋桉握着缰绳笑道："沈折春的两个侍女实在好看，穿的衣裳好，戴的花儿也好，等落了脚，我非得问问她们是怎么配的不可。"

旁边唐南星大大翻了个白眼："我要是敢出门带侍女，我娘非揍我不可，我妹妹出门都没他讲究，连驾车的都是个姑娘。"

晋桉道："先头卫二刚刚修理过你，让你少生是非，你又想挨揍了是不是？"

唐南星气急了，说："我不是生是非，我是……"

却忽地顿了顿，如遭雷击，整个人的神色都浑噩了起来。

唐南星在那儿看了沈鸢的车驾半晌，又看了看前头卫璬盯着沈鸢马车笑得几分无奈。

他忽地道："我懂了！我懂了！"

晋桉纳罕道："你懂什么了？"

唐南星神神秘秘把他拉到一边，说："晋桉，我跟你说一件事，你须得保密才行。"

晋桉还在那儿琢磨，是不是路上找野茉莉戴戴、寻些文人野趣呢，骤然让他一拉，险些从马上歪下来，怒道："你说就是了。"

唐南星说："我说了，你可别吓着。"

晋桉说："有屁快放。"

唐南星神神秘秘地说："我觉着沈折春是女扮男装。"

晋桉："……"

唐南星说："祝英台你听过没有？"

晋桉默默把马头调了调，说："你离我远点……我怕你把这蠢病过给我了。"

唐南星这人，其实直觉很准，嗅觉也很敏锐，否则就他这着三不着两的性格脾气，也不会被他爹当成将才送进昭明堂。

但他脑子确实也一根筋，认准的事儿，还不大容易回头。

唐南星观察了沈鸢一路，越看越觉得自己可能猜对了，沈家当年留下的可能就是个姑娘。

他不敢上卫瓒面前说，就折磨晋桉，胸脯拍得啪啪响，说："你信我。"

晋桉说："我信你个大头鬼。"

唐南星："你就没觉得，沈折春长得太好看了吗？"

晋桉："那是他爹妈好看。"

唐南星："而且，在国子学这么多年，你见过沈折春脱衣服吗？"

晋桉："他身体不好，又不大活动，没事儿当着人面前脱什么衣服啊？"

唐南星说："你懂什么，他带两个侍女，就是为了避免暴露女儿之身。"

晋桉："……"

唐南星自己把故事编得特别圆："沈家夫妇唯一留下来的女儿，为了继承父志，顶立门户，女扮男装，孤身一人进了侯府。"

"你看侯夫人疼她疼得跟亲女儿一样，没准儿就是因为这个。"他一拍大腿，"这案破了啊！"

这时候他再看着卫瓒掀起沈鸢的马车帘，笑着说闲话逗闷子，被刺了几句也不恼，顿时生出了一股子钦佩之情。不愧是卫二哥，火眼金睛，肯定是把沈鸢的真身给看了出来，不好跟一个姑娘计较。他越想越觉得处处都对上了，这得是话本里才有的剧情。

晋桉已经不想理他了，拿起水囊自己喝了一口。

隔了一会儿，却听见唐南星又幽幽冒出来一句："你说，沈姑娘在家乡有没有未婚夫。"

晋桉一口水噗地喷了出来，惹得沈鸢和卫瓒都扭过头来看他俩。

晋桉讪笑着摆了摆手，警告唐南星说："这些话你可千万别在卫二面前说，小心他揍你。"

唐南星特别骄傲，说："那肯定不能，卫二哥替她保守着秘密呢。"

……女儿身的秘密是吧。

行吧。

昭明堂这么多人，难免有那么个脑子长得不大健全的。

去避暑庄子少说要待上一个月，是以上路时各家带的东西都不少，偏偏昭明堂这群小子都不肯好好坐在马车里，非得骑着马在外头溜达。

更可气的是，还个个身体极好，就这样磋磨了一天，到了客店休息时，还个个都不见疲色、两眼放光。他们在外头吃着干果点心，等着酒菜，嘻嘻哈哈说笑，眼珠子瞧着往来客商咕噜噜地转，看什么都热闹新鲜。

却是沈鸢在马车上颠了一天，车里头闷热，下了车他还昏头涨脑，没多久就自去楼上休息了。

客店的屋子算不上大，照霜和知雪住在沈鸢隔壁，忙进忙出，整理过了沈鸢的房间，又收拾自己的，一会儿烧水，一会儿取东西，一会儿煎药的，忙得团团转。

惹得楼下一群少年频频探着头看。

卫瓒懒洋洋坐在边儿上，眼皮子也不抬："眼珠子收一收，都没见过女的吗？"

便有人说："这两个特别好看。"

"卫二，你家姑娘都这么好看吗？"

爱美之心，人皆有之，谁不喜欢看漂亮姑娘。精神爽朗，还有一股子生机勃勃的劲儿。

卫瓒想了想，还真不是他家姑娘都漂亮。是沈鸢身边儿教出来的，都一个赛一个的好看，这小病秧子惯会养女孩，连那呆愣愣的怜儿在他身边儿待久了，都透出几分娇憨来。

卫瓒说："再瞧，把人姑娘看恼了，我可不替你们说好话。"

众人这才悻悻收回目光去。

又拿着眼睛偷瞄。

客店是专做旅客生意的，没一会儿便将饭菜端了上来，下头这群人爱酒好肉的，要的尽是些重口菜色。卫瓒瞧了瞧这一群人，又瞧了瞧忙得陀螺一样的知雪和照霜，便自去后厨要了一碗清粥，几样清爽菜色，装在托盘里上楼。

临去前，他对晋桉叮嘱了一句："叫他们别生事，少吃酒，二两为限，明儿还得上马。"

晋桉向来是这里头稳重的,点了点头。

他便端着托盘,上去敲了敲沈鸢的门。

只笃笃敲了两声,便听见里头有气无力一声:"进来。"

卫瓒推门而入,便见沈鸢屋里已让两个小姑娘给收拾得干干净净,连床上都加了一床软被,防蚊的帐子也挂上了。香炉点着,里头点着些醒脑安神的香,嗅起来凉丝丝的,带着一丝舒爽。

卫瓒将粥水搁在了桌上,轻声说:"坐车坐累了?"

沈鸢应了一声,那声音像是在没好气地哼唧。

想来是马车里头被捂了一天,难受得厉害。

这会儿天热比天冷更难熬,冬日寒冷,有手炉、脚炉取暖,捂着些就好。

可这天一热,马车里头跟蒸笼似的,往京外走的路又不比京中平坦,三下两下,非把这小病秧子颠晕了不可。

卫瓒倒了一杯茶,说:"你这身子骨,当年是怎么走到京城的。"

沈鸢道:"那时走的水路,船上也晕,后来换了车,也是走走停停。"

卫瓒说:"江南人还晕船?"

沈鸢沉默了一会儿,说:"从前不晕,身子差了,什么毛病就都有了。"说着,似乎不欲再提,只接过他的茶喝了一口,慢慢起身说,"你吃过了?"

卫瓒扯了个谎,说:"吃过了,我给你端上来了,等你有力气了,再下去吃点。"

沈鸢坐起来,才慢腾腾说:"倒是要多谢小侯爷好心。"

沈鸢这会儿已换了一身纱衣在床上,算不得很薄,叠了两层,是朴素飘逸的白色,能透出背后那一点红痣来,他才觉着透气凉快。

卫瓒已端起粥来,将勺子塞到他手里,说:"吃点东西再说,省得没力气。"

沈鸢只低着头慢吞吞吃粥,这会儿的确是吃些清粥小菜更开胃,沈鸢没一会儿便吃了个精光,这才终于恢复些许精神。

将碗放下时,卫瓒正拿着他一册书在旁边儿打发时间,这便总给他一种错觉,像是那小院儿里的气氛又回来了。

沈鸢便一伸手,将碗递了过去。

卫瓒也顺手接了,放在托盘上,又问他:"吃了药了吗?"

沈鸢说："知雪在煮着呢。"

卫瓒便说："颠了一天，只吃这些怕没力气，一会儿再吃些瓜果。"

沈鸢却说："不想吃。"

屋里一时有些闷。

沈鸢知道其中缘由，兴许是他见了卫瓒今日策马扬鞭时的痛快；又或许是被日头晒得烦了，马车待得腻了，病弱身体惹得他心烦；以及楼下热闹非凡，却独独他一个人要在这房间里静养，连一口粥水都得让人送上来，晚上还要吃些苦药。

他有一股子邪火儿，藏在了胸口，急于通过什么发泄出来。

笃笃，门外敲门声，打破了房里头的寂静。

外头是晋桉的声音，显然刚在下头跟人说笑过，便带着笑意来问沈鸢："沈折春，你休息得怎样了，要不要下来玩一会儿。"

沈鸢沉默了一下，片刻后说："等会儿就下去。"

晋桉应了声："好。"

沈鸢便自当自己没说过那话，从床上下来，低头为自己穿鞋。

起身时，他其实是想稍说一句和缓的话，但想了想，到底没说什么。

不想卫瓒喊了他一声："折春。"

卫瓒从他身后，给他披上了一件薄薄的绢布外袍，又垂着眸，从身后给他系上扣子，慢慢问："身体不舒服？所以心情不好？"

沈鸢说："不关小侯爷的事。"

平素恣意妄为、高高在上的小侯爷，垂着头温声说："折春，你别激我。"

沈鸢的嘴唇轻轻动了动，说："激你又怎样。"

他心底有着连自己都觉得卑劣的得意，是从温和驯顺的卫瓒身上得到的。

卫瓒只是为他系上扣子而已，他低下头，却瞧见了卫瓒手臂上微微的青筋。

卫瓒沉默了一会儿，轻轻笑说："我也不能怎样。"

一刹那，沈鸢想起自己年少时第一次在军棋上战胜父亲时的快意。有某种相似在其中，可与那时比，又完全不同。

快意、虚荣、沾沾自喜、虚浮的得意。

嫉妒的种子，催生出浮浪自得的花来。

他闭上眼睛，似是质问："你何必低三下四地顺着我？"

卫瓒却错开了他的问句，只说："你身子不好，自然有不遂心的时候，人人皆有这样的时候。"

沈鸢的话噎在喉咙，撇开头，目光却和软了许多。

他想，他在卫瓒面前，似乎已经够难看了，也不差这一点儿了。

他说："你先去吧。我等一会儿再下去。"

这般一路颠簸奔驰了足有三日，待他们到了晋家庄子山下前，正巧已是黄昏了。

连日赶路总算让这些昭明堂的初生牛犊的精力散得差不多了，个个儿面露疲色。这时候便都开始后悔——逞强说上山不要竹轿的话来了。

晋桉家的确很会选地方，远望上去，是苍苍翠翠的一片山林，遮天蔽日的绿，风一吹，一排排低下头，瞧着便很是凉爽，走在林荫山道间，也算不得难受。

众人皆是有气无力地爬上山，沈鸢慢吞吞地、咬着牙跟在后头，拄着一根竹杖一点一点地前行，他的面色有几分苍白，豆大的汗顺着面颊滴下来。

照霜已是将包袱都背在了身上，见他神色有些苍白，便小声在后头道："公子，我背你吗？"

沈鸢慢慢摇了摇头。

晋桉道："要不我背着吧，我这两天没怎么骑马，尚且有些余力。

"也是我的错，不晓得是不是传信传错了，还是庄子里头的人偷懒，竟没下来接。"

原本车马行装就多，沈鸢又是个弱身子骨，这下只得将部分行李留在山下让人照看着，待他们上了山，再遣人下来担挑。

晋桉这般一开口，却听见唐南星道："叫卫二哥来，卫二哥力气大。"

沈鸢刚想开口说，用不着，却低头瞧见卫瓒已蹲在他面前，笑着说："上来吧。"

沈鸢看了卫瓒片刻，慢慢爬了上去。

行进间，卫瓒用只有两个人的声音，轻轻喊了一声："折春。"

沈鸢便心尖一跳，假装平静道："怎么了。"

卫瓒说："情势不对。"

沈鸢闻听他语气里的正经，便也正色道："怎么不对？"

卫瓒顿了顿，说："这上山路有些兵马痕迹，只是下过雨，不大明显。"

沈鸢显然已是有些疲累，听他这般一说，定睛瞧过去，果真如此。沈鸢沉默了片刻，轻声道："确实，只是分不清是上山还是下山。

"如此看来，晋桉的信没传上去，也未必是意外。"

八成就是送信人中途被阻断了，对方已知晓他们今日到来。

卫瓒心底那隐隐的担忧到底还是发生了。此事多半是安王的手笔，只是他想不通，他听令办事，并没有露出察觉了幕后主使的马脚，安王又何必要来截他一命呢？

"你暂且不要多想，此事未必因你而起，也许只是寻常山匪。"沈鸢垂眸说，"不如去求援？我记得你有金雀令。"

那令牌还是这次办差事，嘉佑帝予他的。

金雀令代表帝王的辛人，哪怕在金雀卫中都鲜有人有，可向城府借兵，最多可以借来千数。

卫瓒笑了一声："这个距离，来不及去望乡城的。"

沈鸢沉默了一会儿，说："若退呢。"

卫瓒说："我先头同晋桉打听了，下头有村落，现在不知他们是何打算，若伤及下头百姓，此事反而更难办了。"

沈鸢垂眸思忖道："的确，马上就要入夜了，敌在暗，我们在明，此时宿于野外或山下民宅，只怕更不安全。"又说，"我赌庄子里应当还是一切如常，他们若不想打草惊蛇，便是要在夜间动手。"

"至于怎么动手……便要看他们有多少人，要活的还是要死的了。"

卫瓒其实不曾背人爬山，动作间还有几分不适应，下意识把人又往自己背上托了托，道："沈哥哥，此事我得你帮一帮我了。"

沈鸢没好气道："这次又有什么好处？"

卫瓒不要脸地说："我这不背你上山了吗？"

说完，就感觉沈鸢在他背后瞪他的后脑勺，那目光有如实质，几乎要把他烧出两个洞来。

卫瓒下意识又把沈鸢往上头托了托。

"……你管这叫好处？"沈鸢已经在他肩膀上磨牙了。

他以为这次沈鸢非要咬他不可了。

隔了好一阵，沈鸢气闷说："你要我帮什么？"

卫瓒说："先拉钩？"

沈鸢说:"你幼稚不幼稚。"

卫璱笑了一声。

隔了一会儿,他托着沈鸢的手,被郑重其事地碰了碰小指。

夜半三更。

昭明堂一行人才在这庄子中安置下,沈鸢独自一人坐在房间内,仿佛是闭目养神。照霜没在房间里,知雪心神不宁地在开合自己的药箱,一下、两下。

第三下的时候,沈鸢喊了她一声。

知雪的手一颤,险些让自己的药箱子夹了手。

沈鸢轻声道:"知雪,一会儿我离了房间,你便留在这里,一旦有变数,就按着晋桉说的藏起来,等时候过了再出去。"

知雪说了一声"好"。

隔了一会儿,她喊了一声:"公子"。

声音中有几分微颤,叫沈鸢愣了,他放柔了声音,轻轻摸了摸她的头,道:"别怕,我和照霜都在。"

知雪点了点头。

小姑娘嘴唇都白了,抬眼看了看他,却是低头说了一声:"公子,我什么都不怕……就是你们千万好好的。

"别像老爷夫人……扔下我们就……"

沈鸢竟是怔了一怔,面色柔和了许多,垂眸轻声说:"我知道。"

知雪是战场捡回来的孤儿,机灵又聪慧,平日里亲妹妹一样跟着他。自从他父母走了,知雪一句话也没提过,每日里就花样百出地逗他开心。

如今又提起来。

他才知道当年怕的、疼的人都不止他一个。

这时,便听得外头一阵骚动。

他立时起身,出门去瞧。

便见有人提着两个捆得跟粽子一样的黑衣人扔在地上,道:"果然如卫二哥所说,刚刚这两个人鬼鬼祟祟潜入院中,我还道他们要做什么,原是意图要放火。"

放火。

沈鸢闻听这话便是一愣,却忽地听一声惊喝道:"糟了!你们快看山上。"

"起火了！"

听得这一声，众人皆抬起头，便觉一阵热浪扑面而来，随之而来的是炽烈的火光。

今夏燥热，山间又草木旺盛，一旦起火，便更是摧枯拉朽，熊熊烈火，一路席卷狂烧而来。

本就炎热的天气如炙烤一般。

这一刻恰好有轻风起，火势扑面而来，顺着风如涨潮的水一般积蓄，眼看着就要向下淹没一切。

——院子里放火的两个人并不重要，重要的竟是这已然烧起来的山林火，直冲着他们而来。

若是一路烧下来，整个庄子的人都要没命。

便有人慌忙道："快走，这天气起火，须得往上风走才行。"

"重要东西拿着，余下皆不要了。"

众人闻言，皆是应声，各自正要回去的时候。

却忽地听到一阵咳嗽声。

紧接着有人说："别动。"

"谁都别走。"

众人看去，便见沈鸢出来便被热气顶了喉咙，正以衣袖捂口，低低地咳嗽。

有人怒道："再不走，就要烧死在这儿了！你是要找死吗？！"

沈鸢好不容易才咳完，缓过来了，便冷声道："你出去，便只剩得一个死字。"

"这不是山火，是有人纵火。"

那人道："所以呢？！"

沈鸢声音骤然冷厉，说："他以火攻你，便是要断你下风之路，逼得你只能往两侧逃亡，往上风去。

"他这般设计，两侧风口必有人埋伏。月黑风高，深林茂密，他只放个十余人，以弩箭等你，以陷阱索命，便足够取你我性命。"

他说着，走上前一步，平日里惯常温润的目光竟有几分迫人。

"——我看是你想要找死。"

那人被震慑住了。

却又声音嘶哑说："……那你说怎么办？"

159

忽地有人说:"对了,是卫二哥先察觉不对的,他一定想出办法来了——卫二哥呢?"

烈火熊熊而来。

山火,明月,立在院落中的沈鸢仰头而望,衣袂在热浪中微微鼓荡,如火中一只欲燃的纸蝶,脆弱而洁白。

"现在只有一个法子。"沈鸢说,"开后门放火,以火攻火。"

他的眸子里透出了坚定和冷意。

"我应承了卫瓒,带你们等他回来。"

夜幕火光之下,有一男子自山上远远俯瞰,左手臂处空空荡荡,一把利刃安在了手肘端。他静静瞧着山坡下烈火一路滚滚而去。

烈火蒸腾间,身后百余人也皆是神经紧绷、汗流浃背,隔着重重的热气盯着山下的庄子。只待那庄子中的人逃窜而出,便从左右冲杀,与两面侧风口埋伏的弩手一同将这些年轻人宰杀。

只是许久未见有人奔逃吵嚷,却见那下风口处,又起了一道烈火。

左右皆笑道:"他们是疯了吗?怎的又放一道火!"

却不想热气蒸腾之间,下风口的火竟被热气拉扯着与上风口的火迎面相撞,两火相遇,将草木和墙外几间木屋烧得一干二净,火势却是渐渐小了。

草尽而火灭。下风处却是寂然一片,无人逃窜。倒是听得下头宅院里头,隐隐传来欢呼之声。

众人皆色变,不想这一番布置皆白费了。这两道火墙,倒是拖了好一阵子的时间,有烈火阻隔,他们不敢下山去冲杀,左右伏兵皆是弩手,也只能按兵不动。

身旁人低声说:"夜首领,干脆等火烧过了,令左右的伏兵上前,咱们冲杀下去便是了,就算有些武生,房屋里头也不过是群孩子和一些家仆。"

那男人的目光也是有些难看,他不过是想借火势逼得这些人出来,谁知竟惹出这么多麻烦。

他心生疑窦:"他们如何不动?"

左右一怔。

是啊,已经知晓有人要索他们性命,又有火墙阻隔。

此刻纵然不往侧风口去,也该往下风处逃了才对。怎会在庄子里按兵不动,难不成在等着他们吗？

男人凝目远望，依稀见得一个白色身影立在院中，似乎也在精准远望着山顶，遥遥洞悉他的一切，仿佛一举一动都被反复思量。

他却不知怎的，莫名心生了一分怪异的忌惮。

这份忌惮上一次出现，还是在夜中见过卫瓒时，虽只有一人，却俨然如千百人难敌一般。

男人的目光越发阴沉起来，心里计算着火烧尽的时间，却未来得及下令，却忽地见山口惊鸟纷纷。再放眼望去，忽见北面亮起数十火把，又有人声纷纷扬扬涌上山来，显然已是援兵到了。

左右皆不可置信："都这个时候了，这是哪儿来的人。"

那夜统领立时变了颜色："他们早有准备。"

"卫瓒有金雀令。"

左右道："这……夜首领，这该如何是好。"

若以金雀令向附近城府借兵，能借来百千人，那此行便是必败，容易将自己折在这里。先头手中死士已折去了许多，眼下这些人不过是花钱买来的乌合之众。

他真要令众人死战，这些人也未必信服。

男人再看下头那庄子，便禁不住心生一丝凉意：难怪这些人动也不动，原来早已有了计划。

他本以为下头放火的白衣人是卫瓒，谁知竟然不是。他细一听，甚至能听到下头与卫瓒两处遥相呼应之声。

卫瓒命不该绝，昭明堂的这些小子也好运气。他一咬牙，摆手道："撤。"

"卫二来了！卫二来了！"

"火也停了！沈折春，旁边那些射冷箭的人也终于撤了！你真是神了！"

"你怎的知道，我们一动不动，他们便必要退去的？"

饶是火已灭了大半，可烧过的草木却是烟炎张天，浓雾滚滚。惹得众人频频咳嗽，余火也需扑扑打打灭去，但他们又禁不住欢呼雀跃。

沈鸢一边咳嗽着，一边远远望着山顶，见那上头依稀有火光闪过，才目光闪烁道："疑兵之计罢了。"

唐南星本是骑在墙上探看，道："我看这些人还是没胆量，一看卫二哥借来兵就尿了，若真有胆量，怎的不打上门儿来。"

沈鸢摇了摇头，却是笑了，说："卫瓒没借兵。"

众人的欢声戛然而止，说："什么？"

他却慢条斯理道："望乡城距离此处足有六十余里，卫瓒纵是快马加鞭，也需两三个时辰能到，届时入夜闭城，他想要进城须得自证身份，还不知道城府愿不愿意借兵。

"若是如此一来一回，待他回来，只怕要给我们收尸。"

众人愣了愣，说："那……那些声音是？"

此时，听得门口一声响，门口呼啦啦响起了许多声音，众人齐刷刷看去，却是卫瓒破门而入，笑道："山下重金请了三十来个田里金刚。"

卫瓒领着头儿，身后跟着三十余个结实的庄稼人，每人手举两个火把，背上负旗，就这般呼呼喝喝、口喊军号，懵懵懂懂地进了门。

他们还操着一口乡音问，该找谁拿钱。

——好家伙，果真是田里金刚。

夜黑风高瞧不见旗，只需个个儿举着火把，便能做百人之声。寻百姓做兵难，但只要银子给够了，想要振一振兵势还是容易的。加之山上以火攻火、按兵不动的计策，仿佛真有救援一般，便将那些人糊弄了过去。

卫瓒笑了笑，手一指晋桉道："此间主家说了，每人酬银十两，以谢劳苦。"

正灰头土脸灭火的晋桉苦笑着举手道："我我我，来我这儿领钱。"

卫瓒此刻直勾勾瞧着那小病秧子，那小病秧子也在瞧着他。

梨花白的衣裳染了火灰，额角颊侧都熏蒸得泛红，眼睛却亮得惊人。

不知为何，沈鸢分明没跟他说话，但他的心仿佛被热乎乎的风给塞满了。

众人见卫瓒回来，便仿佛见了主心骨一般，松了一口气。

有人道："此时之围既然解了，我们不妨也赶紧转移其他地方休息，以防他们再杀我们个回马枪，待明日天亮了，再去山下求救。"

沈鸢却忽地说："为什么要转？"

"难不成放了把火，射过了冷箭，便就这样由着他们跑了吗？"

众人愕然道："我们只有三四十人……"

其中还有许多是不曾习武的随从仆童，依着沈鸢推测，这山中伏击的人少说有两倍之数。

若不是惧怕他们是武学生，不知庄中仆人数量，只怕伏击的人已砸上门儿来做强盗了。

沈鸢却道："几十人又如何。他们在明，我们在暗。此时不杀他们一个措手不及，还等什么？"

卫瓒闻言便禁不住顿了一顿，他从没看错过沈鸢。

时机，判断，这才是逆转局势的关键。

一闪即逝的东西，总有人抓得住，有人抓不住。

兵书几卷，随便一个书生便能背得滚瓜烂熟。计策谋略，万变不离其宗。

有人天生便有此才能。

有人阅尽千百卷书才得，有人终其一生，钝而无觉。

而沈鸢阅尽藏书，就是为了抓住这生与死、胜与败的间隙。

沈鸢道："况且只有千日做贼的道理，哪有千日防贼的道理。他们只需在山脚观望片刻，便会知晓我们此时并无援手。

"连个面儿都没照，今日我们由着他们全身而退，明日他们在前去望乡城的路上伏击，在我们归京路上伏击，届时我们又当如何？"

那人沉默了片刻，道："那你的意思是……"

"以攻代守。"这一刻沈鸢注视着卫瓒，目光如炬，语速飞快，"卫瓒，山路只有两条，你自东面路上山来，他们必只有南路可走，路狭道窄，我们抄小路前去阻击，他们哪怕有千百人，也只能发挥出十之二三。

"况且此刻余火未尽，浓烟滚滚，他们必然以为我们不敢追击。

"我们能胜，而且能大胜。"

敌人越觉得不会做什么，他们越要做什么。

沈鸢殷殷等着他的回答。

卫瓒笑了一声，看着众人笑道："给你们一炷香的工夫，能上得马的，愿意来的，都随我来。

"正如沈案首所说，难不成真就把这口气咽下了吗？"

沈鸢一怔。

风吹起时，有什么在他的眼底，毕毕剥剥地烧着，在这一刻，却终于亮了起来。

昭明堂众人亦是心喜，正是好胜躁动的年纪，日日操练武艺修习兵法，不主动去惹是生非便罢了，怎的能让人欺到头上来。便是个个儿穿甲佩刀上马，不到一炷香的工夫,便整肃完毕。

卫瓒却忽地被那小病秧子牵住了马辔。

他低目看沈鸢:"怎么了?"

沈鸢说:"带上照霜。"

他笑着说:"好。"

沈鸢又深深看了他一眼,这才松手。

擦肩而过时,他听见沈鸢说:"万事小心。"

卫瓒便微微笑了一声,再开口时,却是朗声对众人道:"吹角队分,鸣金变阵。夜战无旗,便以我声为信。"

众人应声。

临行前,卫瓒回眸又瞧了沈鸢一眼。

见那小病秧子依旧静静立在那儿,一动不动。脊背笔直、目光灿烈。

仿佛这一场火,引燃的不是苍翠山林。

而是沈鸢。

卫瓒在夜中行进时,想起了前世沈鸢去战场的时候。

沈鸢的银钱在救他时便用得差不多了,到了边疆时,两人不得不分开来,流落各营。

他其实并不知道,在两人分开之后,沈鸢过得好不好,又吃了多少的苦,只晓得沈鸢以文吏的身份一路向上爬。

沈鸢辅佐一个又一个的将领,最后爬到了李文婴的亲信身侧。

他曾在军中见过沈鸢一次,言笑晏晏,圆滑逢迎,说话间妙语如珠,只为了去逗笑一个盲目自大的蠢货。

他不知道沈鸢怎么会愿意忍着,叫一个蠢货"将军"。

而沈鸢瞧见他时,笑了一笑。

那蠢货说:"是沈军师的朋友?"

沈鸢抿唇一笑,淡淡说:"不过是认识罢了。"

他甚至以为沈鸢会比他爬得更快更高。可他再次见到沈鸢的时候,是在那蠢货打了败仗,上万人全军覆没的时候。

那是极其浅显的一个陷阱,沈鸢不可能看不出来。

也定是劝阻过了。

可没有用。

沈鸢是文吏,手中不掌兵,磨破了嘴皮,好话赖话说尽。然而,将领贪功,不愿相信一个病秧子的话,那么他纵有一身的智计也终究无可奈何。

沈鸢是眼睁睁看着自己的战友一个一个死去的。

卫瓒带着自己的队伍千里驰援,从尸骨山里捡回了沈鸢。

他险些以为沈鸢已经死了,翻找尸体的手也一直在抖。最终,在蚊蝇乱舞的尸骨下里,他将嘴唇皲裂、奄奄一息的沈鸢找了出来。

沈鸢看见他的一瞬间,红了眼圈,嘴唇嚅动颤抖着,却一滴泪也没掉下来。手中攥着一只断臂的手,眼中疮痍比这战场更甚。

他侧耳去听沈鸢的声音,只听见细微干涩的喃喃。

沈鸢说:"我明明知道的。"

他将沈鸢带回自己营中,整整三天,沈鸢吃什么吐什么,一句话也说不出。

他第一次对沈鸢说好话,干硬得喉咙发涩,只僵硬说:"不是你的错。"

沈鸢仍是不说话。

他那时也没有许多耐心,撩起帘就要走。却听见沈鸢盯着头顶的帐子,用干哑撕裂了的声音,一字一字问:"为何不是我的错?

"他们不曾如我饱读兵书,也不曾如我锦衣玉食、食民谷粮。

"是我没本事救他们。

"是我。"

沈鸢说:"卫瓒,他们本是保家卫国来的,他们也有父母。"

沈鸢经历过太多太多次无能为力。

摧毁一个人的才能,只需要一次又一次的无能为力。

沈鸢就会相信,他真的无能为力。

无论他怎样攥着荆棘向上挣扎攀爬,永远也看不到头,那他总有一天会松开手。

第六章 沈寨首险招

未烧尽的山火在马蹄下滚烫,越到山下,越是浓雾滚滚。

敌人以为在浓雾夜色之下,他们必不可能追击,哪怕有官兵相助,只怕也忙着防火离山,是以个个儿都松弛懈怠。

只远远观瞧了一会儿,卫璎心里便有数,这些人并非死士,而是一群被雇用而来的乌合之众,这些人身上连甲胄也无,怪不得不敢上门来袭击。

他低声嘱咐:"待会儿不准恋战,必要跟紧我,只将他们中路冲断,擒匪首便是。"

"纵有盔甲护身,战场瞬息万变,决计不可轻敌。"

他将这些人带来打架,必须得完完整整把人都给带回去。

这可不比战场冲杀容易。

因此,便断然不能硬上,只能智取。

众人便谨慎应了声,先趁黑放了一轮箭矢,惹得人仰马翻。

又喝一声"起"。

一时之间,火鼓乱震,仿佛有千军万马自雾中冲杀而去,令人防得前防不得后。敌人还来不及稳住惊慌,便见卫璎携银枪冲杀而出,如恶蛟出水一般,撕开一道裂口,后头数人也随之冲杀而出。

却如龙摆尾一般,迅速隐没回浓烟之中。

又是新一轮箭射。

这些敌人与他们不同,没学过阵形金令,黑暗中不敢放矢,又不知卫璎等人方向，只怕误伤了自己人，因此在浓烟中乱了套。

浓雾滚滚，对方始料未及，卫瓒提着枪，带着人几次冲杀，又令众人高声喊："只擒匪首，余下不论！"

这般神出鬼没的最是令人恐惧，人心一散，一群人很快便溃败不成军，落马的落马，逃亡的逃亡，四散而去。

只剩下零零星星十几人，又一一被挑落下马。

烈火之中，正如沈莺所说，此战必胜，且是大胜。

卫瓒不追穷寇，却是盯紧了那为首的黑衣男人，他带领众人将余下几人围困此处。

昭明堂的学生，书念得确实不怎么样，但个个儿兵利马壮，武艺傍身。

沈莺的那个侍女照霜，使得一手好剑，上马杀敌毫不手软，卫瓒粗粗看了一眼，觉得比昭明堂这些人倒还要厉害些。想来是那小病秧子自己使不得剑，上不去马，便将一颗练武的心都放在了照霜身上，一招一式都教得精准利落，杀伐决断，看得唐南星那傻子啧啧称奇，"哇"了好几声。

卫瓒见唐南星那样就来气，喝了一声："再分神就滚回去！"

唐南星这才闭了嘴，却是一个手头不稳，让那无手的男人看准了这个空当，掉转马头一刀劈来，唐南星慌忙闪避，便让这男人一个疾冲而去，隐没进了雾里，逃得没了踪影。

这时才显出一群学生郎的青涩。

唐南星此时面色发白，道："瓒二哥，我让那人跑了……"

此时浓雾，逃了的人往哪儿走，很快就看不清了，若四散去追，只怕更是昏招。

众人正在面面相觑之间，却忽地听到一声箫声，自雾中呜呜咽咽传来。

卫瓒骤然面色一顿。

照霜忽地向卫瓒一拱手道："是往北边，阵形勿变，我独自去就好。"

她这一夜不多开口，开口却有几分军营里的味道，叫众人轻忽不得。

见卫瓒点了头，照霜便驰马往北，匆匆而去。

这头只余下几个残兵，不多时便被昭明堂众人绑了去，却是那箫声缕缕不断，忽高忽低，听着不似是曲声，却仿佛是指路之信。

卫瓒越听面色越黑，待手头之事停当，便令众人原地待命，自己迫不及待纵马，往起箫之处奔去。

不多时,箫声便停。

卫瓒骑着马,捞下了一个面红耳赤、骂骂咧咧的人来。

众人凝神去看,才惊讶道:"沈折春?"

沈鸢被卫瓒强行提在马上,放在身前,低声道:"卫瓒,你放开我!"

卫瓒的声音却冷森森的:"沈鸢,谁准你来的?"

沈鸢淡淡道:"小侯爷还真拿自己当将军了,我又不是你的兵,爱去哪儿去哪儿。"

"我在山上盯着了的,东南都有火势,那人逃也只能往北边儿逃,只去等他撞到照霜剑上便是。"

卫瓒还欲再说,却听得雾中马蹄声疾响。

照霜提着那黑衣男人,扑通往地上一扔。手筋、脚筋俱断。

沈鸢眼睛一亮,道:"毒药呢?"

照霜干脆利落道:"已卸了。"

众人一看,这黑衣男人竟是连下巴都被卸了,这才发觉照霜的狠辣之处,纷纷倒退两步,在姑娘周围让出了一个圆圈来。

沈鸢勾了勾嘴唇,几分得意道:"干得好。"

还想再问两句,便听卫瓒扬声下令:"绑了的人抬回去。"

"回去路上不要懈怠,以防他们还有后手。"

沈鸢说:"应当没了,我盯了好一阵子,的确都是逃下山了。"

卫瓒没理他。

沈鸢又碰了碰他,说:"你倒是放我下来,我跟照霜乘一匹就是了。"

卫瓒却一手箍紧了沈鸢,哑声说:"沈鸢,你别惹我恼。"

他许久未直呼过沈鸢的姓名了。

骤然一喊,沈鸢竟一顿,显然是嗅到了几分危险的味道。

沈鸢几分心虚,悄悄看了一眼卫瓒的脸色,半晌小声地"哦"了一声,生怕当初去庙里求的一身平安符今天就要用上了。

卫瓒是沉着脸回去的。

昭明堂众人倒是欢天喜地,虽是多多少少都受伤挂彩,却是头一回参与这大型群殴,高兴快活得活像是郊游一般。

回去决计要吹牛,几十人对百人,他们卻毫发无伤,轻松俘获贼首。

至于这百人皆是些乌合之众,只怕便没人提了。

唐南星哭丧着脸跟在后头，显然就是他责任最大，若不是沈鸢盯着，险些这匪首就要让他给放跑了，是以让同学调侃了一路。这耻辱只怕在武将之间要传上个几十年，等他年老力衰，还是会有老将颤巍巍地说："那个唐南星啊，当年为了看姑娘……险些把贼头儿给放跑了，自己也差点被刀劈了……"

卫瓒实在没有时间去责怪他。

他将贼人和一应事务都安排好，又将一应巡逻防卫安排下去，叫有伤的都去包扎，沈鸢那小侍女这时倒用上了。

此时已过了四更。

卫瓒强压着情绪，将这一套事情忙完，自己未觉着时间流逝，却见着那小病秧子渐渐松了口气，似乎是以为这事儿过去了，趁着无人注意，便悄悄就要往房间挪。

一步、两步，好不容易挪到门口。

卫瓒便幽灵似的从他身后冒出来。

沈鸢一个激灵，以咳嗽掩饰了一声，说："忙完了？"

卫瓒冷笑一声说："忙完了。"

便反手将那正准备开溜的沈鸢捉进了房，门一关，反手就按在了门板上。

这一下力气大了，沈鸢被撞在门板上，倒抽了一口凉气。

卫瓒很难忘记他将沈鸢捉下来的那一幕。

卫瓒驰马上山丘，一抬头，便见皓月当空，一片焚烧过的焦土之上，一白衣小公子手执洞箫而立，垂眸注视着战场。

风一起，便是背后未尽的火星在忽明忽灭，战场的火灰缱绻在他的袖间。

他却柔情如江南情郎立于乌篷舟头，箫声呜咽，喁喁传情。

二十四桥明月夜，玉人何处教吹箫。

不外如是。

卫瓒见了一眼，便心神动荡，后怕得厉害。

是以刚一进门儿，他便一手将沈鸢按在门上。

这姿态几乎是审问了，卫瓒忍了一口气，压着火跟沈鸢说："沈鸢，你方才怎么敢一个人过来？你知不知道，那些人四处逃命，我都没令人去追。"

夜战尤其怕分散，他几番喝令昭明堂这些人不准去追逃兵，怕的就是落单遇险。哪知一回头，他最忧心的沈鸢，就立在他头顶上涉险呢。

沈鸢却丝毫没有反省之意，反而眸底暗藏几分得色，说："卫瓒，你未免小看我了，我是算过地形的。

"那个位置很安全。"

说着，沈鸢竟低垂着眼皮，缓声细语给他分析起地形的妙处来。

卫瓒却是一个字儿都没听进去，只见那小病秧子说话间，那嘴唇一张一合，眉宇间也得意放肆。倒与那夜客店，沈鸢有意挑衅他时有几分相似。

那时沈鸢说，激了他又如何。

他晓得沈鸢吃的苦头多、没有坏心思，有意捧着这小病秧子得意些。

现在好了。得意了，也胆大妄为了。

沈鸢继续说："而且夜战本就需要一个人在高处瞭望，我视力极佳，恰好该担此任。

"退一万步说，纵有险情，照霜也能听懂我的箫。"

卫瓒心里更是冷笑一声，好样的，怪不得让他带着照霜。

原来在那时候就想好了要跟来。

他胸膛微微起伏，已是忍气忍得厉害，偏偏这小病秧子还要再辩。

一时气得头痛，他下意识抬手，想去按一按额角。这小病秧子却会错了意，以为他抬手是要揍他，猛地住了口。

嘴唇抿得紧紧的，眼睛也闭上了，睫毛一颤一颤的，像受了惊的兔子似的。

卫瓒便愣了一下。

这会儿他才想明白——沈鸢平日装得再冷静自若，也是怕他动手的，因生病没有力气，只有任人欺负揉搓的份儿，卫三卫四那样的混蛋挨了打，尚且有大伯母出来撑腰，沈鸢却无人可以依靠。

霎时他的心便软了半截。

这会儿听见沈鸢不肯示弱，强撑着说："卫瓒，你等着……"

仿佛连舌头都笨了几分。

卫瓒便微不可察地叹了一声，笑道："怎的，又要让我抄书，还是让我爹打我？"

"要不你干脆说了，我照着做就是了。"

沈鸢又冷笑一声："我哪有这本事奈何小侯爷？如今你可是没什么怕的了。"

"你说这话还有良心没有，"他说，"我没什么怕的？"

沈鸢骤然一怔，刚刚闭上的眼睛，又睁开了，半晌嘀咕说："你……你怕什么？"

他见了沈鸢这反应，便仿佛让毛毛草搔了一下痒似的，笑说："好好跟你说，你听不进去，非要我说怕了，你才肯听是吧。"

沈鸢阴阳怪气说："我有什么听不进去的。"

又说，"小侯爷有什么指教，我用不用焚香沐浴再来静听？"

卫瓒说："折春，你别心急。"

其实沈鸢出阻击这主意的时候，卫瓒便察觉到他的几分急迫了。

这倒不是说，这追击的主意出得不好，在那一刻，的确没有比这更能反败为胜的策略了。

但沈鸢也的确渴望着被肯定，急着要证明自己的才能，急着要别人看见他，甚至急到要亲自跟到险境来，验证自己策略的成功，将最后一点疏漏都亲手给填补上。

沈鸢低着头，半晌不说话，几分不甘心地咬着嘴唇，说："你今日怎么知道我来了？"

"要不是你非要上来，我一来一回的，你都未必知道。"

卫瓒自己倒有几分不好意思了，低声道："我当时听见那箫声就知道不对了，以为你至少带了几个人在身边，谁知你胆子这样大，竟独自跟来了。"

"你今儿若出了什么事，我怎么办。"

沈鸢仍是嘴硬："有你什么事儿。"

"小侯爷有父母家人疼着爱着，有唐南星他们信你敬你，有什么怎么办的。"

卫瓒笑了一声，说："你有本事，就把这话再说一遍。

"我对你，跟我对唐南星他们，是一个样的吗？

"我前些日子，底都跟你交了，你不晓得吗？"

沈鸢骤然就想起他说的那些前世旧梦来了。纵是梦话，哪一件事说出口都是大逆不道，卫瓒连侯爷侯夫人都没讲，偏偏却毫不避讳地跟他讲了。

遂垂着头，绞着衣裳袖子不说话了。

卫瓒这人，不是不会说话，就是傲气了许多年，不好意思多说那些软和的话，可沈鸢偏偏就吃这一套。

侯夫人几滴眼泪，几句真心话，就将这小病秧子收拾得服服帖帖、指东不往西的。

到了卫瓒这儿，却是越养越难养，再让着哄着也不好使。

卫瓒便有些想得明白了，他得学着稍微低一低头，让这小病秧子见着点儿他的真心。

这事儿其实不大容易。

他跟他爹靖安侯是一个脾气，插科打诨、装模作样都行，让着哄着也简单，只是要说句真心话很难。

但他能学着一点儿一点儿说。

沈鸢掉下来一缕发在颊边，他慢慢挑起来，帮他掖在耳朵后头。

那小病秧子也没伸手拍他，想来就是哄好一半了。他嘴角便忍不住偷偷勾起来。

隔了一会儿，才听见沈鸢忽地说："卫瓒，你哪儿伤了？"

他无奈道："你又瞧出来了？"

这小病秧子的眼睛是什么做的？他动作有一点儿不自然，都逃不过沈鸢的法眼。

沈鸢说："你回来时我就瞧出来了。"

卫瓒有些尴尬，嘀咕一声："后背。"又说，"不是刚才受的伤，是上山的时候没注意，后背被火燎了一下。"

当时没找凉水冲一冲，后头急着去伏击，也没处理。回过劲儿来，他才觉得是有些火烧火燎地疼，抬胳膊都不大舒服。

沈鸢淡淡嘲笑他一声："没用。"

他"嘶"了一声，说："沈折春，你是不是心黑得有点儿过分了。"

沈鸢嘀咕说："你别动，我给你拿点烫伤药过来。"

他忽又捉着沈鸢的衣袖，说："我回来时手重得很，你磕着碰着哪儿了没有？"

回来时心里恼怒，这会儿清醒了，才想起这人一天三顿拿药当饭，没事儿都要病一病，哪禁得起他一会儿提上马，一会按在门板上擒拿。

沈鸢瞧他一眼，说："这会儿又来做好人了。"

说着便拂袖而去。

卫瓒心道这一时半会儿，是不能指着这小病秧子从毒夫让他感化成贤人了，只是不知为什么，却是止不住笑意。

他就地一倒，便侧着身，倒在了床褥之间。

这小病秧子的枕头床褥都又软又舒服，透着绵绵的药香，浅色细罗纱帐层层叠叠掩着，床头还摆着几只软枕。

一躺上去，疲乏便一阵一阵涌了上来。

这天实在是闹得厉害，他先是背着沈鸢上山、后又急忙忙下山求援、再迎着山火上山、到了夜里又带着众人夜战。直到现在，连四更都过了。

这一刻属于沈鸢的药香盈满了他的鼻腔，身体才终于感知到了疲倦，眼睛微微一合，就这般沉沉睡了过去。

待到沈鸢回来时，正瞧见卫瓒连衣裳也没换，怀里抱着他的软枕头，脏兮兮蜷缩在他的床上。他顿时一阵头疼。

照霜也跟着回来了，只是见了卫瓒那样子便笑："知雪刚刚拾掇出来不久，小侯爷倒是会找地方睡。"

沈鸢说："他屋子还没收拾出来，倒学会鸠占鹊巢了。"

照霜说："也是累了一天了——那还上药吗？"

沈鸢垂眸看了看手里的烫伤膏，才说："上吧，不然一晚上过去了，明儿更不好处理了。"

他慢吞吞、老大不情愿地挪到床边去，才发现卫瓒背后已被燎起了一串的水泡。

有几个在穿上甲后，来回挤压，已磨得破了，能瞧见些许红肉来。

照霜见了便轻轻道："是当时急着上山，燎着了？"

沈鸢垂眸说："你去烧些水来，再向知雪要根针、要些干净的纱布来。"

照霜便去了。

沈鸢瞧着床上的卫瓒，的确是少年人的脊背，线条流畅，结实有力，除去了上衣，侧躺在床上，越发显得腰窄得漂亮。

可疤痕也不少。

行伍世家的少年皆是如此。习武从军，哪个都是要吃苦头的，若是个个儿都像自己一般处处被哄着惯着，连个磕碰都不曾有，那还做什么将军。

可沈鸢看了一会儿，没觉得嫉妒羡慕，也没觉得卫瓒荣耀，他说不出是什么滋味儿。

隔了一会儿，照霜回来了。

他便将那针在火下烤了又烤，将水泡一颗一颗挑了，小心翼翼除了脓水，涂上了药膏，再裹上纱布。

停手时,天都快亮了。

沈鸢额角都沁出了细细密密的汗。

中途照霜便说:"公子,要不找知雪来吧。"

沈鸢却嘀咕说:"不必了,随行就一个懂医的,她这会儿忙着呢。"说着把衣裳给卫瓒穿上了,面色变幻莫测。

时而怀疑,时而恨恨,时而又流露出几分不知何故的暖意来。

照霜问道:"公子,小侯爷把这儿占了,咱们去哪儿安置?"

沈鸢半晌说:"罢了,另寻一间吧,这屋让给他了。这么大庄子,还能没地方住不成。"

说着,慢腾腾站起身

走到门口,他却又说:"照霜。"

照霜说:"怎么了?"

"捉两只蚊子进来。"

照霜愣了一愣:"……蚊子?"

沈鸢看了床上的人一眼,淡淡说:"放帐子里头。"

照霜:"……是。"

不是她的错觉。公子在面对小侯爷的时候,真的会变得极其幼稚。

到了第二日,众人便张罗着下山,往望乡城去。

这山上的庄子不好留了,那无手的男人死不吐口,谁知道后头还有没有后招。余下的那些喽啰也只晓得是这首领花钱买了他们,说有一帮武学生,路经此处,要花钱取这群学生性命。

因此,众人决定往望乡城去,顺道将这些人直接押到城府去,也省得去报了府尹又得派人核实,一来二去地磨时间费工夫。

只是这避暑之行,却是结结实实地落了个空,留着晋桉一个,对着满山的焦枯哭笑不得,还不晓得怎么跟家里人解释——这庄子也被烧了大半的事情。

昭明堂这些人倒半点儿没有失落,不如说,干了这么一回大事,叫他们高兴得不行。于是他们又收拾行李,骑马的骑马,乘车的乘车,闲谈前一夜的惊险。

路上却是晋桉眼尖,忽地问:"卫二哥,你身上怎么的了?"

卫瓒一低头,见是衣襟没拉严实,露出点点红痕来了。

——昨儿让蚊子咬的。

他今天一觉醒来，两只蚊子在耳边嗡嗡狂响，他巴掌一拍，满手都是红。

合着他给这两只蚊子开了顿饕餮盛宴。

旁人遥遥见了红印，又见他嘴角破了，便都拿他调侃："卫二哥昨晚是去哪儿偷香窃玉了。"

卫瓒便说："那你们问问你们沈案首，昨晚是不是派了两只蚊子伺候我来着。"

这帮人也没多厚道，闻听沈鸢将蚊子塞进他帐里，个个儿笑得要从马上掉下来，拍着腿说："可有人治你了。"

卫瓒往沈鸢的车驾那一瞧，便见那小病秧子远远瞧了他一眼，就将那车帘给放下了。

他又纵马凑过去，把帘儿撩起来。

便见沈鸢斜斜瞧了他一眼，说："怎的？"

他瞧着沈鸢笑说："两只蚊子呢，还没解气？"

沈鸢不说话。

卫瓒又说："明儿有时间吗？"

沈鸢说："没有。"

卫瓒说："你也不问问，我找你做什么。"

沈鸢看他一眼，撇过头去解释："明日七夕，我答应带知雪照霜她们上街转转。"

"她俩日日守着我转，到了姑娘们过节的时候，总得让她们去高兴高兴。"

是以并不是有意敷衍他。

夏日的风热腾腾吹在卫瓒的脸上，又钻进闷热的马车里头。

"我来之前，让随风先去了城里头，说找着那林大夫了。"卫瓒说，"折春，你明儿腾些时间出来，跟我去看一眼。"

沈鸢愣了愣。

卫瓒看着这小病秧子的眼底，透出一丝非同寻常的亮来。

第二日便是七夕，牛郎织女相会，小姑娘们乞巧玩闹的日子。

沈鸢原本托了晋桉照顾两个小姑娘，谁知这事儿让昭明堂这群不要脸的给听见了，个个儿拍着胸脯让他俩放心去寻大夫看病，涎着脸说要保护知雪照霜不受人欺负。

——实则就是想上大街,光明正大去看看望乡城的姑娘。

　　一伙儿身形健硕的少年人凑在一起,怎么看怎么像一伙子强抢民女的恶霸。而有两个妹妹似的姑娘在,就不大一样了,显得他们特别像体贴妹妹的好哥哥。

　　卫瓒却是带着沈鸢七拐八拐,绕到了坊间一间民宅,隔着老远就瞧见屋顶上晒着的药材。

　　进了门,便见随风立在那,笑着道:"林大夫,这就是我说的公子了。"

　　卫瓒侧了侧头,便瞧见沈鸢的脊背仿佛骤然就绷直了。

　　带着几分肉眼可见的紧张,沈鸢拱了拱手,道:"老先生。"

　　那林大夫五十余岁,留着胡子,精神矍铄,叫他坐下说话。

　　半眯着眼睛,搭了脉,看了症状。问他平日里都吃些什么药。

　　沈鸢便从袖子里摸出几张药方给大夫瞧。

　　也不晓得是不是大夫都是这慢腾腾的脾气,一来一回的,教人大气都不敢出。

　　卫瓒瞧着,不知怎的,百爪挠心似的难受,连自己受伤都没这般心焦,恨不得从这大夫嘴里,把话一连串给掏出来,却又不能,只得抱着胸在边儿上找个地方立着,瞧着小病秧子跟这人一问一答。

　　林大夫问:"公子这病根已许久了,当初是怎的落下的?"

　　沈鸢怔了怔,半晌才说:"……是……让蛇咬了。"

　　林大夫说:"怎样一条蛇?"

　　沈鸢沉默了一会儿,却是轻轻看了卫瓒一眼,低下头说:"是一条剧毒蛇。"

　　大夫又教他说得细一些,沈鸢便将那蛇形描述了一番,轻声道:"那时年纪不大,家里生变,本就病了,大夫那时说是忧思成疾,叫我养着就是了。

　　"只是一不留神,让一条毒蛇给咬了,发现的时候说是蛇毒入骨,嘴唇紫了,喘气都困难,又请了大夫来,说是已救不回来了,只开了几服药随便吃着。"

　　大夫听了这话没怎样,卫瓒的眉却是皱了起来。

　　沈鸢犹豫了一下,才接着慢慢说:"那方子吃了三五天,眼见着越吃越差,家里头已准备为我发丧了,棺材都准备好了。谁知却让我侍女按着书,胡乱几针给扎回来了。

　　"只是从那儿往后,身子就垮了,上马练武都不行,多动一阵子都冒虚汗,逢着什么小事都要病一场。

"这两年让太医轮着瞧过,药吃了许多,慢慢养着,虽不常病了,却还是虚弱。"

沈鸢越说越简略,甚至有几分赧然。

卫瓒心里头却像堵了一块大石头似的恼火,心想,怪道侯夫人当初去江南见了沈鸢一眼,便怒不可遏,非要舟车劳顿将沈鸢带回侯府来。

如今想来,沈鸢在父母离世后,竟是过得不好。只是侯夫人顾忌着沈鸢的面子,不好跟卫瓒这个家里的小霸王细讲。

且不说家里头好端端的,怎能突然冒出一条毒蛇来。只说若是在侯府,沈鸢多打几个喷嚏,侯夫人都要紧张得跟什么似的,大夫就得请到松风院,好吃好喝地候着,诊了脉知道没事了,才能松口气。若真是病了,那宫里头御医都得请过来轮一圈,药材铺都差不多要搬到家里来了。

在沈家,却是蛇毒入骨,才有人发现,匆忙忙请了个大夫来,病了三五天,人还没合上眼睛,就急着就买棺材发丧。最后还是知雪学着书,几针给扎了回来。

对一个人用心、没用心,实在是一眼就能瞧出来的事情。

要是沈鸢身边儿没知雪这么个小丫头,那只怕沈家夫妇唯一的小公子,真就这么一副棺材板拉出去埋了。

卫瓒越想越积火。

那小病秧子却是垂着眸笑了笑,嘴唇动了动,说:"大夫,我这病还能治吗?"

林大夫将手中的方子看了好一阵,终究是摇了摇头:"蛇毒入骨,又是久病成疾,根基已毁了大半。我见你眼下吃的方子,已是很好了,我至多再添减几味药,不过是锦上添花。

"若要根治的方子,却是我也开不出了。"

沈鸢便微微一怔,睫毛垂了下来,像是淋了水的沮丧小动物一样。

卫瓒的心也跟着沉了,没说出话来。

却是那随风半晌轻轻抱怨了一声,说:"我找您的时候,您还说自己医术高超呢。"

林大夫叹了口气:"医者医病,不能医命,总有力不能及的时候。"想了想,又说,"若是我那兄长还活着,兴许还能有法子。"

沈鸾抬眼看了看他。

林大夫却是摇了摇头道:"只可惜,早些年战乱中流散了,如今人是不是还活着,我都不大晓得。"

"你若问他在哪儿,我也说不上来。"

沈鸾便又低下头去了。

林大夫叹了口气,摇了摇头,拉过一张纸,一字一字地写,写过了,交予他。

半晌,听见那小病秧子说了一声:"多谢先生,改日再来拜访。"

林大夫也见多了这样不甘心的病人,点了点头,叹息说:"若有什么事,只管再来问我。"

一步一步往外走的时候,卫瓒给随风使了个眼色,示意他继续问那大夫兄长的信息。

沈鸾出门时的步伐很轻很慢,出了大夫的门,走到巷口时,他背倚着墙,静静站了一会儿。

卫瓒陪他在那站了一会儿。

天色将将擦黑,一盏一盏巧灯亮起来。

几节台阶下,就是繁华的街口,漂亮的香囊针线挂满了摊子,尚且年幼的小姑娘,眉宇间不知烦忧,手牵着手从街巷跑过去。

沈鸾的影子,在一节一节的台阶上,被拉得坎坷而漫长。

卫瓒轻轻捉着沈鸾的袖角,隔了一会儿,又握住他的手腕。

沈鸾却淡淡地说:"刚刚忘了,你背后的伤,要不要让大夫瞧瞧?"

卫瓒心里头不知道让谁拧了一把似的。他想,这小病秧子就是想让他难受死。

沈鸾并没有驻留很久的时间,便转去了茶摊。他们同昭明堂一行人,约好了在那碰头。

到了茶摊时,昭明堂一众人正说笑着吃茶,桌上还摆了几碟子面粉和糖做的巧果,无甚馅料,所以动的人不多,只是买来应个景儿罢了。

见了他皆问:"怎么样了?"

"可见着大夫了?说你什么了没有。"

沈鸾变脸极快,仿佛方才在卫瓒面前的,那些若有似无的难受、低落,都瞬间消散了。很快就又变回那个外人眼里风度翩翩的沈案首,沈鸢笑着说:"大夫开了几服药,说是让先吃着。"

众人闻听此言,却不晓得其中意义,还以为沈鸢是生来体弱,这几服药吃下去,就能慢慢将他调理着治好了,便纷纷向他道喜。

沈鸢也不解释,就这样听着,仿佛在漆黑巷子里,仰头望着星河发怔的人不是他一样。

闲聊几句,沈鸢便轻声问:"知雪照霜呢?"

众人笑说:"知雪姑娘嫌我们杵在身后碍事,便拉着晋桉和照霜姑娘一起去逛了,一时半会儿怕是逛不完了。"

又有人道:"路上有人赛穿针,知雪姑娘便去比了,还拔了个头筹。"

沈鸢闻言,便道:"她拈针拈惯了的,次次针灸都把我扎个刺猬样,可不手巧吗?"

那人道:"我见着穿针跟扎针不像一回事。"

旁边问:"你穿过吗?"

那人便嘀咕说:"这倒没有,男人捻针穿线做什么。"

"你没穿过,那你怎的知道不是一回事。"

年轻人总爱说着没意义的废话来抬杠,沈鸢也跟着笑了笑。

这般有一口没一口地吃茶闲聊,忽地见那唐南星过来,咕咚咕咚灌了两大口茶,道:"我跟你们讲,听说东边楼设了个乞巧台子,好些姑娘在上头赛穿针。"

"有几个姑娘,生得那叫一个美若天仙——"

众人正是慕少艾的年纪,一听漂亮姑娘,哪里还坐得住。但只说是去看姑娘,又不大好意思,你看我我看你的。

一个说是想去买点心,又一个说是想去茅厕。

话一撂桌,火烧屁股似的去看了。

转眼间,摊子上就剩下他们两个和一桌子的茶盏。

沈鸢喊人将茶盏收了,撑着下巴,见人散去了,眼底那淡淡的郁结之色,便又重新凝了回来。没说话,只垂着眸,将那一碗茶喝了一点,又喝了一点。

半晌,沈鸢淡淡笑了一声:"一听姑娘,屁股下头仿佛长了钉子。"

卫璎说:"是到成亲的年纪了。"

沈鸢说:"京中的姑娘不够他们惦记的?"

卫瓒笑着说:"京中狼多肉少,姑娘难求着呢。"

其实细细去想,沈鸢也到年纪了。

沈鸢生得那样俊秀,学问也好,近来还两次因着阵法出了风头,本应是不愁婚事的。偏偏他余下的条件又太差,一无功名在身,二无父母扶持,往亲族上看,江南沈家近些年很是没落,最致命的他还有个病弱之身。纵然背靠着侯府,却是没有血缘,一旦成了亲,他总要从侯府搬出去。往后是个什么光景,又是说不准的事儿了。

哪家真心疼爱姑娘的,也不愿让女儿嫁来,是以哪怕到了适婚的年龄,仍是门庭冷落。

侯夫人其实也早替沈鸢打探过,几次有瞧上了的姑娘,便小心翼翼去探问。对方起初还以为是要给卫瓒说亲,皆笑脸相迎;等到一听是给沈鸢说亲,便立马讪讪把话错过去。

时间久了,侯夫人自己也不好再问,京中拢共就这么几家人,次数多了,怕是人人倒都晓得沈鸢求不到姑娘,到时更是难看。

沈鸢自己心里也清楚,从来就没提过什么婚事不婚事的。眼下瞧了旁人思慕姑娘,他也只垂着眸说:"这么火急火燎地凑过去,也不怕把姑娘吓着。"

卫瓒这厢胡思乱想,没细听他说什么,便没答。

沈鸢便像没说似的,又垂着头接着喝茶。

隔了一会儿,有人推着买针线的摊子过去,卫瓒忽地想起什么事儿来,匆匆起身说:"你且等一会儿,我马上就回来。"

一起身,却忽地被沈鸢攥住了衣袖。

卫瓒愣了愣,低头便见沈鸢几分恼地瞪着他,嘴唇抿得紧紧的。

沈鸢似乎好一会儿才发觉自己做了什么,不甘心地松开他的衣角。

沈鸢撇过头去,淡淡说:"小侯爷赶紧去吧,省得赶不上瞧姑娘乞巧了。"

卫瓒怔了一下,刚想说,自己不是打算去看人乞巧的。

岂料沈鸢又冷笑一声,说:"我瞧着小侯爷那偷人衣裳的下流劲儿,也的确是个做牛郎的料子。"

"眼下不去招摇,岂不是浪费了这一身好人才吗?"

卫瓒一个没忍住,险些笑出声来了。

他咳嗽了一声,又坐下,说:"那我还是不去了,省得别人误会我是个下流坯子。"

沈鸢垂眸摆弄着手里的瓷杯，冷眼细语说："旁人误会小侯爷什么。

"这满大街的人与小侯爷素昧平生，小侯爷就是看个小织女回来，又有什么可说的。"

嗯，这就素昧平生了，翻脸可比翻书快多了。

卫瓒知道沈鸢这是眼红，可脸上的笑越听越收不回去。

又有意看看这小病秧子还能说出什么来，忍着笑说："看什么织女，织女一年见一次。"

沈鸢却是越发光火，说话跟那连弩箭似的，一扣扳机，冷箭一根接着一根往外射：

"就是一年见一次才好呢。

"天天低头不见抬头见的，能是什么稀罕玩意呢。"

卫瓒这回实是忍不住了，肩膀耸了又耸，差点笑倒在桌子上。

沈鸢见他嘲笑自己，越发恼火，起身拂袖就要走。

卫瓒一边儿笑，一边儿将袖子里藏着的一小团塞进他手心里。

卫瓒笑得声音都抖了，说："我想去配个穗子，弄好了再给你看的……"

"罢了罢了，省得你以为我去见织女了。"

沈鸢摊开手，却是一个毛茸茸的，汤圆儿大小的小兔子坠子。

兔子身子圆滚滚白绵绵的，两只红彤彤的珠子做眼睛，两只兔耳朵不长不短地立在上头，愈发显得憨态可掬。上头打着粗笨简单的络子，缀玉串珠的倒也好看，下头若配上一条穗子，正正好挂在他的箫管上做箫坠。

沈鸢一嘟噜的话，跟一大串葡萄似的卡在喉咙口，噎得上不去下不来，半晌才讷讷说："你从哪儿捡回来的？"

小侯爷说："我亲手做的。"

沈鸢好半晌没说出话来。

卫瓒嘀咕说："真有织女，瞧见我打络子的蠢样，也该气跑了。"

沈鸢盯着两只手掌之间的小兔子看了又看，半晌嘀咕："什么时候弄的？"

卫瓒说："住店的时候，见一个小姑娘做，便过去问了问，倒有些意思。"

"没什么可做的，看你吹箫，就想着做个坠子。"

沈鸢"哦"了一声。

这下卫瓒确实有点儿不好意思了，昭明堂的人要知道他做这玩意，还不知怎么笑话他呢。

卫瓒便伸手说:"你若不要,就还我。"
沈鸢却轻哼了一声:"送了人的东西,哪有往回要的道理。"
说着就光明正大笼袖子里了。
——留着笑话他。

卫瓒他们在望乡城没有滞留很久,等卫瓒将折子递到京城、又等送回来,就跟着押送这些黑衣人的官兵一同进京候审。

临行前,这一群人已玩得疯了,听闻要出发,更是彻夜难眠,在客店的大堂里聚众嬉闹。

他们这群人玩不来什么雅的酒令猜谜,更品不来什么词曲。顶天了就是划拳猜物,一时之间,处处都是"哥俩好啊、三星照啊"的呼呼喝喝。又是打牌,又是玩骰子,甚至挪了桌椅,腾出了个空地来角力争跤。

动辄欢声如雷,起哄声此起彼伏。

左右客店里头已让他们包了,没有别人,他们便越发敞开了玩,吵吵嚷嚷闹得人头昏。

沈鸢玩不得那些激烈的,便披着件衣裳,在边儿上慢悠悠地跟晋桉打双陆。

晋桉的确是个臭棋篓子,骰子运也不好,但好在棋品好,不焦不恼,玩一玩就跟沈鸢闲聊杂事。

沈鸢的眼神往卫瓒那儿瞟。

卫瓒外袍已脱在腰间,让人给起哄了,正在那同人掰腕。上身只余下薄薄一件夏裳,便显得身形极好,腰窄肩宽,笑起来时几分兴味盎然,越发显得脱略形骸。

对面的同他面红耳赤掰了好一阵子,额角都冒了汗,也没见掰过他去。

便见卫瓒笑了笑,一发力,那人手腕便"扑通"一声砸在桌上。

周围又是一片唏嘘、起哄声。唐南星叫得比谁都响,倒比他自己掰赢了还高兴,满场跑,边跑边喊:"卫二哥!卫二哥!"

沈鸢看了便有些好笑。

晋桉见沈鸢看热闹,便笑着说:"他打小就跟在卫二后头转悠——别说他了,我们京里头这一拨武将子弟,都是跟着卫二转悠的。"

沈鸢挑了挑眉,道:"我以为你们是到了昭明堂才熟悉的。"

晋桉道:"哪儿啊,早些时候还没昭明堂呢。

"那时候京里文官看不起武将,连带着文生也瞧不起我们这些人,有什么事儿都排挤着我们,动不动就喊着武夫粗暴,只堪驱使。"

沈鸢怔了怔,抿了抿嘴唇,轻声说:"我们那会儿也有这样的文人,见了骑射学武的,便翻着眼皮子骂'丘八'。"

只是沈鸢文武兼修,年少时便遇得少些,倒时常有学堂里先生,劝他读书为上。

一讲起当年那些事儿,晋桉便来了劲,道:"但就卫二最不一样,靖安侯那时候在北边守着,他便活脱脱一个混世魔王。

"赌钱打架,惹是生非不说,他的脾气也差得很,真惹急了,他上门去掀了你家的房,后来京中那些文生在他面前连个屁都不敢放。"

沈鸢问:"没人管他?"

晋桉说:"怎么管,他那人嘴也颇厉害,圣上面前他都能狡辩出几分道理,卫皇后出嫁前爱他得跟眼珠子似的,你说怎么管。

"我们那时候也是见他厉害,就跟着他一起为祸四方,一路跟到现在,唐南星仍是张口卫二闭口卫二哥的。"

说着,晋桉竟笑了一声,"若不是后头靖安侯实在看不过眼,将他弄去军营,只怕现在就是京中天字第一号的大混账。"

沈鸢有几分能想出来,卫瓒是天生的聪明,武艺又好,没了父亲掣肘,再带着唐南星几个虾兵蟹将,可不是混世魔王吗?

沈鸢翘了翘嘴角,半晌说:"现在也是。"

晋桉笑说:"现在已好多了,起码稳重许多了。"

沈鸢便是眉目微微一闪。

却听另一边儿掰腕已决出胜负来了。

卫瓒慢慢把手收回来,揉了揉肩膀,懒洋洋地冲着屋里的人喊:"到时候了,都回去睡吧,明儿还得骑马赶路。"

昭明堂的人皆晓得卫瓒是个说一不二的脾气,唉声叹气开始收拾东西。

一时之间收棋盘的收棋盘,码牌的码牌。

卫瓒又点了几个人的名姓:"喝酒的别以为我没瞧见,说了只许喝二两,你们喝了多少自己心里有数。

"明儿落了脚,我们都不动,就你们几个喂马去。"

一群人唉声叹气说好。

却忽地有人笑道:"你倒是别只管我们,管管沈折春,他坐那儿也喝二两多了。"

这般一说,众人皆往沈鸢那边儿瞧。

少年人就这么回事,一来一回玩过几次就熟了,已学会祸水东引了。

沈鸢倒是怔了一怔,抬眼看他,淡淡道:"嗯,喝了。"

旁边儿一个两个的,恨不得将"打起来"三个字刻到脸上去。

唯恐天下不乱。

卫瓒看着沈鸢。

沈鸢仰着下巴,静静地看他。

便见那一身骄气的小侯爷抱胸看了沈鸢半晌,勾了勾唇角,说:"他又不上马,你们若也坐车,那就是抱着酒坛子喝我也不管。"

众人皆拍着桌子大喊他徇私枉法。

沈鸢却静静垂着眸,他手伸进袖子里,摸到了一团毛茸茸的小兔子。

捏了又捏,将那得意的心绪压了下去。

待沈鸢回到侯府的时候,国子学的假日已过得差不多,刚一回去,他便跟着卫瓒去请安。

侯夫人听闻他们在路上遇见了匪贼,提心吊胆了好些天,总算见着了他俩,便一手一个,拉着仔仔细细来回看,见人都是好好儿的,才松了口气,又问沈鸢寻医求药的事情。

小病秧子低着头笑说:"见了大夫,大夫说如今已养得很好了。"

侯夫人哪能听不出来,这便是没法儿再治的意思,轻轻叹了口气,手在那小病秧子头顶揉了揉,半晌说:"咱们接着找,这个不行,总有能行的一个。"

"我们家折春这么好,老天见了都要怜的。"

沈鸢没出息,一听这话就低眉垂眼的,生出几分愧疚来:"让姨母忧心了。"

卫瓒在边儿上瞧着,不知怎么回事,就有点羡慕他娘。

真是一物降一物,卫瓒一生两个大敌——沈鸢和靖安侯,皆是让他娘收服得妥妥帖帖。

卫瓒看了半晌,没忍住,笑着开始揭沈鸢的老底:"这会儿倒装起来了,你在山上没少出风头。"

侯夫人一顿。

便见那小病秧子偷偷瞪他一眼，低着头小声说："没有……"

卫瓒说："当时那伙子人都打算跑了，也不晓得是谁主张去追的来着。"

沈鸢忍不住了，反驳他："除了追还有别的法子吗？"

卫瓒说："那你自己追出来，我总没冤了你吧？"又说："胆大包天的，山上火还没灭干净呢，你人就窜到山头上了。"

他还绘声绘色给侯夫人讲了一下事情始末，还有这小病秧子当时的英姿。

气得沈鸢立马就炸了毛，瞪着他说："那你不是也——"

卫瓒说："也什么？"

沈鸢挑不出刺儿来，气得抬脚踹了卫瓒一脚。

卫瓒便在那儿笑。

却听得侯夫人温柔的声音里多了几分严肃，轻声说："折春，出门前，姨母怎么叮嘱你的？"

"爱惜自己……不要涉险……"沈鸢嗫嚅着答。

沈鸢头一次吃这样的闷亏，只有他挑拨离间别人的份儿，哪有别人告他黑状的份儿，他委委屈屈应了一声。

——被侯夫人训了整整一个时辰。

连眼泪带说教，活生生把沈鸢训成了一只耷拉着眼皮的小动物。

这小病秧子头一回让侯夫人训，委屈得眼睛都要拧出水来了。

卫瓒在旁边心情大快，心道什么叫借刀杀人啊，多读兵书还是有用啊。

等训完了，沈鸢一边恨恨地一个劲儿瞪他，一边还得乖乖低着头给侯夫人倒茶润喉。

侯夫人接过茶水抿了一口，才轻声说："还有件事，我须得与你说。"

沈鸢耷拉着脑袋，小声说："姨母请说。"

侯夫人说："沈家人来京里了。"

这下不止沈鸢，连卫瓒都愣了一下，说："哪个沈家？"

侯夫人温声道："还能有哪个沈家，就是你沈哥哥的家里头。"

侯夫人握着沈鸢的手，慢慢说："你们不在的时候，他们几番上门来求见。"

沈鸢便是一愣。

卫瓒也是一愣。

侯夫人说:"我见着他们的意思,是想要你回去。"

卫璎闻言越发生气,嗤笑一声说:"怎么从前不来?是见他前儿立了功,觉着沈家又能出个做官儿的了?"

侯夫人嗔怪地看了他一眼,顾忌着沈鸢的面子,遮着说道:"兴许也就是思念鸢儿了,都是家里人,总会念旧。"

卫璎却是冷哼一声,将茶盏随手一放,里头的半杯热茶便是惊涛骇浪。

侯夫人又握着沈鸢的手,慢慢说:"只是姨母舍不得你走,想留你在这儿接着住。"

沈鸢听了,便喊了一声"姨母",然后偷偷握紧了自己的衣摆,低着眼皮不知想什么。

又听侯夫人继续说:"只是沈家若非要鸢儿回去,我们是拦不住的,沈家占着一个血脉的理字,真撕破了脸,也不好办。"

卫璎抱着胸道:"那又怎样,他们还敢到侯府来抢人吗?"

侯夫人摇了摇头,说:"不敢抢人,还不敢四处去说吗?你沈哥哥以后是要科举的。"

卫璎一噎。

还真是这么回事儿,靖安侯府姓卫,沈鸢姓沈。

明面儿上就是半点儿干系都没有的两家人。沈鸢不愿回自己家,非要驻留在侯府,若是沈家四处戳着脊梁骨,说他嫌贫爱富,不孝不悌,他也难以辩驳。

侯夫人犹豫了片刻,轻声说:"侯爷倒是想了个法子。"她握着沈鸢的手,轻声细语说:"我跟侯爷想收养你做义子。"

沈鸢抬起头来。卫璎也愣了一下。

那边侯夫人还细语轻声地对沈鸢说:"其实若真算起来,我们本该是一家子。"

"当年你刚刚落地的时候,你姨父就与你父亲说好了,要结一对儿娃娃亲,等我生个姑娘就来订婚约。"

这一出,沈鸢和卫璎两人都是头一次听说,面面相觑看了一眼,又迅速挪开了目光。

也不知是谁先不好意思。

"谁知道璎儿不争气,偏不是个姑娘。"侯夫人玩笑道,"若非如此,沈家还有什么可抢的,你早就是我家的女婿了。"

卫璎嘀咕说:"得了,这话一准儿是我爹说的。什么都能怪到我身上来。"

他想都不用想,就知道,他爹一准儿咬牙切齿地嫌他,此时有子不如无。

侯夫人笑着嗔他一眼,说:"你还怪你爹,你数数你自己当年闯了多少祸,你爹从边关一回来,还没等领封赏,就先让人堵得家门都出不去。"

那时候靖安侯卫韬云还没眼下这般光耀的军功,他每每一回京,先听到的就是卫璎又闯了多少祸。他既怕连累自己的皇后胞妹,又怕自己时常不在京中,卫璎这小混蛋让人记恨寻仇,便挨个提着礼品点心,上门赔礼道歉。

卫韬云昔年被贬江南,被文官排挤整治得连口饭都吃不上,也没弯腰低头过,偏偏为人父母以后惨遭制裁。

等回来将卫璎捆着结结实实打一顿后,他还得遭卫璎的恨。

这对父子简直天生是仇家。

当年,卫韬云携着侯夫人去沈家访友,本是想寻求些教子良方的。

在书房商谈时,他们便见沈家小少年从窗外探出一个脑袋,手握着几枝红梅,斗篷上还积着些许碎雪,笑问:"今日还下军棋吗?"

沈玉堇说:"阿爸会友,今日不下了,你自己出去玩吧。"

小少年笑了一声,道:"那你欠我一回。"

却又将手中花枝一掷,正正好落入书房的空花瓶里。

白瓶红梅,煞是好看。

小少年拍手喜道:"投中了!"

让沈玉堇温和地瞧了一眼,便一溜烟逃了。空气中却还余着几分新鲜的梅香。

卫韬云盯着那一枝红梅,登时心里头咕嘟咕嘟冒酸水,眼红得不行。越想越气,又不好跟夫人说,在冷风里委屈巴巴坐了一宿。

侯夫人睡了一宿,出门见卫韬云大狗似的蹲在门口,两眼放光,对她说:"夫人,咱们结亲是结不成了,咱们偷摸把沈呆子家的崽子偷走吧?"

侯夫人哭笑不得,说:"玉堇好容易得了个宝贝,不得跟你拼命吗?"

卫韬云更难受了,越发着恼:"你不晓得,我昨晚跟沈呆子说我到处给人赔礼道歉,儿子也不听话,他哈哈笑了我一晚上。

"这么些年了,向来只有我笑话他的份儿,如今可算让他捡着笑话了。"

侯夫人便跟他一道坐在阶前,慢慢说:"你常年不在京里,璎儿好强、又怕被人欺负,自然会凶一些,待他长大了、懂事了就好了。"

靖安侯这才老实了,却也嘀咕:"他老子我倒也得活得到那一天才行。"

又让侯夫人瞪了一眼。

临走前他仍是不甘心,还偷偷去沈鸢房里偷看沈鸢,还哄人家,说想不想去京城玩啊,京城有个卫瓒弟弟,可以陪你玩。

话没说完,就让沈家夫妇给轰出去了。

沈夫人还叉着腰说,连个儿媳妇都没有,拿着你家的小子就要骗我家鸢鸢,快滚快滚。

如今侯夫人说来,全是些笑话。

平日里卫瓒一听他爹的糗事,就乐不可支,这回却没笑。他脑子还惦记着沈鸢要做他兄长的事情。越琢磨,越觉得,沈鸢始终是惦记着自己父母的,这事儿未必能应。

可若不应,难不成还真让沈鸢回沈家去吗?

沈鸢低着头,倒是笑了一会儿,轻声说:"就是真有千金小姐,折春也不敢带累,如今已是很好了。"

侯夫人轻轻叹了一声,哄他说:"收你做义子一事,我们想的也不是一日两日,只是……姨母也晓得,你心里自有父母,我们不敢擅专,不过是为了留你在这家里罢了。你回去再好好想想。人生大事,无论怎样选,姨母都不会怪你。"

两个人这才出去了。

卫瓒和沈鸢一走,靖安侯就从屏风后头出来了,半晌黑着脸说:"你怎么还当着孩子,揭我的短啊。"

侯夫人笑说:"我见他俩似乎都吓着了,不如先说些高兴的。"

"不然折春一时为了咱们的恩情应下了,心里却顾虑,那反倒是害了他。"

卫韬云偷偷站在窗边往外望,说:"那俩小子不会打起来吧。"

隔了一会儿,他忽然蹲下了。

侯夫人问:"怎的了?"

卫韬云说:"那逆子好像往我这儿看了。"

侯夫人笑了一阵子,说:"你当他们俩多大了,如今瓒儿已懂事许多了。"

卫韬云嘀咕:"我怎么没瞧出来。"

他被祸害得太惨,很难相信自家儿子还有懂事的一天。

在卫韬云眼里,自家儿子就是个叫人又爱又恨的麻烦制造机。

"我是真盼着折春答应我,"侯夫人笑了笑,似是怀念地轻声说,"宝意就这么一个儿子,我放心不下他。"

卫韬云也低低地"嗯"了一声。

沈夫人姓萧,闺名叫宝意。

侯夫人今日说得有些多了,想起来的,便也多了。在沈鸢面前,她不愿提孩子的伤心事,面对丈夫时,却又止不住流露出那无尽的怀念来。

她喃喃说:"我怀瓒儿的时候,你不在京里。她知晓产期是在冬天,千里迢迢过来陪我,连玉堇都放下了。

"我说她是盼着儿媳妇,她说不是,说是知道我怕闷怕疼,她来陪着我,逗我开心,就不疼不闷了。

"我生瓒儿的时候胎像不稳,怕得要命,半夜睡醒了,就抓着宝意的手说,若是我死了怎么办,若是我熬不过去怎么办。

"宝意说我胡说。我说,万一呢,我死了之后,孩子怎么办。他父亲是个征战沙场的人,他若没了母亲,往后该怎么办。

"宝意说,那你的孩子就是我的,若有人敢欺负他、轻侮他,我便提着剑去砍了他的脑袋。"

几句话间,侯夫人像是又见着了当年那个明烈漂亮的姑娘。

她笑着说:"宝意是说到做到的人。

"我那时便不怕了。"

室内这样安静,仿佛时间都为这一刻而停滞。

卫韬云轻轻地将手覆在她的手上。

许久,侯夫人轻声问:"韬云,你说我照顾好鸢儿了吗?"

沈鸢一出门儿,就急匆匆往回走。

卫瓒三步并两步地追着,一路追到了松风院,沈鸢正待关门,他却一只脚先踏了进去,硬是挤进了屋。

见左右无人,卫瓒才攥着沈鸢说:"你跑什么?"

沈鸢说:"没跑。"

却是低着眼皮不看他,只一起一伏喘匀了气。

卫瓒说:"我有话同你说。"

沈鸢"嗯"了一声。

他便问:"母亲提的事儿,你怎么想的?"

沈鸢淡淡说:"什么怎么想的。"

"你想应吗?"

沈鸢不说话。

他便直截了当喊:"兄长。"

沈鸢轻轻挣了挣手腕,皱眉说:"你乱喊什么?"

他笑说:"我可没乱喊,提前练一练,看你高兴不高兴。"

沈鸢瞧出来了,便抿了抿嘴唇说:"你是不愿我回沈家?"

卫璜说:"你想回去?"

沈鸢没说话。

却忽地听见门外脚步声纷纷,照霜隔着门道,是沈家来人拜访,想见一见公子。

沈鸢闻声,手便转了个弯,到了唇边,轻轻握拳咳嗽了一声,说:"我去看看。"

卫璜原本伸手想拦,想了想,又没伸出手,只也跟着沈鸢到了外间。

他便瞧见了那沈家来人的模样。

来人应当是沈家如今的当家沈老爷。沈老爷与靖安侯差不多年纪,热络殷切地迎了上来:"好侄儿,我这些日子与你写了许多信,你怎的一封也不愿意回。"

沈老爷几分含笑地看着沈鸢,伸手故作亲热要碰沈鸢的肩膀。

那小病秧子往后退了退,垂着眼皮,喊了一声:"伯父。"

沈老爷的目光,却紧紧黏在了卫璜的身上。一见他,便是一副又惊又喜的模样,笑吟吟喊了一声:"这位便是小侯爷吧?鄙姓沈,早就听过⋯⋯"

那小病秧子眉锁得更紧,淡淡道了一声:"伯父这边说话吧。"

沈老爷却板起脸来道:"这便是侄儿不通人情世故了,我来此处见你,怎能不拜见主家呢?"

沈鸢沉默了一会儿,垂眸说:"⋯⋯你先出去吧。"

沈老爷不知他说的是谁。

卫璜却知道沈鸢说的是自己,他只笑笑说:"好,有事叫我。"

出门时听见沈鸢淡淡的声音:"伯父若是真心来见我,便不必日日叫家眷去打扰侯夫人了。"

卫璜这时倒想起些事儿来了。

这沈家前世也找上过门来，只是那时沈鸢已高中了状元，正是风光无限，沈家贴了上来，一口一个好侄儿地叫着，要将沈鸢领回沈家去，指望着他能提携提携家中人，带着沈家人一起"鸡犬升天"。

侯夫人也是如今日一般，一万一千个不情愿。

具体怎样商谈的，他那时是没有参与过，最后也好像是没有收养义子这件事情的，沈鸢的的确确搬出了侯府。

再后头的事，他似乎能想起的也不多。倒是听说沈鸢后头只在沈家住了一小段时间，便独自带着两个小丫鬟，搬到了自己买的那处老宅，独门独院地过日子了。

但那已是沈家和沈鸢的事情了，他连多打探一句都嫌费事。

如今想来，倒有些后悔了。

卫瓒午时去了金雀卫的官署。

只因那无手的男人还留在里头，让金雀卫轮番刑讯过了，那男人虽嘴上不吐口，可举止谈吐，还是被梁侍卫瞧出了些许端倪。

"那些雇来的喽啰，皆称他夜首领。我看他不像是祁人，多半是辛人。"梁侍卫同他说，"断手接刃，是辛人贵族对武仆的惩罚，他背后还有一块皮被揭了去，上头多半是贵族刺青。"

卫瓒其实对这夜统领的来历，心里已有了几分成算，只是不好直接与梁侍卫讲，打算过几日想法子慢慢引到安王头上。

如今只道："那夜围攻金雀卫，我见过他。"

梁侍卫似乎也有了些许的印象，面色越发阴沉了下来："若如此，他放火烧山倒也有缘由，将昭明堂一把火点了，圣上这些年的苦心倒成了笑话。"

昭明堂不只是为武将后嗣而立，也是当年嘉佑帝决心为武将平反，彻底肃清武将处处蒙冤，受文臣遏制的一个开端。

之后一系列的改制雷厉风行，顶着压力，将祖宗制度都改了，也就是为了将民间那句"好男不当兵"给彻底泯灭了去。

若此刻昭明堂的学子尽数烧死山中，那大祁仅存的老将也难免心寒，届时又会引发一场动荡。

大祁现在最怕的就是动荡，在暗处仿佛有一双眼睛，片刻不离地盯着他们。

这般公务说过了，卫瓒又对那梁侍卫道："金雀卫手眼通天，可否再替我寻一人?"

梁侍卫道:"什么人?"

卫瓒抖出一页信纸来,按在桌上,笑道:"一个大夫,姓林。"

"他的兄弟也是望乡城的大夫,能说出的消息,都在这里头了。"

梁侍卫便恍然笑道:"是为了沈公子找的?"

卫瓒笑了一声,道:"是。"

梁侍卫道:"若是沈公子,这忙金雀卫便是帮定了。"

先头金雀卫练阵,梁侍卫还特意去找沈公子问过,如此一来,倒正好还了这人情。

梁侍卫又瞧了瞧他,笑道:"外头皆传沈公子与小侯爷不睦,我瞧着,却像一家人似的。"

卫瓒一听这一家人,就忍不住喉咙一哽。

脑子里都是来之前,他找知雪那小丫头套出来的话。

——其实跟他想得差不多。

沈家夫妇去世后,疼爱沈鸢的祖父年事已高,不久也跟着去了。家里头便彻底乱成了一团,为了财产明争暗斗。家族越大,便越是混乱没落,越是各怀心思。

这样的人家,卫瓒在京中瞧见的也不少。

沈玉堇昔日在的时候,家中好些人便觉得他放着好好的书不念,去军营里同那些莽夫为伍,实在是粗鄙不堪、辱没门楣。谁知后头国难一起,倒只有沈玉堇做了个官,余下那些自以为清高的,却都没什么前程。

这便已是扎了许多人的眼睛。

待到沈鸢无依无靠,身边照顾他的侍女仆役便一个个被差使走,最后只剩下照霜知雪两个,这两个还时不时被借去做些杂事。

那时的沈鸢尚且是好脾气,又让父母长辈保护得太好,不知人心险恶,只晓得须得敬着长辈。偶尔吃些亏,受些委屈,他也都忍下了。

谁知那日也就是两个姑娘被支走了,才出了事。

那条毒蛇便是一位堂兄养的,他本就嗜好养些毒物,又常年瞧沈鸢不顺眼。

那日沈鸢病得重了,浑浑噩噩让毒蛇咬了一口,谁也说不清楚那堂兄到底是不是故意的。只是他父母去了,祖父走了,沈家众人的心思也各异,也没有人为他出头,竟是由着这事儿糊弄过去。毕竟沈鸢活着,是多个负累,但沈鸢死了,他那份儿遗产,大家都能得些便宜。

更何况,原本那样锦绣前程的一个人遭难了,总有人想上去踩一脚。

知雪说这些时正在煎药,提起来这事儿就生气:"夫人老爷在的时候,个个儿待公子都是亲善有加,待人一走,便都变了脸。

"夫人临走前,还叮嘱过我跟照霜,请我们好好照顾公子,哪知我跟照霜……这样没用。

"后头公子醒了,学着过日子,在他们面前也立起来了……只是……也变了个样。"

心思深沉,苍白敏感。

他被变着法儿说是灾星,被说过克父克母,冷言冷语吃过,委屈也受过。在那样复杂的一家子人里,他察言观色,学着心机手段,就这样护着两个小姑娘,挣扎着活了过来。

但心思一天比一天重,身子也一天比一天差。

靖安侯府几次写信询问,都被沈家人搪塞了过去,只道沈鸢如今缠绵病榻,受不得风,见不得外人。

直到侯夫人实在忍不住,带着一群大夫,千里迢迢奔去江南,只为了看一眼萧宝意的儿子过得好不好。这才发现,当年那个披雪折梅、庭前舞剑的少年,已是面目全非。

卫瓒是吃了些酒,喝得醉醺醺,才回去。

夏日的燥热,到了晚间倒是去了很多,风一吹,分外舒爽,仿佛那郁结的心思也随风而散了。

卫瓒没回自己的枕戈院,摸去沈鸢的松风院倒是熟门熟路。

过去一瞧,那小病秧子屋里的灯果然还亮着。

花窗映着一个瘦削的身影,是在低头静静地写着什么。

不愧是沈案首。管他是外出游玩刚回来,还是马上就要被收为义子,念书总是不能放下的。

卫瓒便忍不住笑了笑,走到窗下,屈指轻轻敲了敲。

便听得笃笃两声,屋里的人影顿了顿。

隔了一会儿,那小病秧子不情不愿将窗给推开了,淡淡瞧他,说:"你怎的这时候过来了?"

卫瓒手一撑，便轻轻松松跳进屋里头，懒洋洋地笑了一声，道："想来就来了。"

沈鸢嗅出他身上的酒气，拧起秀致的眉，问他："你吃酒了？"

他笑了一声，说："是吃了一点，你可别去向我爹告黑状。"

他说着，半点儿不客气地走到沈鸢的案前，眯着眼睛，去看沈鸢桌上的字。

他吃得几分醉，却也能瞧出上头写的是几页策论。

左边一篇辞藻华丽、繁花锦簇，右边一篇朴拙自然，浑然天成，显然是为了应付不同类型的考官。

卫瓒说："已是这个时候了，你还不休息，写这些东西做什么？"

"说好了，过几日要拿与学里的博士瞧瞧，"沈鸢看了他一眼，思忖着道，"我想今年提前秋闱。"

卫瓒怔了一下。

饶是他吃醉了，也晓得，沈鸢本打算三年之后再参加这所谓秋闱，要万事周全才肯去拿那沈状元的名头。

如今却提前了。

卫瓒说："因为山火之事？还是因为沈家？"

沈鸢垂着眸，淡淡说："二者皆有。"

"兵无常势，水无常形。你纵有一梦指路，可做了这许多事，只怕之后的事也不能全然由得你我。

"我不似小侯爷，一书一信就能换来筹码，几句话便能讨来暗卫。我也想守下侯府来，自然要多费些笨人的力气。"

沈鸢嘴上几分刻薄，却是没看他，一手挽起衣袖，另一手提起笔来。

墨落纸端，笔走龙蛇。

卫瓒却觉着，那浓墨狼毫一下一下，勾画得人心里酸涩。

他酒气熏熏的，稠密的情绪在眼底翻涌，忍不住在沈鸢耳侧轻轻喊了一声："兄长。"

沈鸢听了这称呼便一皱眉，说："你没完了是吧。"

卫瓒却是低声说："我是当真的，这一声我喊得。"

沈鸢微微一怔，说："什么？"

他低着眼皮说："你若愿意做我哥哥，便做我哥哥。

"往后我自把你当手足相待，再不为难你，有我什么，便有你什么。

"只是你……"

别回沈家去。

他没法儿瞧着沈鸢回那狼窝里头受罪。

沈鸢半晌张了张嘴,却道:"卫瓒,我看你的确是醉得厉害。"

卫瓒瞧了半晌,却只低低笑着说:"沈哥哥,我这人天生混账,管不了许多,若说错了什么,你别生气。

"你自应了我母亲便是,想来你父母若在天有灵,也绝不会怪罪你。

这小病秧子低低叹了一口气,却仍是冷声说:"小侯爷说笑了,你来日总要继承侯府的,平白无故多了个哥哥,又算怎么一回事儿。"

卫瓒便含着醉意喃喃说:"我既愿意将父母分你,侯府怎会不愿分你。

"你可满意吗?"

沈鸢沉默了良久,嘴唇一张一合,似是说了什么。

卫瓒却没听着,眼一合,便睡了过去。

模模糊糊倒听着沈鸢扶着他喊了一声"惊寒",他的唇畔便透出了几分笑意来。

第七章 小恶霸再现

第二日,卫瓒宿醉梦醒在沈鸢的床上,熟悉的药香总叫他睡得格外懒一些。

他倒没有醉得很厉害,至少还记得自己是梦时来沈鸢处浑闹了一场,说了好些话,之后酒意上头,便嗅得沈鸢身上的药香睡了。

醒来时见屋里头怜儿正叠了巾帕,将水盆放在一边,见了他便唯唯诺诺行礼:"小侯爷。"

他顿了顿,想起昨晚沈鸢眼中难明的复杂,却怎么也想不起后来自己是不是说错了什么话,也记不得沈鸢到底应了他没有。抬头见怜儿那小丫头憨憨懂懂探着脑袋看他,他便说:"你家公子呢?"

怜儿小声说:"昨儿晚上,公子就带着知雪照霜姐姐先回去了。"

卫瓒原本打算掀起被起床,听到后动作一下就停了:"昨天晚上?回去?回哪儿去"

怜儿让他吓了一跳,后退了一步,好半晌才迷迷糊糊说:"回……回沈家了啊,还能回哪儿去啊。"

卫瓒愣了好半晌,登时坐在原地。

——喝酒误事!喝酒误事啊!

他抓起衣裳就从床上跳了起来。

沈家几房的人都来了京城,如今挤在一处宅院里。院里暗流涌动,仆役来回之间,凭谁也不敢高声讲话——客院里住了个沈家如今的贵人。

连仆役都晓得，沈鸢深夜到访，与沈老爷谈了一宿。天一亮，沈老爷便叫各房出银子出钱，将早些年太爷的遗产吐出来。如今沈家各房，哭的哭，骂的骂，来了趟京城，前程没有求到，先将油水刮了一层。

沈鸢抿了一口茶，隔着窗，几分倦怠地瞧着人来人往，瞧着仆人走路都轻了几分的模样，便禁不住笑了一声："从前这些人在我面前，可不是这样儿的。"

"可见仗势欺人还是舒坦的。"

照霜抱着剑立在后头，不大赞许地说："事情既然已谈妥了，公子何必亲自回来瞧着。"

沈鸢撇了撇嘴，道："我不回来，叫他们一遍一遍去侯府吗？还不够他们在卫瓒面前现眼的呢。"

先头他不在，沈家人天天上门儿去叨扰侯夫人，已是很难堪了。如今卫瓒回来了，真要让这些人上门，只怕他的脸也要丢光了。他一想起沈老爷见着卫瓒那见了肉似的神色，就一阵阵厌倦和难堪。

照霜说："那也不必夜里就跑来，再见了风怎样使得。"

沈鸢垂着眸，淡淡说："我心里不痛快，便也来找一找别人不痛快。"

——尤其是沈家的不痛快。

昨日他刚刚回府，前脚卫瓒一出去，后脚他的伯父——如今的沈老爷，便是殷切含笑地问他这个侄儿，那小侯爷如今房中可有人了？

沈鸢那时一滞，只说："沈家也想出个侯夫人？未免太异想天开了。"

沈老爷却是笑说："正室做不得，妾室总可以。"

"鸢儿，你四妹如今正是适宜许配人家的年纪。"

沈鸢听了，不知怎的，便一阵阵烦躁窝火，于是声音微冷："人人都知道我与小侯爷不睦，再送个妹妹来做妾室，我沈鸢为了巴上侯府，成什么人了？"

"伯父若想恶心我，也费不着这么曲里拐弯的。"

沈老爷听了便讪讪笑了笑，道："是侄儿想多了，咱们不过是想亲上加亲罢了。"

沈鸢心里厌烦，嘴上越发尖锐了起来："沈家与侯府算得哪门子亲？伯父往上头细数，有一个挂得上姓卫的边儿吗？有一个看得起武将吗？

"当年靖安侯被贬江南，就是上门来求助，你们都要哼上一句武夫粗鄙。如今我便不明白了，这亲上加亲，是想加在哪儿上头？加在我沈鸢上头？"

沈老爷被戳中了痛处，脸色又黑又红，想来是没有料到，他这病秧子多年不见，非但有了精神，住着侯府有了靠山，人也比原来更尖嘴薄舌了起来，这才说："侄儿既然这样想，那便就算了。"

想起这事儿，沈鸢又是一阵一阵烦闷，随手将书往桌上一扔，喊了一声："照霜。"

照霜应了一声。

便见自家公子蔫巴巴地趴在桌上，只冒出一双漂亮的眼睛来。

照霜一见他这样，便神色几分柔和，轻声道："怎么，哪里不舒服了？"

沈鸢说："没有。"

照霜又说："那是想起什么不高兴的了？"

沈鸢："……"

半晌才哼哼了一声："卫瓒。"

照霜闻言一怔，便忍不住笑了一声，轻轻"嗯"了一声。

沈鸢垂着眸，好半晌才轻声说："就是，不甘心罢了。"

"分明他什么都有了。"

亲友之情也好，男欢女爱也罢，荣耀地位更是不必多提。他小侯爷想要什么东西，不都有人巴巴捧着送到他面前去，还生怕他皱一皱眉，嫌品相成色不够上佳。

凭什么这会儿学起了高风亮节，一句句说什么父母分他，一声声喊他什么兄长，搅得他不得安宁，比得他自惭形秽。

这心事比嫉妒更隐晦，更难以描述形容，没法儿对亲姐姐似的照霜开口，好半天才垂头丧气说："罢了，我这儿也不需要伺候，你若是闷得无聊，不妨出去帮知雪点一点数，看看他们收拾出来的那些东西，够不够抵当年祖父的遗产。

"要是有什么喜欢的玩意，直接拿了去玩就是了。"

照霜说："我不去，知雪数着就是了，你身边没个人，我不放心。"

沈鸢支着下巴，慢吞吞道："沈家如今怕是没心思害我了。"

沈家这些年一年不如一年。

这几年嘉佑帝裁去了不少冗余的文官，想要不靠科举，单走举荐入朝也越来越难。如今见沈鸢有了靠山，沈家人又有了入朝的希望，非但不打算害他，还要大出血，拿出财帛来捧着他、哄着他不可。

钱财才是真正的好东西。

他其实也是在看到沈家来信的时候，才想起来这事儿的。按着卫瓒的梦中预知来看，卫瓒入狱之后，侯府是被查抄了的。他沈鸢不过一个外姓人，哪来的财帛疏通，能将卫瓒救了出来，又是哪来的钱四处转圜，买了军中的名额。

思来想去，应当是祖父的遗产。原本该给他父亲沈玉堇的那一份儿，从来没到过他手中，却是极其丰厚的一笔。

如今要叫心思各异的沈家人凑出钱帛来，少说也得十天半个月的，他不情愿再叫沈老爷一遍一遍去侯府丢人，倒不如他亲自过来。他与沈家人相处的那些年，多多少少攥了些把柄，如今又狐假虎威地仗着侯府的势头。想必这些人一文钱都少不得他的。

也就只有侯爷侯夫人，不晓得他旧日在沈家学了多少手段，怕沈家这些人欺到他头上来，以为他真如面上一样纯善无辜，甚至想着要收他做义子来保他周全。

还有……就是那卫瓒。

说什么黄粱一梦生死之交，便一味对他好，他好意思地受着，瞧着，自鸣得意，以为是在拿捏观望。可他到底是恶习难改，丑态毕露，每每独自一人，便觉着自惭形秽。

这般想来想去，不知为何，就又绕到了卫瓒的身上。沈鸢趴在桌上，懊丧得几乎要将袖口的刺绣给拽脱了线。半晌，他抿了抿嘴唇，道："照霜，我又困了，再睡一会儿吧。

"若是有沈家的人找上门儿来，便说我不见，给挡回去。"

照霜应了声好，却是忍不住笑：睡就睡，做什么睡得气鼓鼓的。

沈鸢在屋里头小憩了片刻，再醒来时，听见外头似有人声，推开一扇窗缝去瞧，便见着外头的院里站了足有二十余人。他细细去看，似乎皆是侯府家将仆役，个个儿浑身煞气。

左边儿几个沈府少爷正不知为什么，端着几个冰盆，腰酸手软；右边儿沈老爷正将一摞又一摞的书吃力地抬了来。为首的人大马金刀一坐，慢悠悠笑说："你既非要人回来住着，倒也不是不行。

"只是我沈哥哥在侯府娇生惯养的，冷不得，热不得，没书了也不成。

"横不能一回了家，便让你们给磋磨坏了吧。"

那沈老爷还想卖个笑，说："小侯爷哪儿的话……"

卫瓒却不耐烦地打断了，对那端着冰盆的少爷说："冰盆再抬一抬。"

卫瓒说话含着几分笑意和胁迫，只慢悠悠道："端得低了，冷气走不到上头。这端得高了呢，又容易把沈折春冻着。

"你抖什么，我还能让我身后这些人揍你吗？"

沈鸢本想把人打发走就算了，却见这门口一片荒唐，才不得不推开门，那位靖安侯府的小侯爷，正大模大样坐在他门口。

金绣紫衣，玉簪宝石，罕见打扮得这般潇洒尊贵，卫瓒抱胸而坐，笑意中透着几分危险，将沈家这些人戏耍得团团转。

沈鸢倒想起晋桉说的来了。早几年京中的混世魔王——小侯爷卫瓒。

他第一次来京中瞧见卫瓒，便是这几分兴味，几分傲慢的模样，坐在墙上抱着胸肆无忌惮地打量他，从头打量到脚，又从脚打量到头，似是考量，他配不配得上一声"沈哥哥"。

——谁承想他们会成今日这样。

他刚刚从门口踏出一步，便听一群家将，齐刷刷向他抱拳行礼："沈公子！"

二十余人同时开口，又齐又凶，将那些少爷手中的冰盆都震落了几个。

……侯府到底什么时候有这样的排场了。

卫瓒见他醒了，便坐在那，慢慢瞧他，说："睡醒了？"

目光一交错，沈鸢就想起昨夜的事儿来了，指尖儿不自觉就泛了红，说："你来做什么？"

便见这小侯爷勾了勾唇角，理直气壮地说："跟你回家啊。"

山不就他，他便就山来了。

卫瓒这人，做恶霸的确是有一套的。

平日里在侯府，他一应排场俱无，如今往沈家这般一坐，却是要吃要喝、要人服侍，一样不落。他走到哪儿，冰盆儿就得端到哪儿，从外头酒楼叫来了一桌子宴席，他吃着让人家看着。见沈鸢饭吃两口便放下了，就开始差使这群公子少爷挨个给他讲笑话。

讲得好笑，便把冰盆放下一会儿，歇着打一打扇。不好笑便再添一铲子冰来。沈鸢听笑话没笑，只是见他那十成十恶霸的做派，忍不住扬起了唇角。

那少爷刚想将冰盆放下，便让卫瓒给瞧了一眼，卫瓒似笑非笑说："给我端着。"

"那是你逗笑的吗？"

眉目飞扬间，几分嚣张高傲。沈鸢瞧了一眼，不禁一顿，随后移开了目光。

沈鸢说："小侯爷什么时候玩够了，便回去吧。"

他已瞧着有人派了仆从，屁滚尿流往侯府去告状了。

那小侯爷将一碗杏仁豆腐推到他面前，慢条斯理地说："我玩什么？

"咱俩素日焦不离孟，孟不离焦的。你要回家，我自然也得跟着你回来。我多年不做恶事，像砸房子打人的事儿做不出来，也没理。

"这沈家是你本家，他们要你回来，合情合理，我也没想拦着，只是总得像个样……"

卫瓒就是睁眼说瞎话，也是说得脸不红心不虚，一副高高在上的模样，倒是忽地招了招手，将那沈老爷招到近前，难得见了几分笑模样："沈老爷。"

沈老爷受宠若惊："小侯爷吩咐。"

卫瓒慢条斯理说："我须得交代交代你，沈折春在侯府时，有一大夫养在府中，每月百两纹银。"

"我已传了信儿，叫他明儿就打包袱过来。"

沈老爷脸色一僵。

沈鸢心道这就是欺负沈老爷刚来京城不懂行呢，谁家的大夫月俸百两。

卫瓒又用指节一下一下轻轻敲着桌案，笑说："至于吃的药，倒算不上什么大挑费[4]，只是参要百年的，一月一支供着，便差不多了。

"制衣的绫罗绸缎倒没什么挑的，我不懂这个，只是母亲一季要添置个五六箱，比照着我身上的料子来就是。至于余下一应花销，我已找人做了账，你今晚回去好好读读。"

这一通话说下来，沈老爷的面色已是白了大半，勉强赔笑说："沈家小门小户的，哪里比得上侯府家财万贯……"

卫瓒却是变了面色，忽地冷笑道："我们家锦衣玉食养着的人，沈家养不起就别贪着。沈家向我母亲求人时，可是嘴上一千一万个疼着爱着，总不会比不上我们侯府外人，教他回去受苦受难吧。"

他那笑意一沉，便有几分冷意摄人。后头家将也知他的心意，直勾勾盯着沈老爷。二十多双眼睛，个个儿上过战场、斩过敌将，瞪得是一个赛一个的凶。看

---

4 京津冀方言，指家庭日常生活里的开支。

得那沈老爷一阵哆嗦，再不敢说话。

待到沈鸢中途去净手，卫瓒又趁机招了招手，把知雪那小丫头叫了过来，道："过来，带我认一认人，往后我就在这儿住下了，总得认识认识。"

"好！"

知雪简直比下午去数钱的时候还高兴，应声那叫一个清脆，还有一副大仇得报的快活神色。她在卫瓒边儿上嘀嘀咕咕：这个当年天天说我们公子克父克母，那个当年带人来抢照霜姐，被打了不说，回去还告公子黑状。

小丫头特别记仇，声音不大不小，却绘声绘色，生怕别人听不见似的。

照霜分明就在边儿上看着，也不去拦。

卫瓒就一个一个，从所有人脸上看过去，笑意越发冷了。

待沈鸢人回来时，他又发明出了新花样，折腾得这些人叫苦不迭。

沈鸢看了他一会儿，哪能看不出他是在给自己出气，饶是再不甘心，也禁不住生出一丝别样的暖意来。

沈鸢想到是谁漏的消息，就喊了一声："知雪。"

知雪心虚地吐了吐舌头，说："那什么，我跟小侯爷……说着玩呢。"

卫瓒"嗯"了一声，懒洋洋说："嗯，知雪这丫头，特别聪明，记性也好。"

"谁是咱们仇人，那可真是记得门儿清。"

沈鸢唇角不自觉弯了弯，心里头百般滋味：这位小侯爷要捧谁，那真是要捧到天上去的。

就在这说话的工夫，便见去侯府求援汇报的那仆从已回来了，正鬼鬼祟祟地趴在沈老爷的耳朵上要说什么。而被他折腾着的一众人，见了那仆从，简直跟见了青天老爷似的，恨不能立时就有个托塔天王过来，将卫瓒这妖怪给收了去。

卫瓒见了便笑说："有什么见不得人的，不能大声说？"

那仆从迟疑了片刻，看了看沈老爷的眼色，又看了看卫瓒，便大声道："侯夫人说——"

卫瓒道："说什么？"

"侯夫人说，小侯爷向来手足情深，舍不得他折春哥哥，实在管束不住。既如此，还请沈家成全了他的心意。"

众人闻言，皆是眼前一黑。倒是卫瓒笑出了声来，他娘可真是他亲娘，多少有几分稳中带皮的调性。沈鸢闻言也是哭笑不得。

卫璘笑吟吟说:"嗯,还是我娘好。"

仆人又犹豫了,说:"靖安侯……"

沈老爷忍不住了,道:"侯爷也说了?"

仆人说:"说了。"

"侯爷说……卫小侯爷简直无法无天,让他小心点儿,敢回来就家法处置。"

众人这一听,顿时心如死灰。回去就家法处置,这祖宗岂不是要在这儿住到地久天长了吗?连他这些家将都没收回去,可见是压根儿没想要管这祖宗。

唯独卫璘在那儿乐不可支,心道他爹可算争气了一回,无耻得很有水平。

卫璘还真就这么大模大样住了下来,他带着二十余家将,鸠占鹊巢,给自己安排在沈鸢的对面。

沈鸢不晓得是不是白日里睡得多了,入夜三更仍是没睡着,挽着袖在月下写了两篇文章。

知雪晚上那阵的兴奋劲儿还没过去,一个劲儿在那里夸卫璘:"小侯爷平日瞧着挺混,可真讲义气,对咱们也真好。

"怪不得昭明堂那些人都服他呢,换我,我也服他。"

沈鸢垂着眸说:"那你就什么话都告诉他?"

知雪眨巴两下眼睛,不好意思笑了两声,说:"那不是为了替公子出气吗?"

沈鸢心想,他自己的气他不会出吗?倒要卫璘在那儿,搅和得他心乱。

隔了一会儿,他忽地听见知雪小声嘀咕,说:"公子,沈老爷怎么领了个姑娘过来客院啊?"

沈鸢的手一动,笔下的字便错了一画,再一顿,又染成了个墨点子。沈鸢盯着那墨点子淡淡说:"沈家本就是卖女儿卖惯了的,你又不是没见识过。"

沈老爷先头的官职,便是将亲生女儿嫁与了江南一个鳏夫高官,换得了个无事可做的闲官。只是后来嘉佑帝清理了官场,沈老爷也让人给清了下去,这可不就是竹篮打水一场空吗。

照霜年纪大一些,长得也漂亮,当年在沈家,让人觊觎了不知多少次。沈鸢若是个姑娘,只怕也早让沈家啃得连个渣儿都不剩了。沈老爷今晚若是老老实实、什么算盘都不打,他才觉着奇怪呢。

知雪小心翼翼地将窗纸戳了个洞，圆滚滚的杏眼从洞往外偷看。她一边看，还一边嘀咕："这也太阴险了。万一小侯爷……把持不住，那还能跟咱们站一边，帮咱们出气吗？"

见沈鸢静默不语，知雪又说："若小侯爷真领个沈家姑娘回去，那不就成了沈老爷那头的人了吗，咱们怎么办啊？"

沈鸢不知什么时候已停了笔，干脆将笔管一搁，说："本来也不是咱们这头的人。"

知雪看热闹看得紧张，没用心听他说什么，只眉毛不是眉毛，眼睛不是眼睛，五官都要挤到一起去了。

隔了一会儿，知雪急促地嚷嚷："糟了，公子，那姑娘进门了，沈老爷出来了。

"小侯爷怎么能让人进去，赶紧把人赶出来啊——"

沈鸢猛地一抬头，见知雪还在那窗前趴着，冷声道："你一个小姑娘，关心他这些做什么。

累了就回去早些睡，我也乏了。"

知雪见他赶她，便不高兴了，说："公子你瞧不起我，不就是男女那点儿事吗？我学医的时候见得多了。"

"我这是替谁操心呢，小侯爷要真娶了个沈家姑娘进门，按着沈家这些人的本事，整个靖安侯府都会鸡犬不宁。纵是侯爷侯夫人好脾气，侯府里人多眼杂的，到时还不知怎么想咱们呢。"说着，她轻哼了一声，还是在沈鸢的目光下，不情不愿地出去了。

门一关上，沈鸢却是如坐针毡，片刻后起身，从那窗洞瞧了一眼。对面黑乎乎一片，也没个动静，想是人已经进去了。

沈鸢便黑了脸想，知雪说的他难道不清楚吗？偏偏这事儿他又管不得。

他又想，卫瓒也就这点儿定力了。成日牛皮吹得比谁都大，结果这点儿诱惑都扛不住。放个漂亮的姑娘在屋里，卫瓒一动心思，沈老爷这大计不就成了。

他又禁不住心里头阴阳怪气，好一个卫瓒，饱学周公之礼就等着今儿呢。侯府管得严，可把他小侯爷给熬坏了。

再回桌前，去瞧自己写的那篇策论，越看越是丑陋不堪，错的一两个字都觉着恶心，他随手揉成一团一扔。噗的一声，将那灯吹了，衣裳都不换，沈鸢就草草上了床。

狗屁的卫瓒，睡觉。

躺着躺着，又睁开眼睛。

……怎的做那种事，没个声音？

这跟学里教的，书里写的，都不大一样。是离得太远了？还是卫瓒真的没碰？

沈鸢这念头一起，又赶紧翻了个身，自己翻了眼皮，心道是碰没碰的，跟他有什么关系。他也见识过贵族子弟那些浪荡模样，不过也就是说些好听的话，做那么个孔雀开屏的样儿，难看死了。

也就闺阁里养大的姑娘实在好哄，手段拿出十之一二来，就让人哄得心花怒放了。殊不知这些贵族少年一个赛一个的都是贪色之流，就是抬举回去做了个妾室，也得不了几分真心，算不得什么好归处。

沈鸢在床上翻了好几个身，到底是没忍住，趿着鞋下了床。

他悄悄走到门口，贴着门板听了好一阵子，什么也没听着，脑子里却越发猜着，兴许已调着情，亲上了嘴。他这心里头一阵子接着一阵子恼火翻涌，干脆将自己房门踹开了。

这门一踹，便听得当一声，跟卫瓒撞了个脸对脸。

月色如水，树影横斜。那小侯爷笔直立在他门前不远处，见他踹门先是一怔，继而笑了起来，喊了一声"折春。"

沈鸢："……"他想把门再关上。

沈鸢迎面撞上卫瓒的刹那，先是松了口气，继而是一股莫名的羞恼，仿佛自己像是被耍了似的。

不知这人在门口立了多久，是不是早就猜到他忍不住，那些无措的举止、宅门内的心机，好像都被这混账得得清清楚楚，在腹中暗暗耻笑了。

他匆忙忙就要关上门，谁知让卫瓒一只手就给撑住了。

他冷声说："你这是做什么？"

卫瓒撑着门笑说："你怎的见了我，跟见了鬼似的。

"才多久的工夫，我就这么不招你待见了。"

沈鸢冷笑说："你是不是误会了，原本你也不招人待见。"

卫瓒便忍着笑说："好好好。"

卫瓒摸出一个浅碧色的小圆盒来，放到沈鸢的手心儿，说："我见你被蚊虫给叮了一口,给你送药来的……你真打算让我站在院子跟你说话吗?"

沈鸢不说话了。心道刚把姑娘接进门,又来献殷勤,好一个卫二,风流不死他,没准儿就是故意来看自己笑话的。

可瞧了瞧对面一片黢黑的院儿,他就这么把人放回去了,又心里不舒坦。

两相权衡,沈鸢才不情不愿说:"进来吧。"

房间里的灯已吹熄了,黑黢黢一片,沈鸢不耐烦,只点了一根烛,他拈起一块药膏,凭着记忆胡乱在颈侧涂了涂。

卫瓒说:"没涂到。"

他"哦"了一声。

卫瓒轻轻伸出手来,帮他匀了一下。

烛火下,沈鸢瞧见这人有着浓密的睫毛,继承自侯夫人的一双漂亮眼睛,黑白分明,眼尾上挑,不瞧人时显得冷漠傲慢,可专注瞧人时,便有几分多情含笑,叫人心烦意乱。

啪一声,沈鸢将卫瓒的手拍开了。心里嘀咕,他到底是放这人进屋来做什么的,叫卫瓒看他笑话的吗?那股子闷火,还是在心尖儿毕毕剥剥地烧。

卫瓒笑了一声,轻轻攥了他衣袖,说:"沈折春,你跟我回去吧。

"你若要跟我闹脾气,便跟我到家里闹去,你在这儿我不放心。"

沈鸢却是抿了抿嘴唇,说:"与那些没关系,你若要回,便自己先回去吧。"

卫瓒说:"你要的银子,我留人在这儿看着,少一个子儿,你拿我是问。"

——知雪那个没良心的丫头片子,连这事儿都跟卫瓒说了。

沈鸢越发憋着一股子气,嘀咕说:"用不着,我自要了钱,爱在这儿住着,就在这儿住着。"

小侯爷便挑起眉来,审视似的瞧他:"沈折春,我不信你瞧不出来,这一窝子人,狼看肉似的看你。"

沈鸢却偏偏要仰着下巴,跟卫瓒呛着说:"不过一群跳梁小丑,小侯爷未免把我瞧得也太单纯了。

"知雪只告诉你,他们轻侮我,怎么没告诉你,我也曾报复回去呢。

"你今儿没见着放蛇咬我的那个吧?

"他如今已瘫了,让他自己的蛇给咬的。"

那人养了二三十条毒蛇,偏偏有长辈撑腰纵着,每每见他,都阴恻恻地笑,心知他被蛇咬了之后怕蛇，却故意拿蛇声来吓唬他。日子久了，他听见嘶嘶声都要从梦中醒来。

他被吓得狠了，心也就毒了，设计将那人关在房间里，将蛇都放了出来。那日他将门反锁着，听着里头人当当拍着门，浑身上下都有些凉了。

沈鸢故意冷着脸看卫瓒，意味深长说："卫瓒，毒蛇是不认主人的。"

"凭你怎么养，到反咬一口的时候，都要反咬你一口。"

"该恨你，总是要恨你。"

卫瓒却是笑了一声："沈鸢，就你这样，还蛇呢。你就是撑死了，也就是只会咬人的兔子。"

沈鸢一口气噎在喉咙里，恶狠狠剜了他一眼。

卫瓒这才缓了口气，说："是，眼下你好好的，他们谁也不能把你怎么着。但就你这吹口气就倒的德行，沈鸢，但凡你哪天病倒了，他们都能把你给剥皮活吞了。"

其实沈鸢自己心里也清楚，沈家不是久居之地，只是话赶话顶着了，想到那进了卫瓒屋的姑娘，又想到自己这上蹿下跳、没出息的模样，只冷冷说："那也用不着你管。

"我病了自己找知雪治，倒了自己爬，就是死了，也有照霜替我报仇，用不着小侯爷替我操心。

"这屋我让与小侯爷了，我自找地方睡去。"

说着便站起身来，甩袖就要走，却让卫瓒抓住了手腕。

卫瓒也是让他激出几分真火了，淡淡挑了眉，语调中却有几分危险迫人："沈鸢，我到底哪儿冲撞你了，还是哪儿教你不舒服了？让你非要跟我较这个劲？

"我已说了，什么都肯分你，纵你不愿同我做什么兄弟，总不必搬出侯府去。你今儿不说个四五六出来，就别想出这个屋。"

沈鸢本就让闷火烧得心烦，不愿开口，谁知他越是挣，卫瓒越是不放手。

一来二去，沈鸢的力气哪里比得过他，跟他纠缠得恼了，沈鸢终是忍不住脱口而出："我不甘心，行了吗？

"不甘心像别人一样围着你转，这也有错了是吗？"

卫瓒怔了一下，道："谁围着我转了？"

沈鸢话一说，就跟停不下来似的，说得阴阳怪气，咄咄逼人："你应当问问，谁不围着你转了。

"是了，你卫瓒生来就是运气好，要什么有什么，谁见了你都喜欢。

"京中闺秀小姐都想嫁你，沈老爷上赶着想给你送妾室，姑娘都送到你屋里了，你还问谁围着你转？

"只要你在一日，就比得我面目可憎，比得我心思可鄙。我本就样样比不过你，却又要像这些人一样，围着你转、拉拢你。在门口瞧我笑话，瞧得还高兴吗？送一盒子药来，搅和得我不得安宁，可满意了？

"卫瓒，我倒想问一句，凭什么？

"凭什么……"

沈鸢这一连串的话到了嘴边，才惊觉自己将那些可耻心思剖得一干二净，便恨恨咬住唇，不说了。

却是晚了，卫瓒这边儿一句一句听着，唇角弧度却渐渐地大了，喃喃说了一句："原是这样。"

沈鸢咬着嘴唇，不说话。

卫瓒那一双眸几乎要笑成月牙儿了，有意叫沈鸢放松些，便说："沈折春，原来沈老爷要给我送妾室啊。长得什么样，你去瞧了吗？"

沈鸢听了来气，挣着就要走，可恨卫瓒力气实在太大，将他箍得死死的，半步也挪不出去。

倒听见卫瓒含着笑意，轻声说："我不是要你，我刚没在屋里头，哪知道他们给我送了什么。

"沈家收拾的屋子，我也不敢住，连个人也没留，别说什么姑娘了，沈老爷自己住里头都行。"

"我刚回了侯府一趟……"卫瓒指了指那盒子药膏，说，"这是我从我娘那边儿讨的，你再仔细瞧瞧。"

沈鸢闻言，便是指尖一僵，瞧那挣扎间翻倒的药盒，这才想起，这药膏的确是侯夫人那边儿用惯了的。

便更恨自己的失言，沈鸢从指尖儿开始发抖，想起方才自己的举止表现，还有絮絮落落那一箩筐的话，恨不得要一头撞死。

他又听见卫瓒说："你要再不信，我就只能让随风来给我做证了，我连那屋的门都没踏进去一步。"

沈鸢从头到脚都狼狈不堪，连看都不敢再看卫瓒一眼。

卫瓒说:"信我了?"

沈鸢几乎要把自己的衣袖扯坏了,连挣扎也不挣扎了,许久,才低着头说:"卫瓒。"

卫瓒轻轻"嗯"了一声,低头再看那小病秧子,不禁想笑。

这小病秧子正紧紧攥着衣袖,羞耻得几乎不敢抬头,却还是能瞧见那紧锁着的眉心,和红了的眼圈儿,跟病歪歪的兔子也别无二致。

沈鸢的声音都透出一丝颤来,好半晌才找回自己的声音,说:"小侯爷什么都有了,就不能放过我?

"我在侯府一日便妒忌你一日,便心有不甘一日。

"我若离了这里,不日日对着你,兴许……便不会这样难看。"

说到后来,他几乎已是自暴自弃了。

卫瓒瞧了他半晌,才轻轻笑了一声,开口说:"不放。"

他好不容易找回来的,活蹦乱跳的沈折春,怎么可能这时候把人放走,哪怕知道此时对沈鸢是折磨,他也是做定这个坏人了。

沈鸢便是一颤。

他放柔了声音,说:"沈折春,我不觉得你难看,乐意叫你妒我怨我。

"做我父母义子一事,也全由着你的意。

"只是你不许离了侯府去。"

沈鸢的声音透出几分哑来:"怎的,小侯爷还要把我腿打断了不成?"

卫瓒却在他耳边低低笑了一声:"你若非要走,我就去找我娘告状。

"说你我是高山流水伯牙子期,你若一走,我便要摔琴绝弦,从此再不读书习武。

"若不能将你重新弄进家来,就立时要绝食死了。"

沈鸢怒不可遏地瞪他:"卫瓒,你是几岁的人了,还要脸吗?"

卫瓒莞尔一笑,挑了眉说:"你大可以试试。

"沈折春,我不是没做过无赖。"

他目光在沈鸢的衣袖上掠过,轻薄的夏绢上是空幽常青的一丛丛兰草,已被沈鸢攥得不成形了。卫瓒自然晓得母亲选这衣裳的原因。兰草质淳,最衬沈鸢。

可惜侯府的温柔,他父母的爱护,连这一件衣裳,都像是为沈鸢打造的囚牢。

沈鸢已是恼得发颤,气恨得发抖,捉住他的手臂,恶狠狠一口下去,咬出了血来。

卫瓒几分笑意叹息:"沈折春,你可怎么办啊。"

好好的一个沈折春。

妒意如火,君子如兰。怎么就偏偏招惹上他这么一个混蛋呢?

回程的时候,沈鸢仍是含着几分恼意,故意做了个高高在上的冷脸,说:"卫瓒,你别以为这就算拿着我了,往后你离我远点儿,休想再继续干扰我。"

卫瓒笑了一声,说:"那可由不得你了。要不……你找我爹我娘告状去啊。沈折春,你不最擅长这个吗?你去找我娘哭,说我威胁你。你放心,她一定向着你,再抽我一顿藤条。"

沈鸢哪愿意为了这点口角而闹到卫瓒父母面前去,叫侯夫人忧心多虑,闻言狠狠剜了卫瓒一眼,便翻了个身气恨地低着头不说话了。

见沈鸢这样,卫瓒又有几分心软了。他留沈鸢既是好心,也是自己的执念,说到底还是欺负沈折春无依无靠,只惦记着侯府。沈家哪怕是待沈鸢有一分真心,或是沈家父母还在,哪里轮得到他强留沈鸢。

沈鸢这些年过得虽未缺了吃穿用度,可心思郁结实在算不上好,卫瓒却连句好听的话都吝啬开口。

卫瓒这会儿一想,又挨过去低声嘀咕:"我开玩笑的,沈案首,我能把你怎么样?——这么久了,我哪回真欺负过你,每回不都让你给治回来了吗?"

沈鸢默然不语,瞟了他一眼,又低下头去。

卫瓒有时会想起头一次见沈鸢的时候,他在墙头坐着,看沈鸢小书呆子似的,带着一车的兵书,搬进侯府里来。侯夫人一进门儿喊他下来,让他认人,他这才跳下来。

近看才怔了一怔,这小病秧子眉目如画,春衫柔软,发带在风中轻轻地招展,处处都好看在人的心坎上了,只是病弱了些,容易受人欺侮。

侯夫人笑着说:"这是你沈家哥哥,大你两岁,近来身体不大好,你喊一声,往后不准欺负人家。"

这小病秧子比他大?明明看着比他小很多。

他那时抱着胸,把人上上下下看了又看,半晌敷衍地喊了一声:"沈哥哥。"

那小病秧子便浮出一丝有些乖巧腼腆的笑意,低了低头。

他那时心想是不是应该说一句:往后国子学里若有人欺负你,你跟我说。

可这话听着也太蠢了，于是心想有什么可说的，往后对他好就是了。谁知这往后，却再也没对他好过。

待下午他们回到松风院儿的时候，几乎所有人都能瞧出沈鸢的懊恼来。

沈鸢一张脸黑如锅底，只把自己关在书房里读兵书。

照霜端了饭食进去，他却是头不抬眼不挣地，低着头说："放着吧。"

照霜便道："午时端来的点心还没吃。"

沈鸢嘀咕说："不吃了。"

那生着一股子闷气的模样，也不晓得是在跟谁较劲。照霜见了便轻轻走过来，一瞬不瞬地瞧着他。

这就是要跟他说话了。沈鸢不得放下书，叹了口气。

照霜问他："可是义子的事没答应，侯夫人恼了？"

沈鸢摇了摇头，说："姨母没有恼。"

非但没恼，侯夫人甚至温温柔柔抚着他的头顶，笑着说：我还怕是我们把你吓得不敢回家来了。又说：咱们这样一个府里吃着住着，有什么不能说的。你不想就不想，咱们折春说了算的。

沈鸢那时小心翼翼坐在侯夫人的下首，小狗依着人似的，耷拉着脑袋，好半晌说了一句："姨母，对不起。"

侯夫人轻轻拍了他一下，佯恼说："哪有什么对不起的，你就是不答应，难不成我们就不疼你了吗？我们在你眼里，就这样？"

他便生出几分羞愧来，低声说："不是。"

侯夫人又笑着说："没事，沈家若真非要你不可，就让瓒儿给你办去。

"我见着瓒儿的法子挺好的，往后谁再想抢我们家鸢儿，就先让瓒儿跟着去，我看谁忍得了我家这魔头。"

……又是卫瓒。

这魔星生来就是克煞他，不叫他舒坦的。沈鸢现在一想到这两个字，就忍不住黑了脸。

照霜见他这样，便说："不是侯夫人，那就只能又是小侯爷了。"

沈鸢嘀咕，说："……总是他吗？"

照霜"嗯"了一声，说："公子若烦心了，多半都是因为小侯爷。"

沈鸢更烦了。那往后怎么办？他憋着一口气，吐不出来，半晌才低着头说：

211

"有一个人……你晓得的。

"我一味同他纠缠攀比,只显得自己难堪。也许能同他和解,心里却又做不到,真要装模作样故作大度,也不过是骗自己罢了。"

这么说了一通,已是把自己都说得晕了,只说:"照霜,我不晓得该怎么做了。"

照霜却笑了起来。

照霜年长,平日里练剑习武,总是一副稳重肃杀的姐姐样,照顾保护着所有人,偏偏笑起来却有些甜,教人生不起气来。是以沈鸢虽疑心她笑话自己,也只"喂"了一声。

照霜笑着说:"公子大可以任性一点,随着自己的心意就好。高兴也好,嫉妒也罢,为敌为友,公子想怎么做,就怎么做。"

沈鸢不说话,心想为敌为友都不想,他只想离卫瓒远远的,可偏偏做不到。

照霜隔了一会儿,轻声说:"公子回侯府来,我其实还有些感谢小侯爷。"

沈鸢闻言便是有些不悦:"怎的你也让他策反了?"

照霜笑一声,却说:"我是为了公子高兴。我宁可见公子生气烦恼,也不愿见公子殚精竭虑。我学剑时,公子教我要随心随性,如今……怎的自己却忘了。"

随心随性。

他又想起卫瓒那双眼睛来了,野性难驯的,肆无忌惮的,仿佛要将人点燃似的。

他低着头,垂眸瞧着自己的指尖。

不甘心,不想认。

他弄丢的那些东西,始终在卫瓒身上熊熊燃烧,片刻不曾熄灭。

消暑的假很快就结束了,没几天京城便转凉,又到了要去国子学的时候。山火一事,得益于昭明堂这些人四处吹嘘、散播,传得京城无人不知、无人不晓。版本从卫瓒料事如神、手撕统领,到沈鸢呼风唤雨、撒豆成兵,已传出了无数花样来。

卫瓒的传说,京城已是太多,谁知这次以讹传讹之下,沈鸢却是出了名。

卫瓒几次去茶楼,都瞧见那小病秧子悄悄坐在屏风后头,听那些撒豆成兵虚无缥缈的故事的时候,嘴唇微微地扬起,又怕让人瞧见了,努力把唇角往下压一压。

等到侯夫人与人交游,提到沈鸢,一脸温柔,唤他出来给众人见一见的时候,这小病秧子又谦和温煦,装模作样似地道:"京中竟有这样传闻?我却不曾听闻过。"

"想来不过是大家玩笑罢了。"

众人便轮着翻儿地夸他谦逊儒雅,年少英才。卫瓒在边儿上抱胸看着,忍笑忍得很是艰难。

连带着之后几次进宫,卫瓒都让嘉佑帝拦下对弈闲谈,还真问了京城传言,以及沈鸢那以火攻火的法子。

他便笑着道:"史书上李陵也用过这法子,火烧苇葭,断绝火势。"

"只是能想到的人不多,加上要借山路地形与风向之利,一时之间能做决断,能将此事落实,已是难得。"

嘉佑帝听了半晌,喟然道:"沈鸢,只可惜身子差了些,否则倒的确是个将才。"

这时候左右没有外人,卫瓒说话便不顾及什么,只道:"他就是爬不起床来,也是个将才。"

嘉佑帝笑道:"你小子这样瞧得上一个人,倒是罕见。"

隔了一会儿,似乎又想起什么来了,说:"我听说你为了他,还差点儿搬去沈家了?"

卫瓒嘀咕说:"我爹怎的什么话都往您这儿传,舌头也忒长了。"

话音未落,就让嘉佑帝拍了一巴掌在后脑勺:"怎么说你父亲呢。"

卫瓒笑道:"成成成,圣上跟我爹是一伙儿的,就我是捡回来的。"

嘉佑帝笑了好半晌。

碰巧卫皇后来,嘉佑帝便指着他给卫皇后看:"你看看,你看看。怪道韬云的脾气一日比一日暴,可不都是让他给气的。"

卫皇后也笑,命人往他面前摆了一碟子点心,说:"快吃,少说话。"

卫瓒也不客气,吃了点心、蹭了午膳,回卫皇后的话又回了好一阵子,见嘉佑帝后头还有公务,便要告退。

也就是这时候,梁侍卫进来禀报:"如今金雀卫押着的人,身份已查清了。"

卫瓒便是一顿,他协查此事,梁侍卫也没必要避着他,只当他的面说:"此人不是辛人,是祁人,是昔日安王为质时,带出去的马仆之一,名唤叶悯,去了辛之后,被充作辛人奴仆,叶写作了夜。安王前往辛时,带了数十人,回来时,只带回数人,此人并不在其中。"

话毕,这雕梁画栋的宫室便冷了几分。

埋首在奏折里头的嘉佑帝神色一顿,许久之后,他用手指捏了捏自己的鼻梁,闭了闭眼睛,慢慢说:"此事先密查下去……暂不可泄与旁人。"

卫瓒与梁统领皆应了声:"是"。

天色近黄昏。

沈鸢半卧在榻上,静静读着几页纸,是他从国子学博士那边借抄来的,是许久之前的文书。

那时安王尚且是少年,国难时便自写了一封罪己书,交予先帝。大意是自己身为嫡长子,数载不知百姓苦楚,只知舞文弄墨、卖弄道理,以致边关失守,百姓流离。二弟虽年轻,不甚圆滑,却能行实政,能知民生,愿兴武振国,以复安宁。

话里话外,已是愿意将这继承人的位置让与嘉佑帝的意思。毕竟当时去辛做质子,能不能回得来,谁也说不清,先帝的状态也算不得好。

这文书算不得秘密,沈鸢一字一字读过了,实有几分年少意气。

"食民之禄,为民赴死,再有何辞。"

当年能说出这样话来的人,归国以后愿韬光养晦、一心求道,显然也是有意退让的,这姿态和身份都拿捏得恰到好处。嘉佑帝自然不愿对这样一个兄长疑心。

沈鸢一字一字读过,心道只怕卫瓒今日的事不能成了。

这书页边儿上又有一封信,他瞧了片刻,忽听外头有人进来,便不疾不徐夹进书页里头。待将书合上,那小侯爷正好打门外进来。

这人平日里头皆是常服,这回想是刚从宫里头禀事回来,连衣裳都没换,一身绣服金冠,蹀躞鱼袋,越发将人衬得光鲜亮丽,晃得人眼睛生疼。

只见卫瓒自顾自坐进他的内间来,灌了半壶凉茶下去,又将外裳一脱,才松了口气,只道:"可是闷死我了。"

又押着头问知雪:"今儿吃什么,有青虾卷吗?"

知雪自打上回沈家之后,跟卫瓒很是热络,高高兴兴就应了一声:"有。"

卫瓒又问："蜜酿红丝粉呢？"

知雪笑吟吟说："我叫小厨房现给您做。"

沈鸢正在桌边坐着，见这人像回了自己屋似的，就忍不住来气。其实卫瓒跟人熟络了，十分随性，偏偏他就想得多。

一时想，这人自来熟得讨厌。

一时又想，知雪分明是他的侍女，松风院是他的地盘，怎的好像卫瓒一进来，就易了主似的。

沈鸢便冷声说："小侯爷在宫里头没吃上一口饭是怎的，非要来我这儿讨着吃。"

卫瓒便笑说："宫里头倒是留饭了，只是我提着口气，等着梁侍卫进来报事，吃两口就搁下筷子了。"

沈鸢一听正事，才将气性暂且捺下。

他们这些天，不着痕迹引着梁侍卫往安王身上查，尤其是出边关的文牒，还保留着当年安王带出去的随从特征。按理本不该查到这上头去，却是沈鸢去教阵的时候，神不知鬼不觉提了一句，梁侍卫才去核对。

这一核对，自然就核对出问题来了，卫瓒今日进宫便是为了这一事。

沈鸢闻言，便问："圣上什么反应？"

卫瓒便摇了摇头，淡笑一声："埋了一颗种子，你说得对，是圣上自己不想怀疑安王。"

沈鸢指尖摩挲着书页，缓缓说："人之常情。"

卫瓒便懒洋洋叹气，说："罢了罢了，这些事儿也不急在一时半刻的，且得等待时机。"

"你忙着秋闱便是，余下的用不着操心。"

沈鸢没理卫瓒，随手换了一本书来读。

隔了一会儿，却见卫瓒坐到他的榻边儿上来了，声音柔和了几分对他说道："你这样斜着读，要伤眼睛的。"

沈鸢盯着书道："坐着难受。"

卫瓒一顿，说："病了？"

沈鸢说："不是，就是累了。"

打从望乡城回来，他还没好好休息过，就去沈家折腾了这么两宿，骨头都要散架了，好阵子都缓不过劲儿来。这几日读书都在榻上，坐一会儿，倚一会儿，躺一会儿的,很是恼人。

卫瓒笑说:"我给你松一松筋骨?"

沈鸢瞧了卫瓒一眼,只转了个身,淡淡说:"用不着。说了要你离我远着点儿,我先头的账还没跟你算呢。"

卫瓒不知就里,仍是随口说:"你若有本事,想怎么算就怎么算,我还生怕你怯了我,不跟我算。"

"这可是你说的,"却听得沈鸢淡淡一声,"大毛,二毛。"

卫瓒脑子出现了一瞬间的停滞,不晓得这两个词是什么意思,却忽听一串犬吠,外头两条黑影蹿了进来。

他身手向来矫健,正欲闪身,却是让那小病秧子给拉了一把。这不轻不重的一把,没什么力气,却偏偏就让他迟疑了。一错身的工夫,就让两道黑影扑在身下。

卫瓒定睛一看,才见是两只恶犬。黑乎乎的两只,瞧着肌肉矫健,皮毛油光铮亮,吐着鲜红的舌头,热气烘烘地熏在他脸上——说是恶狼也差不许多。

便听那小病秧子在榻上冷笑一声,说:"大毛二毛,给我舔他。"

两条大狗冲着他的脸,就是一气狂舔。卫瓒饶是不怕狗,也嫌口水,闪避得左支右绌,狼狈不堪。显而易见,这就是给他准备的。

卫瓒左闪右避,让这两条狗劈头盖脸舔了好几口,糊了一脑袋的口水,才骂:"沈鸢,你就为了我专门养了两条狗?"

沈鸢淡淡道:"我敌不过小侯爷,自然得想法子以恶制恶。"

然后沈鸢慢腾腾坐在榻边,居高临下看着他了一会儿,喊了声:"停。"那两条犬显然是受过训的,就这么停了,又哈哧哈哧地吐着舌头,虎视眈眈地盯着卫瓒。

卫瓒躺在地上,让两只大型犬压着,笑着喘了几口,说:"你至于吗你?"

沈鸢却意味不明地瞧了他好半天,见他要直身起来,便踢开木屐,慢腾腾地踏在他的肩头。这用力极轻极巧,恰好叫人起不来。

沈鸢盯着他的眼睛,眸中几分恼恨之色,说:"我求过你放了我的。也说了叫你别惹我的。"

沈鸢在沈家那天是真的在求他,想逃离自我折磨的漩涡。

卫瓒笑了一声,只说:"你现在求我,我也是一样的回答。沈鸢,你想都别想。"

话音未落，他被沈鸢轻轻踢了一脚。

沈鸢又一次，萌生了一种快意。将人人都捧着爱着的那人，恶狠狠踏在脚下的快意。只是他不愿被发现，很快就垂下眼睑，用蒲扇似的睫毛覆盖住了。

卫瓒挑衅说："沈鸢，你也就这点儿本事了。"

"——你连放狗咬我都不敢。"

沈鸢淡淡说："大毛二毛，让他闭嘴。"

卫瓒还没想清楚，两条狗打算怎么让他闭嘴，就见那两条大舌头又热烘烘舔了他一脸口水。

行，一招鲜，吃遍天。

他往地上无赖一躺，懒洋洋说："沈鸢，有本事你就让它俩舔死我。"

浑然不知自己素日的张狂已被这两条狗舔了个精光，只余下湿漉漉、脏兮兮的狼狈。卫瓒一抬头，对上沈鸢绷不住笑意的眼睛，仿佛出了一口恶气似的神色。

卫瓒一怔，竟忍不住自己也笑了。

——这算是让他出了气了吗？

卫瓒被舔了一头一脸的口水，衣裳都湿了一半，只得借沈鸢的院子洗了个澡。

待他出来的时候，微风拂面，很是凉爽，他想要的青虾卷和蜜酿红丝粉都被放在院子的小桌上，还配着几样小菜和一小碗点缀着各色碎果粒的冰酪，瞧着便很是开胃解渴。

知雪照霜在树荫下坐着翻花绳，再往边儿上看，沈鸢正坐在阶前喂那两只大狗。不远处还立了个训练狗用的稻草人儿，被舔得湿淋淋的。

上面贴了张纸。

他凑过去一看，发现是沈鸢画的他，歪鼻斜口，鼻孔朝天，眼皮子不看人。画技相当差劲，只有傲慢画得特别明显，可见是国子学只上画课，却并不考校画技的缘故。

他斜眼看沈鸢，说："沈折春，在你心里我就长这样啊？"

沈鸢说："我画得不像？"

他轻笑一声，说："像个屁。就你这画，这辈子都不用担心巫蛊之祸。你就是扎小人，都没人知道你扎的是谁。"

217

沈莺没好气地瞪了他一眼。

他拿起桌上的一碗冰酪,坐在沈莺边儿上,慢慢吃了两口,解了暑气,便笑着问沈莺:"你哪儿弄的这么两只大狗?"

沈莺说:"让照霜去买的,要家养训练的,通人性的,越凶神恶煞的越好。"

卫瓒嘀咕说:"怪丑的。"

沈莺说:"多威风,都能带去打猎了。"

他眼底有几分欢喜,是真的对这两条大狗很喜爱,一伸手,两只恶犬的脑袋轮流往他手心儿挤。

卫瓒说:"沈折春,你这人跟外表差得真大。"

这是要跟沈莺相处很久才能发现的事情。

江南水乡养出来的小公子,吃的是蜜糖藕,吹的是紫竹箫,坐的是乌篷船,眉眼旖旎如春,一肚子的多情吴歌,却喜欢奇险的战术,喜欢危险的恶犬,野性难驯的烈马,凶悍食肉的鹰。

恶犬红彤彤的舌头舔过沈莺细嫩的手心,不知是不是痒了,沈莺勾了勾唇角,嘲笑似的说:"嗯,好几年了,小侯爷可算开始认识我了。

"可喜可贺。"

沈莺瞧着心情好了许多,喂过了大毛二毛,便在一旁的水盆净手,用帕子擦干。

卫瓒说:"怎的,出了气,现在心里舒服了?"

沈莺轻轻笑了一声。

卫瓒已有些习惯沈莺的脾气,这小病秧子若是自认吃了亏,却没有报复回来,那便很难舒坦。但若是让这小病秧子发泄过了,便能好说话不少。

卫瓒拍了拍自己身边儿的位置,示意沈莺坐回来。

沈莺看了他一会儿,坐回他身边儿去了,轻哼:"小侯爷好手段,打一棍子给个甜枣的。"

卫瓒被说得觉得好笑,斜着眼睛瞧沈莺,说:"沈莺,你给我说说,到底谁挨棍子,谁吃甜枣?请了两个门神来打我闷棍,怎的还反咬我一口。"

沈莺笑了一声。

卫瓒说:"我枣呢?"

沈莺指了指放在桌上的点心,又指了指他搁在手边的冰酪:"这不是吗?"

卫瓒挑着眉毛，看他说："沈折春，你是不是太欺负我了点儿？"

沈鸢嘀咕说："知足吧，知雪还不让我吃呢。"

卫瓒心知知雪是怕沈鸢贪凉吃坏了身子，其实只吃一点儿也不碍事。这小病秧子对外强势得很，日常衣食上却很是听话，让知雪这个小管家管得可怜巴巴的。

卫瓒左右看看，发现沈鸢屋里的小姑娘都在树荫下玩笑。

他找了个人瞧不见的位置，端着碗，轻轻说："过来。"

沈鸢眼睛稍微亮了亮，跟过来了。

卫瓒眯起眼睛，说："吃不吃？"

沈鸢顿了顿，张了嘴，将那勺冰酪含进了唇间。混合奶香的碎冰果粒进了热气腾腾的口腔。

沈鸢许多年没尝过这滋味，眯着眼睛，嘴角都扬了起来，愉悦得像是偷了鱼腥的小猫一样。

又看了他一眼。

卫瓒说："你坐过来一点。"

沈鸢下意识去看知雪照霜的位置，见人都瞧不见他们，才松了口气，心里挣扎了许久，没抵住诱惑，低着头接过碗，小心翼翼又吃了一口。

三口两口的，碗里冰酪就要见了底。

卫瓒说："你别吃太急，凉着肚子。"

沈鸢说："不凉。"

卫瓒低低笑了一声，沈鸢这才觉着自己眼皮子浅的样有些丢人，随手放一边去，说："不吃了。"

卫瓒也不介意，只笑着看树下几个小丫头打闹："知雪要是知道我纵着你贪凉，她一定气死。没准儿要拎着扫帚把我打出去，让我不许再进你院儿来。"

沈鸢轻哼一声，说："你也知道啊。"他又往小姑娘那边儿看了好几眼，皱着眉，怕被人发现自己做了坏事。

卫瓒见沈鸢脸上有一抹白霜，便伸手去抹，被沈鸢推了一下，便笑着说："沈哥哥，怎么还翻脸不认人呢。"

沈鸢瞪了他一眼，几分假作的凶，却到底是少了眼底的恶。

松风院这日熄灯很早，知雪一面收东西，一面问他："今晚怎么不读书了。"

沈鸢在床帐里"嗯"了一声，说："有些累了，早些休息。"

知雪笑着说："这就对了，越是睡不好，才越容易病呢。"

知雪又跟他说闲话："对了，我们不是想在自己院，也弄个秋千吗？小侯爷临走前，帮我们把秋千给弄上了，就是绑得远了点儿，说是离院子近的那两棵树不大牢靠，怕挂不住。"

沈鸢嘀咕："他弄得牢靠吗？你们朋儿再找人看看，省得跌着了。"

知雪笑嘻嘻说："牢着呢，照霜说那结打得很好，跟军营扎帐子用的一样的结。"

沈鸢"嗯"了一声，说："玩的时候小心些。"

知雪高高兴兴应了一声，熄了灯，便去了偏间。

沈鸢侧躺在床上，夜间的热意怎么也散不去。他恍恍惚惚，像是躺在廊下，白天的烈日把廊前木板晒得微热，到了晚上都透着几分暖意。

忽地恍惚间听见有人在敲他的窗，他顿时坐起身来，心道卫瓒这人犯了什么毛病，走窗户还走出习惯来了吗？他张嘴想叫知雪，拿着笤帚把卫瓒扫出去，却还是没出声，只蹑手蹑脚跳下床去开窗。

没人。

扑面而来只有夜间微微的风，拂过微热脸颊，吹起发来，带来几分凉意，襟前也空荡荡的。

沈鸢一垂眸，发现窗檐下放了一只白绒红眼的小兔子球。

跟箫上挂的一样，只是要大一圈，毛茸茸圆滚滚的，也是胖成了汤圆，神态不知为什么，是不甘心又凶巴巴的，却又凶得憨态可掬的模样。

——居然嘲笑他。

沈鸢抿着唇，气得把那小汤圆兔子攥紧了，忽然就想到那小侯爷灯底下，小姑娘一样做针线的样子。

他想，卫瓒还做上瘾了吗？

这兔子放架子上太蠢，放桌上难看。他随手扔到床头，对着兔子的表情，越看越不顺眼，越看越觉得气，最终一脚踢到了脚底下，打算梦里把卫瓒跟他的兔子一起踩扁。

夏天慢慢地过去，日子一晃就到了入秋。

每至三年一次的秋闱前，京城里便要涌进许多书生学子来，走在路上，时不时就能瞧见书生背书背得昏头涨脑，一不留神就撞了树的模样。国子学附近的坊市，往日都是卖糖水点心的居多，近来却渐渐改成书市了，尽是卖笔墨纸砚、名师押题的，几家茶楼也渐渐热络起来。

一楼请了几个说书先生，时而讲些才子登科的旧书，时而讲些小侯爷探案的趣事。山火那一节，沈鸢近来已听得腻了，可他仍是在二楼包了屏风后的一张桌，听个热闹。

这会儿讲的是甲胄案。

甲胄案前后，外人不晓得内情，说书先生尽是胡编乱编，讲得那叫一个九曲连环、跌宕起伏。卫瓒小侯爷先是一人一枪血洗了死士魔窟，又是使了一招杀人不见血的奇招斩落了乱贼匪首，最后在魔窟中众多少女爱慕的眼神之下，一人一马翩然离去。

听得下头那叫一个叫好连天。

沈鸢听得嫌弃，却也不知道为什么，还是撑着下巴听完了。他心道这说书先生是真敢胡编乱造，若非是卫瓒不在意这些，嘉佑帝对这些闲谈也宽厚，只怕这茶馆早已让人给掀了。

知雪在边儿上小声嘀咕说："我听府里头的人说，小侯爷早年来已掀过一次了。那会儿是天天胡说八道他穿人头当糖葫芦串儿，说得跟真的似的，京里小孩见了小侯爷就走。"

卫瓒就带着昭明堂的一群人过来，天天听，天天叫好，还给人家说书先生出主意，说穿脑袋不能从正当中穿，得从太阳穴。他一边儿讲还一边儿盯着人家先生的脑袋看。几次下来，说书先生天天做噩梦，再不敢说他了。

只是这几年眼见着卫小侯爷脾气好了，这些说书先生便故态复萌，又开始给他编故事了。

沈鸢轻哼一声，淡淡道："眼下编的尽是些好事，他自然是不来上门了。"

魔窟里那么多姑娘等他小侯爷一枪一马去救呢。

知雪便笑说："怎么就没把咱们也加上，甲胄案那阵法不也是咱们公子破的吗？"

话音未落，却忽地听见另一个男声温和道："的确如此。"

沈鸢这般一怔，便见一个斯文俊秀的成年男子，着一身道袍，立在他面前，眉目间压抑着几分郁郁，目光轻轻掠过他的身上，却是笑了一笑："百闻不如一见，沈公子。"

安王。

——整个二楼寂然无声，刚才还在说话闲谈的一众人此时都静了下来，都是一副面无表情的、冷肃的面孔，只有安王在微微地笑。

而一楼一无所知，随着说书先生口中的小侯爷在夜中奔命，叫好声一番赛一番的高。

便见安王斯文儒雅，静静地瞧他，喊了一声："沈公子？"

沈鸢垂眸，慢慢地行礼："草民沈鸢，见过安王。"

安王笑了笑，一手将他扶起说："不必多礼，不过是瞧见有人听书，便上来坐坐，你只当寻常有人拼桌便好。"

沈鸢道了声"是"，刹那脑子已转过了好些圈。

甲胄案中的连云阵，他是协助公案破的；揣着名单的卫瓒，没人知道是他劫的；望乡城山上以火攻火，是他被迫自保的。至于之后引导梁侍卫查到安王身上，他们做得也很是隐蔽。

卫瓒查案，是公务在身，而他是协助公案，并非有意针对。其余的一切是只有他和卫瓒才知道的秘密。自始至终，他们没有暴露出马脚，一切都更像是安王和嘉佑帝双方角力的结果。安王如今已被嘉佑帝怀疑，此时若真的对他动手，才是不智之举。与他碰面，大约是试探而已。

沈鸢如此一想，心便略略地定下了几分。他松开了攥紧的衣袖，如寻常读书人一般，殷切热络笑了笑，喊了一声："安王殿下。"

"卫二哥！卫二哥！"

卫瓒在金雀卫府衙撑着下巴，一页一页地翻那些文书时，便听得唐南星连找个通报的人也没有，只一声一声在外头大呼小叫。

他懒洋洋地走出去："怎的了？你让狗撵了吗？还是又惹了什么祸，等着我去收拾烂摊子。"

唐南星说："我刚刚跟晋桉在昌宜茶楼那边儿转悠的时候，瞧见沈折春，他正在二楼，跟一个男人私下会面。"

卫瓒哭笑不得。沈鸢跟男人会面有什么，若是跟姑娘私下会面才是大事儿呢。

半晌，他拧着眉毛说："唐南星，你再没事找事，我就把你扔出去。"

唐南星急忙忙说："不是，他一个姑娘……"

卫瓒说："什么玩意？"

唐南星说："沈折春一个姑娘，跟外男私会成何体统。"

卫瓒："……"

他实在是很想把唐南星的脑壳撬开来看看，沈鸢什么时候成姑娘了。

卫瓒退了两步犹不放心，警告道："唐南星，你可千万别在沈折春面前说这个，否则他若要整治你，我是万万不会给你说情的。他这两天温书温得脾气不好，你招惹他，少说抄书百遍起。"

沈鸢脾气一上来心就黑得很，他这几天没少吃苦头。

唐南星却神神秘秘凑过来，一把抓着他的衣袖，在他耳朵边道："卫二哥，都这时候了，你还装个什么劲儿，我已晓得沈鸢他是姑娘了。如今她正跟那安王殿下私会呢，你也不管一管，她若成了安王妃，岂不要踩在咱们头上了吗？！"

这一番胡说八道端的是震耳欲聋。听得卫瓒面色忽变，他反手抓住唐南星："你说沈鸢跟谁在一起？"

安王。沈鸢。这也许是他今生最怕放在一起的两个名字。

在前世，他为了向上爬，大半的时间都在京外掌兵来把握军权，便始终没有弄清安王对于沈鸢的态度。或者说，安王是个什么样的人，他自始至终都想不清楚。

只知道安王曾一手捧起了沈鸢。然后，也彻底毁了沈鸢。

他曾经以为，以沈鸢的坚韧，很难有什么可以将他彻底摧毁。直到那一天，他才知道沈鸢在经历了这许多事之后，到底有多么脆弱。

就像是一根一根细木条叠起来的宝塔，看似巍峨复杂，但只要找到最关键的那一根打断了。余下的，就会分崩离析坍塌下去。

第八章 最拙劣的谎

卫瓒知道自己重生前的记忆出现了一些问题。

这是他与沈鸢日渐亲近之后，才慢慢发现的。

尤其是他能想起来，沈鸢在他营中带了一段时间的兵，却想不起来，沈鸢在军营中生活的细节，也想不起来，他那时与沈鸢是否亲近。尤其是关于沈鸢的一些大事，他只能想起一个模糊的大概，若不细去想，便想不起具体的细节。

如今他被唐南星的话一刺激，忽地涌出了许多记忆，连带着陌生的情绪，一股脑地涌了上来。

那是沈鸢离开军营之后的事情。他们原本在军营相互扶持了一段时间，可后头却大吵了一架。因为沈鸢的身体，他不愿沈鸢一直涉险，叫沈鸢回京。恰好那时有一个调回京城的机会，沈鸢虽不愿意，却还是回去了，之后两人往来偶有信件，卫瓒却记不清内容了，只知道沈鸢仿佛是在跟他赌气。

那时卫瓒暗自在军中提拔和考校着能用的人，想方设法挤上更高的位置。而沈鸢远在京中，每每书信总含怨怼，暗自却帮了他许多。

调配粮食也好，补给运输也罢，甚至李文婴也是他们两个合谋除去的。不久他便听说，他的大伯父卫锦程在京中得罪了天子宠臣，流放至他附近。

卫瓒怔了怔，追问传讯官："是哪位宠臣？"

传讯官左右看看，意味深长道："自然是沈折春，沈大人。"

传讯官素来敬重卫家人，见并无旁人在场，便提醒他："京城人人皆道，沈折春此人气量狭窄、忘恩负义，蒙了靖安侯府大恩，却视卫将军如眼中钉，连带着卫锦程也不放过……将军还是不要得罪他为好。"话语间不无轻蔑,只笑说,"也不知是哪儿让圣上看中了,就这一步登天,为了他,连李文婴都斩了。那还是有从龙之功的,朝中如今谁都不敢触他霉头。

"卫将军还是小心些好。"

沈鸢若真是忘恩负义,还救他做什么。不过是自污名声,省得旁人将他们两个看作一伙。他们越是对立,彼此便越是安全。

卫瓒写信去问,只得了"无事"两个字。可不知为什么,他的心里总觉得酸涩和忧惧。

在这期间,他终于拿到了原本在李文婴那儿的兵符,做了名正言顺的大将军。

头一次回京述职的时候,沈鸢亲自来接的他。

彼时沈鸢是天子近臣,车驾奢华,沈鸢被安置在车中,层层叠叠的锦缎将他与外界隔绝,一个随从挑起帘,沈鸢便淡淡地瞧卫瓒,隔了十余步便停了。

卫瓒不下马,沈鸢也不曾下车。

沈鸢悠悠喊了一声:"卫将军。"

卫瓒说:"沈大人。"

隔着好长一段路,他想,沈鸢气色好了许多。

这小病秧子好胜又娇弱,给他尊重不够,还得填他的野心,给他足够施展的土壤,才能渐渐养出活气儿。

边疆混乱,卫瓒刚刚掌权,连自己握紧军队都难,更是护不住沈鸢。他如今养不活这小病秧子,留在京里也许对沈鸢是好的。

沈鸢的车驾在前,卫瓒的马在后。这般一步一步走过长街,再经过国子学,附近街上的糖水铺子少了许多,也不复从前热闹。

卫瓒有一闪而过的念头,想起曾见沈鸢年少时,面儿上总是稳重,却总在糖水铺子门前眼巴巴地瞧,再被他的侍女凶巴巴地拽走,怕他吃坏了肚子。只是连这样的回忆也不是很多,他们在国子学的交集少之又少,总是互相敌视更多。想着想着,卫瓒便叫人去买了一碗,想着等走时给他。

那日宫中设宴款待,卫瓒瞧见沈鸢一路如分花拂柳,坐在离上首最近的位置,眸低低垂着。

安王说了句什么,沈鸢怔了一怔,却抿着唇笑了,道:"谢圣上关怀。"

那是一场私宴,他中途去净手,回来时经过屏风,听见安王的声音和蔼如长辈："朕听你平日所说，还以为卫将军是三头六臂的人物，如今深谈，却不觉得你逊于他，何必自轻？"

沈鸢笑道："是臣素日心窄。"

安王笑了一声，道："人皆有贪婪善妒之心，这世间独你如此，却不惹人生厌。"

"沈卿，朕早与你说过，见了你，便觉着与朕年少时何其相似。"

沈鸢说："臣怎能与圣上相较。"

安王却笑了笑，说："怎的不能？"

说话间，似乎瞧见沈鸢桌上的杏仁茶已被吃光了，安王便问："沈卿嗜甜？"

他听见沈鸢有些不好意思地说："也没有很喜欢。"

安王与宫人道："再拿一碗杏仁茶来。"

卫瓒脚步顿了顿，见身侧宫人已眼神催促，他便垂眸继续走了。

那日宫宴结束，是沈鸢送他出门去的，他本该对沈鸢说——若是你已不愿复仇了，便算了。

沈鸢救了他一条命，还了侯府李文婴一条命，卫锦程一条命。纵是侯府有天大的恩情，也已经还够了。沈鸢为靖安侯府填进去的已太多了。后头的路，他自己走就是了。

可开了口，他又不敢说，怕这样一说，沈鸢与他之间的联系，便彻底断了。

只是问："你过得好吗？"

沈鸢顿了顿，眉宇间几分骄色，说："好得很。"

他便信了，没见着沈鸢目光下淡淡的隐忧。

走了好长一段路出去，他见沈鸢说："就送到这儿吧，我后头还有事。"

——他们之间往来，也不宜太频繁。

他说了声："好。"

等走出好长一段路，却听见沈鸢远远喊了他一声："卫瓒。"

他扭过头去，却恰好有宫人路过。

沈鸢沉默了片刻，笑了笑："无事。"

可后来回了边疆，再想那一声，却总叫他心悸。他总是无端端想，沈鸢独自在京城，身侧已无人了。

那时他没想到的是，安王对沈鸢的厌倦来得如此之快。安王迅速地抛弃了沈鸢，甚至从欣赏转变为了一种厌恶。

起初卫瓒以为是安王发现了沈鸢与他的联系，几次三番派人去查，却发觉并非如此。安王并不是怀疑沈鸢复仇，也不是怀疑沈鸢另有居心，而是似乎单纯地憎恶沈鸢。

无人知道，沈折春为何一夜被厌弃。卫瓒无诏令不能返京，便只能通过书信和探子去搜集沈鸢的消息，却是一日比一日心惊。

沈鸢受了三次贬黜，几度申饬，言辞之重堪称侮辱，安王却偏偏就是不肯将沈鸢调出京城。

一夜之间，沈鸢仿佛做什么都是错的，做什么都会被挑出刺儿来，比透明人还要糟糕。

沈鸢昔日越是风光，如今便越是可笑。

卫瓒捏着信纸问探子："无人替他说话？"

探子低头道："沈大人根基太浅，当初又是破格拔擢……在朝中还来不及扎根。况且，那些能做出实绩的位置，沈大人一个也没坐过。每有提案，也都令他人接手……如今只有军事上的后勤，是沈大人求了许久，才能亲手督办的。"

可这事儿上的功劳，眼下只有他们这些在外行军打仗的人看得见，只有穿盔甲、吃粮草的人看得见。而朝中多少人，连带着之前的李文婴，从来都是从军备上头捞油水的，如今哪有人会为沈鸢出头。

卫瓒闭上眼睛，半晌说不出话来。

沈鸢的处境实在太差了，他是嘉佑帝最后一科的状元，在当年就被侯府牵连，以至于同年榜之间毫无来往，自然就在朝中没有派系。

至于亲友……

沈鸢无父无母，沈家不落井下石便是好的了。与卫瓒对立的那一刻，沈鸢又把对靖安侯府尚有余情的人推到了对立面。

如今安王怎样捧起他，怎样摔下他，都毫无顾忌。

这是故意的。

从一开始，安王就知道，怎么能将沈鸢拿捏在手中，摆弄得团团转，再摔得粉身碎骨。

卫瓒沉默了片刻，便要起身去写折子，道："我去将他要来。"

探子却说："沈大人叮嘱过……让您不可去调他。而且，也调不来。"

那小病秧子的原话是——"我想了好些法子，都不能成，可见他是不打算放我了。

"你让卫瓒不要白费心思，没得将他也牵连进来，他计划了这好些年，若是在我这事儿上漏了迹，便太冤了。是我自己蠢得透顶，真以为自己有什么能耐。"

卫瓒听完这话便知道不好了，连写了几封信去，沈鸢都没有回。

再后来听说，沈鸢当众受了廷杖。只因有人弹劾他媚上欺下，他并不肯认，当众与人对质。

安王便道："若真如此，为何无人为你说话。"

又几分和蔼道，"何况沈卿，真不曾媚上？"

这话一出，众人皆哗然。

沈鸢还能如何辩驳，凭他将"不曾"两个字，在廷杖下嚼烂了，也没人肯信。

九五之尊，何必诬他？

沈鸢颜色本就出众，加上先头安王的种种行径，各种传闻便是满天飞。人皆传，沈鸢弄巧成拙遭了厌恶，安王腻了才扔了的。

与这些传闻一同传来的，是沈鸢唯一的一封回信。

卫瓒展开时，手都是抖的。

信却是一字也无，只是一张白纸。

清清白白，无人可说。

卫瓒收到信的那夜，便立时启程，冒着天大的风险悄悄回了京城。领兵之将擅自归京，形同谋反。可他那时也顾不得什么了，他慌了，也怕了，他总觉着沈鸢可能要消失了。

他去了沈鸢家中。所谓的天子近臣，连宅邸都不曾换，仍是那朴素僻远的小院，他曾住过的旧宅。

可沈鸢不肯见他。

他在沈鸢院中枯坐了一整夜，却是照霜出来，对他轻声说。

"小侯爷走吧。公子说，不见你，便还能忍，若见了，他便忍不住了。"

他哑着声音说："让我见他一面吧。"

照霜第一次责怪似的看了他一眼。

许久才说："见了又怎样呢？公子如今唯一庆幸的，便是廷杖那日，你不在京中，没见着他……"

当众受辱。

这话照霜不敢说,他也不敢想,沈鸢当时有多痛苦。

照霜低声说:"小侯爷,算是我求你了,走吧。公子如今与几年前不同,已受不住什么了。"

他恍恍惚惚瞧见院里,曾种着芭蕉的地方,如今空空如也。他想起自己曾在这儿将沈鸢那一株芭蕉连根拔起,对沈鸢说:这芭蕉如你,见之生厌。

他便忽地明白。

——他之于沈鸢,从来都不是安慰。

一切都太晚了,在最一开始就错了。

……

卫瓒从那一日开始,便生出一些急迫来,急着与朝中的大臣联络;急着从边疆往京城渗透;急着想要维护沈鸢一二。

再快一点也好。哪怕只快一点,他就能把沈鸢,从京城里救出来。

他那时意识到,自己的确是幸运的,有旧日卫家在京城的声望在,过了皇位更迭最紧张的那段时间后,依然有许多人愿意向他伸出援手,愿意帮助他一二,哪怕他们自身的处境也算不得很好。

他也有些明白,沈鸢为何会这样恨自己了。

……可卫瓒还是慢了一步。

哪怕卫瓒愿意把自己所有的幸运都给沈鸢,也没办法将沈鸢救回来。

那年冬日,因安王忌惮,卫瓒被调离辛、祁两国的边境,改镇守北方,以御匈奴人秋冬劫掠。辛国趁机发兵,再一次攻来。安王与朝中近臣商议了一夜,决意放弃康宁城,退守至辰关一带。

他听到这消息时,便知道一定会出事——沈鸢不可能放弃康宁城。

沈玉堇夫妇当年死守三月,才保下的康宁城。沈鸢为了这座城失去了父母,变了性情,一步一步走到了现在,一无所有。

更何况,安王如今根本不顾百姓的死活。

沈鸢在宫外跪了整整三天。

人来人往,安王不令人拦他,也没有人拦他。沈鸢在朝中的名声已糟透了,哪怕同样不欲舍弃康宁城的人也不屑提起他。真提起了,也只觉得他是当年沈家夫妇的耻辱,反倒更觉得可恨。

若不是他在朝中提起沈家夫妇,众人也许还能保住康宁城,如今他再提起沈家夫妇,众人想到他在外头跪着,只觉得可笑荒唐。

朝中一日一日地争执,最终还是将康宁城弃了。

朝臣有喜有怒,一个个踏过沈鸢身侧,有经过他的,想起沈家夫妇,又想起他,越发恨得狠了,遂踢了他一脚。

沈鸢要许久才能爬起来。

隔了一会儿,他又直立跪在那儿。

直至三日过后,一双玉底的靴子停在他面前。

沈鸢抬起头时仓皇万分。

安王自上而下,静静地看他,半晌,笑了一声,这时眼底才出现了一抹彻骨的恶意。

"沈卿想救康宁城?"

沈鸢的额头贴在粗糙的青石砖,喃喃说:"求您。"

他闭上眼睛时,已没有眼泪了,只喃喃说:"康宁城能守,真的能守。"

他曾读了千百册兵书,最想改变的就是康宁城那一夜,想挽回他的父母。如今什么都回不来了,也只有那一座城,那城里的人,是用他父母换回来的。

是那一天,他目送着的小船,驶向的地方。

他说:"臣可以立生死状,只要五千兵马,带上粮草,康宁城能守……"

安王温声说:"沈卿无寸功在身,只一张嘴,便要五千将士送命吗?昔日沈卿做军中幕僚,害死了多少人,怎的不长记性呢?纵朕愿意应你,这朝中的大臣,哪有一个敢信你呢?"

沈鸢像是一个死人一样,伏在那处,又重重地磕了几次头。

言语已到了尽头。

他只能恳求:"请圣上开恩。"

安王终是笑了一声,矮下身来,轻轻摸了摸他的头发,像抚摸一只宠物。

沈鸢连闪躲一下都不曾。

安王在他耳侧轻声说:"既如此想去,沈卿便自己去吧。"

卫瓒的预感没有错,哪怕安王没有给沈鸢一兵一卒,沈鸢还是只身去了康宁城。

当时离康宁城最近的将领,是同样因为嘉佑帝风波,被贬谪至辰关一带的晋桉。

而这是卫瓒那刻最庆幸的事情。

晋桉给了沈鸢能力范畴内最大的帮助，粮食、援兵、药材，皆是冒着违逆上意的风险私下调用的。那时的康宁城百姓，还有曾经承过沈鸢一话之恩的晋桉，也许是这世上最后一些愿意相信沈鸢的人。

沈鸢创造了第二个奇迹。

死守康宁城的第二个月，恰逢辛国内乱，辛人攻势渐缓，沈鸢和康宁城得以苟延残喘，撑到了开春。

辛人暂且退兵。

春季草原牛羊交配，部落无暇作战，卫瓒深入草原突袭，撵得对方四处溃逃，大胜而归。还来得及回京，他就联系朝中旧友运作，令他得以急匆匆重回辛祁边境。

他起初以为安王会不令他去，后来想，兴许安王是盼着他去。

或许是之前将他调走，安王见了后果，的确怕辛国卷土重来，即便退让了康宁城，辰关也会吃紧。又或许这里头，安王也存着对沈鸢的恶意。沈鸢如今稍有寸功，最不愿见的人就是凯旋的他。

可他不得不去见沈鸢，他已许久没见过他了。

他从前只是想不起沈鸢的笑容，如今却连沈鸢恼怒敌视的模样，都有些记不清了。

他进城时先见的晋桉，晋桉告诉他，沈鸢就在沈家夫妇的旧宅。

旧日爱拽文簪花的少年，那时也有几分狼狈，看了他许久，欲言又止，到底是没说什么。

他匆匆一路进城，已想好了许多好话。他这辈子都没想过如何说好话，这一路，他却想了许多，如何去肯定沈鸢，如何与沈鸢说你做得很好。

他想过沈鸢见了他会愤怒、会自惭自恼，甚至会避而不见。什么样都好，怎样恨他、憎他都好。

可当他见到沈鸢的一瞬间，他就知道不对了。

沈鸢静静坐在那旧宅之中，像是纸上绘着的人一样，苍白而单薄，抬眸静静瞧着他，浑身上下，连唇都没有一丝血色，眼中也没有一丝情绪。

他立在门口，一股凉意从脚底窜上了他的后脊背。他环顾四周，终于意识到了什么，许久才哑声问："……照霜呢？"

沈鸢说："像我父母一样。"

殉城了。

卫瓒终于想起，晋桉见他时，那欲言又止的神色里到底包含了什么话。

沈鸢抵达时，原本镇守康宁城的武将已战死，晋桉可以暗中襄助他，却不可能光明正大地为他驱策。沈鸢手中一颗棋也没有，与父母不同，他连自己都上不得马，他坐镇两个月，唯一能用的将领，是陪伴他多年的照霜。

沈鸢一日一日教剑的照霜，一夜一夜护他安宁的照霜。

沈鸢许多年不能学武，他将所有学剑骑射的愿望，都寄托在了照霜身上。在最艰难的一段时间，唯一能够安慰他的，是比他更有韧性、更坚强的照霜。

辛国来势汹汹，沈鸢的棋走得一步比一步险，终究是将照霜陷了进去。

沈鸢说："我明知这样下去，她会死。

"可我已没有法子了，"沈鸢说，"她每一次都骗我，说不会的，说她生来就是要做女将军的。

"她说她若封了女侯，便能护得住我了。

"……可她回不来了。"

沈鸢许久没说话。

这旧宅里布满了灰尘，从前沈鸢无论走到哪儿，两个小姑娘都把房间收拾得干干净净。如今那叫知雪的小姑娘不知在哪儿，想来已没心思再打扫了。他也不知沈鸢在这里枯坐了多久，眼下是淤积了许久的黑，仿佛最后一点儿活气，都被散尽了。

卫瓒坐了许久，才小心翼翼开口劝："你先睡一觉吧。"

沈鸢没说好，也没说不好。

卫瓒小心翼翼地上前两步，将沈鸢抱起来，想要将他放在床上。

——当真轻得吓人，一个成年男人是不会有这样的体重，卫瓒仿佛没抱着肉，只抱着了一捧白骨。

这念头让卫瓒越发慌张了，他不能仔细去想。

沈鸢却在一刹那，抓住了卫瓒的手。

沈鸢这时已经连抓紧他的力气都没有了，他却还能感受到剧烈的颤抖。

他听见沈鸢一字一字喊他："卫瓒。

"若我如你，能有万夫不当之勇。

"若我如你，是不世之名将。

"若我如你，是不是便不会死这么多人了？

"是不是我就能留住照霜了？"

卫瓒不敢说话，也不敢回答。他既不能说，哪怕是他，也守不住这一切；也不能说，若是他，便有了办法。

他不知沈鸢将他看作了什么，是自我谴责的一把利刃，还是存在于妄想之中的希望。

他只知道，他来迟了。

那一刹那，像是沈鸢最后迸发出来的一瞬火光，沈鸢静而深地看了他一眼，最终闭上了眼睛。

他不知沈鸢睡了没有。

他在沈鸢的床边，静静守了一夜，守到了东方既白。

那一夜他被沈鸢的如果所蛊惑，陷入了许许多多的假设之中。

他曾以为，只有软弱的人才会寄希望于假设，可那一天，他反复地想。

如若他在沈鸢叫他那一声时便察觉了，沈鸢的忧惧和求助。

如若他将沈鸢留在身边，不曾让他回到京城。甚至，如若他不曾拔起那一株芭蕉，年少时不曾与沈鸢敌对。哪怕只是让沈鸢多得几分肯定。

是不是沈鸢就不会走到这一步。

——沈鸢曾是那么坚韧的一个人。

但没有如果了。沈鸢那双眼睛，却再也没有亮起来过。

从那天之后，沈鸢再也没跟他比过，再也没妒忌过他。

沈鸢活着。

可他也有一种预感，沈鸢已活不了多久。

昌宜茶楼。

沈鸢在闲谈时，总忍不住去瞧安王的一双手——安王的指节上叠了厚厚的伤疤，仿佛是受了拶刑才留下的疤痕。

见他看自己的手，安王便也伸出手来瞧了瞧，道："昔年在辛时落下的，可是太丑陋了？"

沈鸢似乎想起了什么。

安王昔年那篇自罪书写得很是漂亮，一手龙飞凤舞的好字，形神俱备，只是据说回来以后，便再没见过了。

沈鸢怔了一怔，几分惭意摇头道："并非如此，是沈鸢失礼了。"

安王笑了笑，他这般笑起来的时候，总带着几分长辈的和蔼斯文，叫沈鸢有时会想起嘉佑帝在面对卫璎时的纵容，却又很快在一晃神之间，想起卫璎同他说的话来：靖安侯府是因安王而覆没的。安王为继位，引来了辛人入关，天下不知多了多少无辜亡魂。

他再瞧安王，总觉着有种说不出来的扭曲别扭，仿佛在那和蔼之下藏着什么，他却又说不出来。

他向来是大胆试探的人，这一刻却总觉得有些危险，便下意识起身道："殿下在此好坐，沈鸢告退了。"

手却忽地被按住了。

他刚刚瞧见的，那一只带着伤疤、扭曲变形的手，按在了他的手上。分明只是按住了他的手，沈鸢却想起被毒蛇注视时的感觉，毛骨悚然。

他年少时落下了怕蛇的毛病，一做噩梦，总会想起蛇的眼睛。那眼睛漆黑、空洞，一瞬不瞬地注视着他虚弱的样子。斑斓的身体在夜里一寸寸涌动，如闪电一般，咬住他的皮肉。冰冷的蛇身也跟着缠绕上了他的身体，等待着他窒息的那一刻。在梦中他总是不能叫喊，也无处求助。毒液从毒牙一滴一滴注入他的身体。他一寸一寸麻痹冰冷，在寂静中恐惧着，越发接近死亡与灰白。

这联想是突如其来的，回过神时，他见到安王笑着问他："你怕我？"

这感觉很浅淡，沈鸢说不出怕，垂着眸摇了摇头，却罕见的，没有试探和解释，只有喉结动了动。

安王却道："那你怎的这样急着走。莫非我已到了叫少年人烦闷的年纪了吗？"

话已说到了这份儿上，沈鸢也只得表面笑了笑，道："只是没想到殿下愿意与沈鸢闲谈。"

安王笑说："我不过是好奇罢了。

"早听闻靖安侯府出了一双好人才，卫家的小侯爷我已见着过，如今见了你，却觉着毫不逊色。"

安王的手还覆在他的手背上，冰冷的皮肤，疤痕的触感，像是干燥冰冷的蛇身。

是怀疑他和卫璎了吗？

沈鸢的睫毛又颤了颤，压下了许多的心思，强迫自己重新坐回位置。

却忽地听见了匆匆的脚步声。

下一刻，他还没落座，便整个人都被猛地拉了一把。那怪异的视线忽地被有力的脊背遮挡住了，手背上的冰冷也消弭无踪。

取而代之的是卫瓒捉紧了他手腕，眉心紧紧皱着，用极其冷冽的目光注视着安王的模样。

沈鸢登时心头一松，继而又皱起了眉，他轻轻拽了拽卫瓒的衣角，压低了声音喊了一声："卫瓒。"

卫瓒此时不应该暴露的。

卫瓒却仿佛没察觉到似的，连个礼也不曾行，随手将一枚令牌掷在安王面前，狭长冰冷的眸子下藏着烧不尽的怒火，冷冷道："前些日子捉住谋逆案的夜统领，经核对，是安王旧仆。

"亦有人目击他曾出入安王殿下别院。奉圣上之令，请殿下入府衙协查。

"请。"

安王先是顿了一顿，抬眼却是看向了沈鸢，思忖了片刻，拿起茶盏笑说："今日怕是有些误会需要处理，沈公子若有意，不妨来日再叙……"

只听得啪一声脆响，安王手中的茶盏四分五裂。

卫瓒刺去的枪尖，距离安王的掌心只有一寸不到的距离，仿佛再稍稍一用力，便会将这碰过沈鸢的手掌刺一个对穿。他似乎也的确有这个打算，眸中血色翻涌了许久，好半晌，才克制住了，冷声说："事涉谋逆之案，怕这茶中有毒，殿下还请当心。"

那下头说书人还在道："只见那小侯爷将枪一提，便将喉头刺了拇指大小的血窟窿——"

忽地听见一阵马蹄兵戈之声，似乎是金雀卫办案子来了，下头响起了一片惊慌吵嚷的声音，金雀卫喝令封锁茶楼，说书人紧张地赔着笑脸辩解着什么。

安王听闻这般声响，便微微阴沉了眸子，瞧了卫瓒一眼，什么也没说，带着人，转身下了楼。

梁侍卫冷声道"得罪"。转眼间，二楼便只剩下了沈鸢和卫瓒两个人。

沈鸢这才回过神儿来，瞧着卫瓒的背影看了看，牵着卫瓒的衣摆，拉到屏风后头，抿着唇，微皱着眉道："你怎突然就对安王发难，这会儿还没查出确切的东西来，不是打草惊蛇吗……"

话音未落，便让卫瓒紧紧抓住了肩膀，将面孔抵在了他的后背，卫瓒喊了一声："沈鸢。"

235

沈鸢挣了好几下也挣不开，又瞧不见小侯爷的表情，不晓得卫瓒是发什么神经了。

只晓得，他如今跟知雪只有一扇屏风挡着，知雪正探头探脑怕他们俩打起来，登时面皮发窘，牙缝儿里挤出话来说："卫瓒，你放开我。"

卫瓒却一动不动。

沈鸢挣扎着推了好几下，又踩了卫瓒的靴子好几脚，却连一只手都挣不出来，白白费了好些力气，动作也渐渐弱了。他觉得卫瓒的胸膛起伏着，一呼一吸的声音，都仿佛透着沙哑痛苦一般。

沈鸢愣神了片刻，说："卫瓒，你……怎么了？"

卫瓒半晌才说："没事。"

这是没事的样子吗？沈鸢下意识想起几句带刺儿的调笑来，却又说不出口。他望着屏风后头知雪的身影，不自觉抿了抿唇，让她先下去瞧瞧。他得问问天不怕地不怕的卫小侯爷，怎的一见他跟安王谈话，就成了这样。

沈鸢低着眼皮一点一点想着，又见卫瓒从怀里摸出一张帕子来，低着头，一下一下擦着安王碰过他的那只手，低着眼皮擦得仔细又认真，像是上面沾了毒似的。

绢布蹭过细嫩的手背手心有些绒绒酥酥地痒。沈鸢有些想笑。

卫瓒这样奇怪的举动进行了好一会儿，才停了下来，低着头喊他："折春。"

沈鸢"嗯？"了一声。

卫瓒："你离他远一点。"

沈鸢："谁？安王？"

卫瓒："是。"

沈鸢说了一声："好。"

卫瓒没有松开他，也没从他的面前离开，呼吸间微热的鼻息扑在他的鼻尖。

沈鸢瞧见了这人通红的眼圈。狭长傲慢的眼睛，这时候却有些像是受了委屈的兽，直勾勾地盯着他，连眼睛都不情愿眨一下似的。仿佛一眨眼睛，他就会消失了。

隔了许久，沈鸢听见卫瓒低声说："对不起。"

这声音极轻，轻的像是蝴蝶振翅，抖落了细细的磷粉，簌簌落在了他的心间。

沈鸢说:"什么对不起?"

素日骄傲的小侯爷,此时却像是被雨淋湿了一样,喃喃说:"我什么都晚了一步。"

很奇妙的,沈鸢在那一瞬间,仿佛就明白了什么。卫瓒为什么宁可说最拙劣的谎,也要含糊其词,不肯告诉他自己的将来。他其实早有猜测,只是想通了,便懒得提了。

——他应当是死了。

瞧着卫瓒的反应,兴许还跟安王有着莫大的关联,甚至死得有些凄惨。卫瓒呢,兴许想帮他,但就梦里的种种动荡来看,只怕也没能做到。

他接受这样的一个未来,并没有想象中的艰难,只是难免有些不甘。

卫瓒报仇雪恨、封侯拜相,他沈鸢却零落成泥,兴许还让卫瓒瞧着了他落魄时的惨态。

沈鸢喉咙动了动,好半晌才嘀咕说:"罢了。"

都是还未发生的事情,难不成还为了这点事不过了吗。

沈鸢起身要走,却被卫瓒攥住,听见他艰难地、喃喃地又说了一声:"对不起。"

沈鸢沉默了一会儿,有些别扭说:"你……没什么对不起我。"

沈鸢想见卫瓒低头,却从没想过这样见卫瓒低头。

沈鸢说:"我大你两岁,住在侯府,白受过你一声沈哥哥。

"我没有过兄弟,也没什么亲人——沈家那些人待我算不得亲厚。只是这一句你既然喊了,往后不管遇见什么……都轮不到你来护着我。"

说这话时,日头西斜。

那映丽秀美的少年倚着茶楼的栏杆,身体被裹在层层叠叠的秋衫下,透着几分柔软和韧劲儿。他说着话,却仿佛又怕人笑话似的,将眼神给避开了。

沈鸢说:"卫瓒,我护着你、帮衬着你,才是天经地义。"

卫瓒这时才想清楚,沈鸢为什么回京城,明明发现了安王心存的恶意,却还是一句话都没对他说,就这样死扛了下来,又为什么会义无反顾帮着他,没有一星半点儿的怨言。

侯夫人带沈鸢进门时,他喊了一声哥哥。

沈哥哥。

这一声沈鸢竟是当真了的。十几岁的沈折春,二十几岁的沈折春,三十几岁的沈折春，甚至直到最后，都是当真了的。

所以就什么都能忍，什么都能扛，什么都不愿连累他，无论哪一刻，都从没放弃过复仇这件事，哪怕没有康宁城事变，沈鸢只怕也会死在京城。

沈鸢是何其精明通透的一个人。

怎的就……当真了呢。

卫瓒闭上眼睛时。

听见沈鸢几分无措柔软的声音，说："卫、卫惊寒，你……你别哭。"

沈鸢实在没想到，卫瓒急匆匆上楼抖落了一通威风，吓走了安王，又掉了眼泪以后，就跟丢了魂儿一样，路上一言不发，也不知在想什么，仿佛脑子里装了好多事。沈鸢跟他说一句话，他就应一声，多一句都不说。

梦里的事问不出来也就罢了，卫瓒还得去金雀卫府衙办事。谁料到他只去了两个时辰不到，人就回来了，凶神恶煞地立在松风院的门口，低着眼皮说："安王那边儿我已嘱咐过了，都有梁侍卫在。"

"……我想多在你这儿看一会儿。"

沈鸢让这人噎得一顿，他没想到，这个"看"竟然是字面的意思，卫瓒真就一直光明正大盯着他看。他喂狗，卫瓒瞧着；他吃药，卫瓒瞧着；他让卫瓒瞧得没法子了，干脆躲书房里头读书去了。

知雪进来倒茶，神色复杂地说："……小侯爷在窗外呢。"

沈鸢一推窗，果然瞧见卫瓒在那瞧着他，抱着那一杆银枪，隔着窗纱瞧着他影子。

见他开窗，不知怎的，卫瓒还透出一股子可怜劲儿来，比大毛二毛看起来更像一只狗。

沈鸢来不及想什么安王不安王、未来不未来的，只头疼道："让他进来吧。"

这话一说，却见知雪神色复杂又欲言又止的样子。

沈鸢这才想起来，茶楼上头，卫瓒那失魂落魄的样儿，一准儿让这小丫头瞧见了，顿时轻轻咳嗽了一声，说："小侯爷他……今儿有些不舒服，脑子不大正常，你不用放在心上。"

知雪眼珠子转来转去，支支吾吾应了一声，也没问要不要她把脉。

沈鸢一见她这样，心里便知道没瞒过去：知雪这小丫头鬼精灵着呢，多半又要胡思乱想。

果然，卫瓒进门不久，沈鸢扒着窗缝去看知雪。

这小丫头偷偷拉着照霜的袖子，两个小姑娘正在树底下嘀嘀咕咕不知说什么，还时不时往书房这儿指一指。也不知怎么说的，知雪还自己抓自己肩，做了个失魂落魄的鬼脸，胳膊腿儿扭了扭，看着口型是喊了一声——沈鸢。

这下连照霜都露出惊讶的神色来了。

——这死丫头跟谁学的。

哪就这么恶心了。

沈鸢登时面孔就窘成了一团，慌慌张张把窗给关上，扭过头去，小声骂卫瓒："都怪你。没事发什么癫。"

一对上卫瓒专注看他的眸子，沈鸢也不好说话了。

沈鸢坐在椅子上，气恼地瞧了卫瓒好一会儿，挑着眉说："你这梦怎么做的，从前也不是不知道，怎么忽然就傻了呢。"

又忍不住嘀咕，"茶楼上不是挺威风的吗？"

卫瓒道："先头……并不记得这段。"

他只记得沈鸢是受了委屈，可这一切都像是被塞在一个小匣子里似的。他将这匣子一开，被这一段记忆折磨得浑身发冷。他如今瞧着沈鸢不在视线里头，都觉得心慌意乱。

沈鸢有意揶揄了一声："毕竟也算不上什么要事，是吧。"

卫瓒张了张嘴，声音几分哑，开口："我……"

"我说笑的。"沈鸢说。

见他面色差劲，沈鸢有些别扭地咳嗽了一声，低下头去，继续读书："你想做什么就做什么，等好点了再跟我说就是了。"

卫瓒说："好。"

隔了一会儿，沈鸢却又不知怎的，总觉得不大自在，抬头看了看他，问："喝茶吗？"

卫瓒摇了摇头。

沈鸢越发觉得不自在了，他很少跟卫瓒两个人在书房里一声不吭地待着。

卫瓒这人在他面前是静不下来的，总爱招惹他，一会儿要说些怪话，一会儿又要捱过来，吸引他的注意力。就是什么都不做，也要懒洋洋地赖在他的榻上，找本笑话慢悠悠给他读。

他不想听，却偏偏又忍不住去听，听了笑了，又懊恼这人浪费自己时间，打又打不过，赶又赶不走，到了最后，往往书读不了几页，倒生了一肚子气。

——所以近来，他都有些不乐意让卫瓒进书房了。

眼下这样，却有些不大一样。纱窗外隐隐透出几声鸟鸣来，沈鸢读着读着，就把那视线目光忘了。他撑着下巴，一页一页书翻过去，忽地有一只手伸了过来。卫瓒挑起一缕发，掖在他的耳后。

沈鸢一怔，对上一双专注又幽邃的眸子，那眸中神色复杂多端，睫毛颤了颤，又被藏到了眼底。

卫瓒不知什么时候已站在他对面了，见他抬头，又乖乖巧巧回到原处，若有所思似的，继续盯着他看。

沈鸢轻轻叹了口气，撑着下巴的手也轻轻动了动，平白生出一股子恼意来。

——没事装什么可怜。

叫他连嫌他都不好意思嫌。

卫瓒就这样在松风院赖到了傍晚，正逢着沈鸢该针灸的时候。

知雪这厢抱着针匣进来，眼神飘忽不定地看了一眼卫瓒，轻轻咳嗽了一声："公子，该施针了。"

沈鸢"嗯"了一声。

知雪眼珠子转了转，打量着屋里的两个人，小心翼翼地说："小侯爷……不回枕戈院儿吗？"

卫瓒坐在那儿一动不动，跟长在松风院的一件摆设似的。他的眼皮颤了颤，却是用漆黑的眼珠去瞧沈鸢。

沈鸢搁下书，看了一眼窗外。夜已是渐渐深了，初秋的风卷过枝叶，飒飒地响。

沈鸢再看看卫瓒的那双眼睛——他现在要是把卫瓒给赶出去，卫瓒可能又要在窗外站着看他，这般一想，却是鬼使神差地心头一软，道："罢了，他爱在那儿就在那儿吧。"

卫瓒仿佛松了口气似的。

知雪的眼睛又转了好几圈，"唔""嗯"了好几声，匆匆忙忙说："那我去准备。"

沈鸢每次针灸也是费事，十日一次，每次都要兴师动众，夏日还好一些，天

240

一旦稍有转凉，便要搬进好些个炭盆来。隔间烧了热水，沐浴过了出来，整个房间都让炭火熏烤得温暖如春。这才算是能开始了。

沈鸢洗过后，上头便只披了一件松软透气的蜜合色寝衣，一出来，便见床榻跟卫瓒之间，多了个屏风挡着，显见是知雪的主意。

沈鸢只走到床边去，褪去衣衫伏下身体，额角也熏出了些细密的汗来，半晌对卫瓒说了一声："你要是热了，就出去透透气。"

卫瓒说："不热。"

待知雪进来后，这屋子里头的热意才稍稍散了一些。

沈鸢的脸埋在臂弯，指尖轻轻捏着柔软的枕角，只见脊背曲线驯顺起伏，一路隐没至柔软的彩缎之间，由着少女任意施为。

知雪拈针的手指纤细，针却更细，毫毛似的一针一针，刺进柔软的皮肉里去，微微捻动，不像是刺进活人里头，倒像是戳进了柔软的针垫。毕竟沈鸢连抽气声都不大出，仿佛已是习惯了。

卫瓒知道应当是不会太痛的，可眼见着，眉梢仍是忍不住跟着跳。沈鸢实在太柔软，连细针落在沈鸢身上，都像是另一种微妙的刑罚。没人知道，为什么沈鸢要吃这样多的苦头。

针落在肩头附近时，沈鸢的脊背在轻微地颤抖。直到那些针被一一取下，屋子里的人皆是松了一口气。

知雪每次行针都是小心翼翼的，好容易结束了，便匆忙去取药了。

沈鸢也是酸胀困乏，事后额角密密的汗都懒得擦，懒懒喊了一声："水。"

卫瓒便绕过屏风，将瓷杯贴在他的唇边。

沈鸢手都懒得抬，就着卫瓒的手喝了两口，杯里是尚且微热的蜜水，甜得恰到好处、不甚腻人。

沈鸢怔了一怔，道："哪儿来的？"

卫瓒说："刚刚让人去厨房煮的，你能喝吗？"

沈鸢眉宇间不自觉透出几分柔软来，说："能。"

卫瓒又坐在床边儿，将沈鸢褪在一边儿的衣裳捡起来，小心翼翼替他披上了，仍是不会伺候人，哪儿都看着笨。

沈鸢兴许是让这一番针灸给扎得累了，又或许是难得见卫瓒这样沉默乖顺的模样，倒是几分倦懒地枕在了卫瓒的膝上，眉梢眼角罕见得没有针对，淡淡说："你非要瞧着针灸做什么，扎得跟刺猬似的，能叫你出气吗？"

卫瓒轻声问："疼吗？"

沈鸢嘀咕说："这有什么疼的。"

隔了一会儿，抱怨似的说："就是每隔一阵子就得来一回，实在腻味了。

"挨了针也不见好，不挨倒是容易见坏，一阵子不管不顾，就又是容易头疼脑热的，到时候反倒更麻烦。

"药也是，一碗一碗灌着，平日里这个不能吃，那个也要冲克，就这么吃不得喝不得的，没见哪天我就能上马了，但少吃个几天……就什么毛病都招来了。"

沈鸢禁不住皱了皱眉，很快又说："——你别跟知雪说，要知道我嫌累嫌烦，她该伤心了。"

小姑娘这一手针就是为他学的，他没在旁人面前抱怨过什么。

卫瓒"嗯"了一声，说："不说。"

隔了一会儿问他："还要喝一点吗？"

沈鸢"嗯"了一声。

卫瓒便又去倒了一杯。

这次沈鸢终于有了些力气，慢慢直起身来，自己用两只手捧着，喝干净了。

沈鸢说："不能再喝了，一会儿知雪端着药过来，怕就更苦了。"

卫瓒一怔，这才反应过来，为什么这会儿屋里头只有茶。

是怕沈鸢喝了甜水，越发喝不下药去。

沈鸢眉眼弯了弯，说："看也看够了，一会儿能自己回去睡了吗？"

卫瓒攥着茶杯，抿着唇不语。

沈鸢竟然觉得有些好笑，他实在很难见着卫瓒这般模样，小侯爷卫瓒什么时候不是意气风发，任性嚣张的。说一句要顶一句，谁也别想让卫瓒吃亏受罪，只有卫瓒故意气着他、顶着他、强迫他的份儿，哪有卫瓒乖乖听话的份儿。

这会儿卫瓒却像失魂落魄的大狗似的。更别说这大狗眼里头还只有他一个，眼巴巴地守着瞧着。

沈鸢忍不住伸出手，像安抚大毛二毛一样，轻轻哄着揉过头发，轻声说："回去睡吧，不然家里人见了，还以为我耍脾气、又拿你发作，像什么样。"

卫瓒垂眸说："知道了。"

沈鸢心便忍不住软了一下，看着卫瓒可怜巴巴、老老实实出去的样子，又不禁抿着嘴唇笑了笑。他实是有些倦了，在床上迷迷糊糊合了一会儿眼。等到知雪端着药碗和蜜饯盒子进来时,他的舌尖儿还残留着些许蜜水的余甜。沈鸢再瞧那黑漆漆的一碗药,果真像是比平日里苦了许多的模样。他什么也没说,端起碗,一口气喝干净了,再把酸甜的果脯塞进嘴里,腮帮子一鼓一鼓地嚼着。

知雪问:"小侯爷呢?"

他道:"回去睡了。"

知雪:"回去了啊?"

他问:"不然呢?你想留他?"

知雪说:"我留他做什么,我是见这人同平时不大一样,觉着怪……"

她瞧见左右还有侯府的侍女,又有照霜冲她使眼色,才噤了声。两个小姑娘交换了半天的眼神,才将洗漱的东西放下,差使着人将屏风撤了,又心思复杂地出去了。

沈鸢心想,年纪不大,琢磨那么多干什么。是她俩该琢磨的吗?他慢悠悠地把口中的杏脯嚼了嚼,咽下了,不知怎的,竟唇角弯了弯。待洗漱过了,众人散去了,他又忍不住轻轻掀了窗。

他总怕卫瓒钻了牛角尖,非要看着他不可。

所幸外头黑黢黢的一片,只有疏疏的几颗星子挂在天上,树底下、院外头都没有人,沈鸢这才稍稍放心了几分。可隔了一会儿,又莫名其妙听到极轻极细的声音,从屋顶上传来,旁人兴许只觉得是猫踏过了屋顶。

沈鸢却忍不住轻轻喊了一声:"……卫瓒。"

没有声音。

沈鸢又轻喊了一声:"卫瓒,你下来,不然我上去找你。"

没出五个数,便有个人影忽地从房顶落下,立在了窗外。

沈鸢哭笑不得,让了一步,让卫瓒从窗子进来,挑着眉说:"不是让你回去了吗?"

卫瓒垂眸竟有几分沮丧,说:"回去了,又回来了。"

沈鸢一怔,说:"怎的了?"

卫瓒说:"……睡不着。"

沈鸢这才想起,卫瓒开春时曾有过这毛病,似乎是得有他房里常用的熏香才睡得好。那时似乎也是卫瓒一切变化的开端,后来他们渐渐关系亲近了些,又接连杀了卫锦程和李文婴,事情逐渐可以掌控以后,卫瓒的情况已好转了,可如今又犯了旧病。

沈鸢坐在床边儿，想了半晌，竟笑了一声，说："卫瓒……你也有今日啊？"

心里生出一股子不知由来的愉悦来，他道："橱里有枕头被褥，你自己找了来，睡吧。"

卫瓒便去寻了，轻手轻脚翻了好半晌，将枕褥铺盖在地上，却又不睡，只盯着沈鸢瞧。

沈鸢越发有些睡不着了，从床上坐起来了，轻声喊了一声："卫瓒。"

卫瓒"嗯"了一声。

沈鸢说："你是不是有什么话想同我说？"

卫瓒张了张嘴，总觉着难以开口。往事刻骨铭心，沈鸢死前受了那许多磋磨，他一想起，就疼得发抖，连话语都变得笨拙，目光却透出一股子执拗来："折春，你答应我，不许靠近安王。

"不许单独见他，他的话一个字儿你也不准信，他往后若来寻你，你也只管让他冲着我来。"

沈鸢几分不情愿，淡淡道："小侯爷未免将我看得扁了。"

卫瓒能看出，安王对沈鸢有兴趣，就像前世一样，尽管不知那恶意从何而来，可那隐晦的、饶有兴致的目光，肆无忌惮地从沈鸢每一寸皮肤骨骼上流淌过去，仿佛要像刀子一样，一寸一寸将他肢解开，看着沈鸢成为垂死挣扎的碎块。

卫瓒没法儿放心。这次与先前都不一样，从前他瞒着沈鸢，是因为他知道一切都是冲着靖安侯府来的，而非冲着沈鸢。

如今不愿再隐瞒，却是怕沈鸢因为不知内情，再一次被安王算计了。

"沈鸢……他会害了你。"

卫瓒盯着沈鸢的眸子，一个字一个字把旧事告知沈鸢。

沈鸢越听越是心惊。

最叫他心惊的，并不是安王对他的恨，而是一环扣一环，几乎每一环，都是他必定会做出的选择。而这条路，正如卫瓒所说——注定通往死亡。

安王到底是有多么憎恶他，才会为他设计出这样一条严丝合缝的道路。

沈鸢怔怔地听着，睫毛颤了颤，身子不自觉地越来越紧绷，目光越来越紧张。

卫瓒仍是一个字一个字地往下说，将沈鸢死亡的过程复述了一遍，直到康宁城一战，他顿了顿，却还是说了——连同照霜的陨落。

他越是了解沈鸢，便越明白，自己在沈鸢面前藏不住什么。沈鸢越是聪明敏锐，受到创伤时便越疼。命运从未公平过，它最爱挑软柿子来回碾出汁水，而沈鸢就是那一颗最不服输的软柿子。

卫瓒已说到沈鸢面色发白了，终究是住了口，轻声说："别怕。"

沈鸢说："没有怕。"

又翻个身说，"还没发生的事情，有什么可怕的。"

一直是这样，怕了也不会说怕。

卫瓒低着头，不想告诉沈鸢，他杀了安王的那一夜，他做了一个怪梦。梦见他坐在树下，拼一只玩偶兔子。

那是母亲送给他的，一直放在床头的一只旧兔子，却不知被谁撕坏了。

破碎的耳朵，破碎的红眼睛，柔软的棉絮像白花花的雪。被撕开时只用了一瞬间，他却再也没法儿把它拼回去了。

卫瓒喃喃说："折春，不会一样的。"

"许多事情都改变了。

"不会一样的。"

沈鸢低低"嗯"了一声，在被子里缩成了小小的一团。

卫瓒的影子被光线在地上拉长，像一只巨大的野兽，竭力把沈鸢藏在他肚皮之下的皮毛里。

像是藏起幼时那只玩偶兔子。

第二天一早，沈鸢本以为卫瓒还会赖在被窝里，谁知揉了揉眼睛，却发现地上已没有人了。

屋里比平日里都暖和了许多，他只要一入秋就身上发冷，昨夜却睡得格外暖和，想来跟卫瓒不无关系。

阳光穿过床帏时，他蓦地想起昨晚卫瓒的话来了。

……也不知这人正常了没有。

夜里那些话实在叫人难受，只他听了都如此，卫瓒如同亲历过一般，也不知心里能不能过得去。

他这般想了几番，难得在床上多赖了一阵子，待知雪她们进来了，他便装作一副无事发生似的模样，慢吞吞踩着鞋，从床上起来了。

却见知雪这丫头茶壶似的叉着腰，眼巴巴地说："公子，小侯爷一早从咱们院子出去的。"

沈鸢"哦"了一声,低着眼皮也不接茬,只淡淡说:"可能昨儿东西落在这儿了吧。"

又问,"他气色还好吗?"

知雪说:"挺好的,还冲我笑呢。"

那就应当是没事了。

知雪没忍住,又说:"小侯爷一早还送了东西来。"

沈鸢一怔,道:"什么东西。"

知雪便指了指桌上摞得小山一样高的食盒匣子。

沈鸢随手挑了一个打开,便瞧见上好的雕花木盒里头满满地塞着糖果,各色形状都有,晶莹剔透的,透着隐隐的花香,外头还挂着一层白霜,似乎是京里近来时兴的糖果,再拉开一匣子,又是各色果脯甜点。

送来了十几盒子,竟都是些装糖果甜品的匣子。

沈鸢下意识拿起一块来吃,甜意在舌尖儿漾开,这才想起昨儿跟卫瓒抱怨汤药太苦的事来。

这会儿苦倒是不苦了,也不怕他蛀了牙。

知雪说:"一早上点心铺子来送了七八趟,像是整个市坊都让小侯爷给扫了——公子,小侯爷是什么意思啊。"

沈鸢眼神飘忽了片刻,轻轻"嗯"了一声,半晌嘀咕说:"谁知他是什么意思,且收着吧。"

卫瓒回松风院的时候,就见沈鸢独自坐在屋里头读书。下午天气正是热的时候,沈鸢在书房里头读一读便闷了,出来透一口气,看怜儿一人陪着大毛二毛在院子里散步打滚儿。

那两条恶犬精力旺盛得很,倒是苦了负责养狗的怜儿,在太阳底下追着狗屁股气喘吁吁地跑,不像是人遛狗,倒像是狗把人给遛了好几个来回。两条恶犬很听沈鸢的话,沈鸢一招手,大毛二毛便冲过来,往门槛里头挤着蹭他的手心儿,吐着舌头趴在他腿上。

沈鸢喂了两块肉干,又用帕子慢慢擦了擦手,对着怜儿道:"累了就去歇一会儿吧,不放它们出院儿去,就不用一直看着,换个人来接一接班。"

怜儿这才松了口气,擦着汗一边歇着去了,大毛二毛便在院子里撒开了欢地玩。

卫瓒大模大样走进屋里，笑眼弯弯地喊了一声："背到哪一页了？"

沈鸢见了他，却是一副没好气的模样，跟没瞧见似的，好半晌翻过一页书去，淡淡说："差事又办完了？"

卫瓒懒洋洋叹了一声："哪是办完的，分明看戏看完了。今儿安王去跟圣上表忠心来着，我倒是见识到了，那眼泪说下来就下来，一把年纪了，袖子擦着眼泪，要多逼真有多逼真。"

安王有意打感情牌，指天骂地说：自己绝无二心，若有不臣谋逆之心，甘受万箭穿心而死。

那叫一个言辞凿凿，连左右宦官都忍不住动容。

沈鸢道："我就说你打草惊蛇了，没攀扯上你就算不错了。"

就凭着一个旧日带去辛的仆从，想把安王拉下马，实在是不切实际。

卫瓒说："他倒是想攀扯，我奉皇命行事，一点儿线头都没留给他。"

"圣上叫他在家里休养三个月，这段时间应当不敢再兴风作浪了。"

至少没法儿直接出现在沈鸢面前了，这就值得卫瓒高兴一阵子。

沈鸢偷偷掀眼皮打量了他一会儿，见他已是没什么事了，就低低垂着眼皮，轻轻"嗯"了一声。

卫瓒有意伸出手去翻一翻沈鸢手中的书页，却让沈鸢一巴掌轻轻将手给拍落了。

卫瓒便忍不住笑："干吗，这就翻脸不认人了？"

沈鸢也不看他："胡说什么？"

卫瓒便又问："送来的糖吃了吗？"

沈鸢轻轻"嗯"了一声。

卫瓒说："我不常吃这些，顺路买的。你尝一尝，要觉得哪样好吃，我往后再给你买去。"

沈鸢低着头说："太多了。"

他说："吃不下的就给知雪照霜她们。"

沈鸢"嗯"了一声，低头没说话，连卫瓒什么时候出去的也不晓得。

只是读书读了没一阵子，沈鸢就隔着窗听见外头阵阵兵刃交接的锵锵声，他推开窗一瞧，便见一枪一剑，打得如火如荼。

原是照霜跟卫瓒。

一灵动，一凶猛；一端方，一奇险。

也不知这两人怎么就交上手了，兵刃被落日镀了一层金，如秋风扫落叶似的，院里黄澄澄的桂花也跟着簌簌地落下。

沈鸢见这两人没下杀招，试探切磋居多，便也在窗边看了一会儿。

沈鸢自己虽不能动兵，眼光却很是毒辣，照霜的剑法是他一步一步纠出来的。如今见着，他竟不知不觉，将目光黏在了卫瓒身上，挪也挪不开。

毕竟卫瓒这套枪，实在是漂亮。按卫瓒所说，是他梦中跛足，腿脚不便，才渐渐将卫家枪重新变了一套枪法，虚虚实实，煞气冲天。近来似乎是调整过了，左右轻重都与常人无异，沈鸢再瞧这一套枪法，越发觉着奇险料峭，这时方觉着，卫瓒在武学一道上的确是个奇才。

有这样勇猛强悍的枪法，加上带兵之道的天赋，不难想象，为何梦中卫瓒与他同样滚落尘埃，却不可能落得跟他一样的结局。放在哪一任帝王手中，卫瓒都是一眼就能从人群里被挑出来的、不可多得的天赐名将。

而他沈鸢，始终是要等着人瞧见，等着人相信。有时，连他自己，都不甚肯定自己的才能。

沈鸢越是靠近卫瓒，越是能意识到，若是将他自己和卫瓒放在天平的两端，连他自己都会毫不犹豫地选择卫瓒。

他的确不如卫瓒。

他定定立在窗前，瞧了好半晌，说不出什么滋味，只觉唇齿间百味杂陈，见着照霜渐渐落了几分下风，他便垂眸淡淡喊了一声："照霜。"

他这喊了一声，两边儿便都停了。

照霜抱着剑，向他一拱手，只道："跟小侯爷切磋。"

此时，知雪把照霜拉过去，小声说着什么。

卫瓒这人忽地窜到他窗前来了，眼巴巴地瞧着他，笑着喊他："沈哥哥。"

沈鸢本正是心里复杂的时候，不欲跟卫瓒多说，正想着关窗。

却偏偏听卫瓒低声道："我伤着了。"

知雪照霜那边都不说话了，眼巴巴看着他。

沈鸢当着两个小姑娘的面，竟是一时语塞。依着他对卫瓒的了解，招式一点儿变化都没有，能被伤着哪儿，十有八九就是装的，还非得当着两个小姑娘的面做这样。

他问："伤着哪儿了？"

卫瓒垂着眼皮，低声说："肩，办差的时候伤着了，刚刚又拉了一下。"

似乎是认定了他吃不住自己这乖巧听话的模样。

伤着了找他做什么？知雪不就站在那儿吗？

但他一见卫瓒这可怜巴巴的德行，又怕卫瓒是白日出去办差有了暗伤，只得咬牙切齿、恨恨地看了半天，心头到底是一软，握着窗的手也松了，退了一步说："进来吧。"

卫瓒近来走窗户是越走越熟练，哪怕是青天白日的，他也是一撩下摆，轻轻松松一跃，就跃进了窗户里头来，脸上悬着的那几分笑意，看得沈鸢越发气闷。沈鸢嘀咕说："不是伤了吗？我看看。"

一副他若没伤，也要给他弄出伤来的模样。

卫瓒便将上衣扯了扯，只见他肩头乌青了一片。其实瘀青对习武之人根本算不得什么伤，尤其是卫瓒这种，今日蹴鞠明日马球的，哪怕他什么都不做，光是玩都要落下些伤来，无非就是故意哄一哄沈鸢罢了。

偏偏沈鸢还真皱了皱眉，问他："怎么弄的？"

卫瓒笑说："见金雀卫争跤，跟着一起玩来着。"

沈鸢道："这也叫办差受的伤？"

隔了一会儿，又问："赢了吗？"

卫瓒便扬了扬下巴："你几时见我输过。"

沈鸢轻轻哼了一声，道："显你能耐。"

卫瓒便在那儿笑。

沈鸢从橱子里翻出半罐药来，手沾了一点，对他说："别动。"

卫瓒见了那药，便知道是专门化瘀止疼的，半罐子被用了下去，他便奇道："你平日里用这药做什么？"

沈鸢道："不是我用的，是给照霜备着的。她平日里练武，哪有不磕了碰了的，时间久了，就备着了，要用时直接过来用就是了。"

卫瓒这才瞧见，那橱里有许多瓶瓶罐罐，外敷内用，都是些顶好的伤药。

这时见沈鸢认认真真用手给他揉开药膏的模样，卫瓒便蓦地一顿："你平日里……也这么给她上药？"

沈鸢却是瞪了他一眼，几分恼道："胡说八道什么。"

"男女授受不亲，平日里都是避着的。"

卫瓒低低笑了一声:"嗯,沈公子讲究着哪。"

沈鸢恶狠狠在他瘀青上拧了一把,疼得卫瓒倒抽一口凉气,直呼他心狠手毒。

沈鸢将药罐一扔,道:"你自己上。"

"别啊,"卫瓒却是攥住他的手,笑道,"我不说了还不成吗?"

沈鸢有时候实在是恨卫瓒这张嘴,无法无天,毫无顾忌,叫人恨得牙根痒痒。有时候恨不得叫知雪给他毒哑,没准儿还能可爱些。

卫瓒若无其事说:"照霜的身手比我想的还要好许多,只怕昭明堂那些正经练武的,也不是她的对手。"

沈鸢低着头不满道:"照霜也是正经练武的,兵书她也读,只是在剑术上更有天赋一些。"

卫瓒轻轻"嗯"了一声。若非重生一次,他也未必能这样轻松占得上风,照霜有这样的本事,没有十几年的苦功夫,是下不来的。

卫瓒轻声说:"怎的,你还真是将照霜当将军教的?"

沈鸢微微笑了一笑。这笑是真心实意的,不加掩饰的,仿佛比夸沈鸢本人还高兴一些似的。

沈鸢一面帮卫瓒匀开药膏,一面慢慢说:"照霜就是爱练武罢了,我母亲在的时候,最喜欢她,做不做将领的,也全由着她自己的心思。"

"这世间又不是不曾出过女将,照霜不比谁差了什么。"

卫瓒有时候觉得,沈鸢是真心把照霜当将领在养的,也正因为倾注了大量的心血,前世照霜的死,才会成为压垮沈鸢的最后一根稻草。

沈鸢是真心实意盼着照霜能做他做不了的事情,盼着照霜能飞到他飞不上去的地方。谁知这最后一点隐晦的盼望,还没来得及绽放出光来,便被他连累着,死在了未开花的季节。

卫瓒不知怎的,生出一股子酸涩劲儿来,藏在那些对前世命运的嗟叹之间,半晌才轻轻说:"你对她倒是很好。"

沈鸢淡淡说:"小侯爷要什么有什么,自然不必把愿望放在别人身上。"

说罢了,他似乎觉着自己这话有些酸,便转移了话题,说些年少时的往事:"我父母当差时,也曾与一些商人合力,在城中设了个庇护之所,收容了许多战时流离的孩子,照霜知雪都是那里头的。"

照霜是脾气最古怪的一个小姑娘,不爱花朵儿的,惯常灰头土脸地爬墙,来偷偷看他练剑，拿着根树枝比画。

沈鸢瞧见她了，却假装不知道，时不时就让师父把教过的剑招再比画比画，方便照霜偷偷师偷全套。

后来有孩子欺负知雪，照霜一个人拿着根树枝，抽得一群孩子到处跑。女孩长得比男孩快一些，照霜年纪又大，抽条也早，又高又瘦的，话却少又冷漠，俨然就要成了那院儿里的小霸王。

这让他母亲萧宝意发现了，便去院里找她，笑着问："喜欢学剑？"

照霜便用力点了点头。

萧宝意便说："既然这样，就跟我回家去吧，到我家里一起学剑。"

照霜想了半天，瓮声瓮气说："谢谢夫人，我不去。"

萧宝意问她为何不愿，她便指着小猫崽似的知雪说："她个子小，再没了我，是要受人欺负的。"

萧宝意想了想，就把两个小姑娘都领回了家，一个学了剑，一个学了医，时不时将她们带去军营跟着奔波操练，后来又带回了江南。

萧宝意最喜欢的就是照霜，时不时便要跟别人说："等照霜长大了，就是咱们家的家将。"

别人见照霜是个女孩，都当萧宝意说的是玩笑话，只是萧宝意是当真了的，甚至把她自己的佩剑都给了照霜，还一本正经地说："凭什么不能，这世道女儿单纯多重情，倒是男子常负恩。"

"我看照霜比十个男人都忠勇可靠。"

照霜便当真接了剑，蒙了这份恩，再往后，就抱着剑守了一个病秧子许多年。

沈鸢垂眸想了许久，淡淡说："后来我在沈家住着时，倒觉着母亲说的是对的。

"当年我父母留给我的人不止她们俩，可如今只剩她们两个了。知雪照霜是没有卖身契的，她们若要走，随时都能走——可她们一路陪我到现在。"

卫瓒没觉得这话不对，只是想到沈鸢日日夜夜给照霜教习剑招，想到照霜能听得懂他听不懂的箫声，还陪着这小病秧子走过最艰难的时候，他轻轻叹了一声。

沈鸢来到侯府前的年少时期，无论是好的，还是坏的，都与他无甚关系。他那时还在京城做他的京中鬼见愁，横行霸道来着。

这般说着闲话，沈鸢的药上完了，自己也回去读书了。卫瓒这回倒没有再闹他，只随手拿了他一册兵书读。

日头落得差不多，天色渐暗，沈鸢挽袖点起灯烛时，窗外便隐隐飘过来些许的饭菜香。

卫瓒已在松风院赖出些经验来了，鼻尖皱了皱，笑着说："今儿我娘是不是又送了盏蒸鹅来了。"

沈鸢"嗯"了一声。

自打立秋，侯夫人就日日蒸鹅、煮鸭、炖鸡的，变着法儿给沈鸢贴秋膘，生怕沈鸢今夏消下去的肉涨不回来。

沈鸢倒是没什么意见，卫瓒却是吃腻了："都吃三天了，我回头跟我娘说说，让厨房换个味儿。"

沈鸢悄悄抬眼皮，望了望窗外忙活起来的小姑娘们，翻过一页书去，说："今晚你吃过了饭，就回枕戈院去。"

卫瓒说："我睡不着。"

沈鸢说："我让知雪拿两个香囊给你。"

卫瓒说："不好用了，味道不一样。"

沈鸢说："都是熏得一样香，哪儿不一样。"

卫瓒也想不明白："兴许是你屋里还有药香，那些零碎玩意在你那儿是一个味儿，在我那儿就变了一个样。"又几分赌气说，"明儿国子学还有骑射课呢，你也不怕我睡不好一头从马上栽下去。"

沈鸢说："胡说什么？"

卫瓒抱着胸，不说话了。这病秧子平日里就顾着两个小丫头，怎么也不顾一顾他来着。

沈鸢看了他一会儿，然后慢慢站了起来，背对着他，慢慢把自己的外裳解了。

沈鸢爱惜东西，不像卫瓒和靖安侯大大咧咧，再好的衣裳也是三天破两件，是以侯夫人给沈鸢挑布料做衣裳，往往比卫瓒和靖安侯都要精致一些，尤其爱用些巧心思在里头。眼下脱下来的这件便绣了隐隐约约的秋海棠暗纹，精巧的银线勾边，还带着若有似无的体温。侯府里穿这样衣裳的，只怕再也找不出第二个了。

沈鸢将这件外裳脱下来，撇着头递给他，说："拿去。"

252

卫瓒瞧着，便说："沈折春，你也够抠门的，一件衣裳就把我打发了啊？"

沈鸢说："爱要不要。"

秋风簌簌卷着桂花的香。

卫瓒接了，低低笑了一声："怎敢不要。"

这天夜里的饭，是摆了桌在屋里头吃的。

鱼肉摆了一桌子，侯夫人除了蒸鹅，还送了一罐子清热滋补的汤水。

屋里头姑娘进进出出地说笑，沈鸢自坐得端庄自若的模样，听见知雪轻轻"呀"了一声："怎么少了件外袍，怕不是要着凉的。"

卫瓒忍着上扬的嘴角，半晌轻轻咳嗽了一声，只说："方才打翻了墨弄脏了。"

知雪叹了一声，说："那件秋海棠的袍子怪好看的呢，可惜了。"

沈鸢勉强吃了三两口，就搁了筷子，低着头说："我不吃了。"

卫瓒心知沈鸢不是吃饱了，是急着回去换衣裳，便轻轻按了沈鸢的肩："再吃两口。"

这轻轻一按。衣裳下的肩便轻轻颤了一下，沈鸢的目光斜斜看他。

卫瓒便同周围侍女道："你们下去吧，我跟你们公子说会儿话。"

等姑娘们都走了，沈鸢才稍稍平静下来，不情不愿又坐回来，拿起筷子来。

卫瓒说："这回能吃得下了？"

沈鸢又剜了他一眼，好一会儿才道："小侯爷可真是能耐，说起谎来眼睛都不眨一眨。"

卫瓒听了便笑，说："我这不跟你学的吗？你要不解气，出门儿再让大毛二毛舔我。"

沈鸢在桌底下踢了他一脚，见他没反应，又碾了好几碾，最后自己没力气了，才气得没话了。

卫瓒挟了一筷子酥烂的鹅肉到沈鸢碗里，说："你多吃些，秋闱进了场考三天，你不养出些力气，哪里撑得过去。

"秋闱三天，春闱三天，这样折腾着，我怕你病得爬不出考场的门。"

届时只要进了贡院的门，便要在那狭小的号舍里头苦熬着，三天考三场，吃食只能带些不易腐坏的点心干粮，年年科考都有病倒在考场上的，甚至还有熬久了，一命呜呼在里头的。

沈鸢有意似的看了卫瓒半晌，轻哼一声："我到时候让照霜在门口候着，到时候万一出不去，便让她把我背回来。"

卫瓒不自觉撇了撇嘴角。也不知是不是先头听沈鸢夸了太多照霜的事儿，如今听着这话，他总觉得不大服气。

卫瓒还是拧着眉毛，又夹了好几筷子，把沈鸢碗里堆得跟小山似的，说："多吃些，我回头去贡院边儿上那条街瞧瞧，看看他们都带些什么进去。"

"晚上也别晚睡，左右我又不去考场，你也没谁能较劲的了。"

沈鸢掀起眼皮淡淡瞧了他一眼："谁说我只能跟你较劲了，小侯爷未免也太自大了些。"

卫瓒说："怎的，有我一个比着还不够，你还要找谁去？"

沈鸢不说话，却是抿了抿唇，低着头又吃了两口。

卫瓒说："我晚上叫人来查你，要让我发现你熬着——沈折春，你就等着吧。"

这回卫瓒没顺着沈鸢，敲了敲桌子，淡淡说："听着了没？"

沈鸢没好气地撇过头去，冷道："听着了。"

卫瓒瞧着他应了，这才淡淡勾出一个笑来。

沈鸢这一晚上慢腾腾吃了一碗米饭下去，又灌了一碗汤，饭后点心也吃了许多。

卫瓒瞧着差不多了，才懒洋洋抱着胸，也学着沈鸢的样儿，桌下膝盖轻轻撞了撞他的膝："送我回去？顺路消消食？"

沈鸢瞧他一眼，说："枕戈院才多远，还能有人把小侯爷抢了是怎的？"

卫瓒又轻轻碰了碰他："左右你也没什么事，吃完饭就读书也不嫌困。"

沈鸢道："谁说没什么事，我还得瞧一瞧照霜练剑。"

卫瓒不知怎的，心头那股不痛快就又来了。

半晌，他眯着眼睛轻哼了一声："哦……看她练剑啊。"

沈鸢看了他一眼，眸子不自觉闪了闪："你今日的枪法，有几处很有意思，我须得跟照霜再试一试。"

"没准儿……能找到你破绽。"

卫瓒听了，越发拧起了眉毛。沈鸢忙秋闱忙得脚不沾地，没时间送他，倒有时间帮着照霜对付他呢。药膏也是给照霜的，时间也是给照霜的，他卫瓒什么时候成了跟在别人后头捡便宜的了。

沈鸢似乎另有心思，坐了一会儿，便坐不住了，正欲起身，却骤然让卫瓒捉住了衣袖。

卫瓒那素日含笑的一双眸子，此刻却乌沉沉的不悦，半晌喃喃说："罢了，我回去了。"

只片刻的工夫，那小侯爷便变了脸，哼笑了一声，擦着他的肩扬长而去，身影消失在门外的夜色里头。

沈鸢站在原处，半晌没出去看什么剑，只是微微挑了挑眉，回屋去穿衣裳，不自觉想起那秋风庭院里，一杆银枪，惊鸿游龙的身影。

秋风自窗外徐徐而来，混杂着簌簌的桂花香，未觉着冷意，只有热度从指尖慢慢烧起来。

惊鸿一瞥，便是教人心里亮亮堂堂，生出一股子艳羡。

沈鸢不愿为难卫瓒，却也不愿叫他自得。连沈鸢自己都说不清，他究竟想要卫瓒如何。

只晓得恶鬼总要拖人下水。

——凭什么只有他一个人这般糟烂。

沈鸢第二日再去国子学，隔着老远，就听见堂内吵吵嚷嚷，一群人喊着卫二的声音。

其实自打夏天过后，卫瓒去国子学便成了三天打鱼、两天晒网的营生，这日破天荒来了，倒是叫唐南星一伙人大呼小叫地喊他，一面抱怨他，一面又跟见着了主心骨似的围着他。

"好你个卫二，见你一面倒比面圣还难。"

"前儿弄了匹好马，你今晚上可一定得来瞧一瞧，不比你之前的那匹差。"

沈鸢不知怎的，竟有几分踟蹰不想进去。

隔了一会儿，他才抱着书，慢腾腾进了门，却见卫瓒没坐在窗边儿，而是坐在他的位置旁。

琥珀色的锦缎外袍，腰间佩玉悬刀，粗犷的木质束发，嵌了一颗不大不小的红玛瑙，几分不羁地坐在案上，让一群人簇拥着，在熹微晨光里，是与往日不同的潇洒俊俏。

沈鸢看了一眼，便低下眉眼，跟没瞧见似的，径直往自己的位置走。

如今昭明堂众人见着他，也都打招呼，笑喊一声："沈案首早啊。"

亲近些的，喊他"折春"，他便也垂着眸点头还礼。

只是擦肩而过时，卫瓒没扭头，只是轻声说："今儿起得晚。"

他淡淡说："知雪叫得晚了。"

卫瓒"嗯"了一声，扭过头去，跟身边人有一句没一句地说笑，似乎是在说养马的事情。

这一小段对话，跟没发生过似的。

沈鸢低着头整理案上的书册。

晋桉也是刚到没多久，笑着问卫瓒："你怎的坐这儿来了？不是爱在窗边透气吗？我记着你那位置还是跟他们比射箭比来的，现在倒是说换就换了。"

沈鸢没听过这一节，闻言翻书的指尖轻轻一顿。

卫瓒抱着胸笑说："没法子，来替沈案首护法来着。他今科秋闱以前，我都得盯着他一点儿，省得我娘担心他，担心得睡不着。你们也警醒着点，少来讨他的嫌。"

晋桉还没答，众人闻听沈鸢要秋闱，倒是嘻嘻哈哈地聊开了。

有的问沈鸢能不能考个状元，有的说隔壁文昌堂的闲话，说几个文生也要下场去，如今正头悬梁锥刺股呢。又说，前儿还有个文生背书背得头昏，走路一头撞上了树，头破血流的。这些人书不大会念，看热闹倒是国子学头一份儿的。

一片喧闹之间，沈鸢不自觉抬头去看了一眼卫瓒，发觉卫瓒正听着一个笑话，懒洋洋地笑，眼睛却是看着他的。不知为什么，他们互相看了好一会儿，却没说话，又无声无息把目光挪开了。

沈鸢低着头翻开书想，除了眼前这人，哪还有人能来讨他的嫌。

[未完待续……]

番外 沈家旧事

沈家那个蓄养毒蛇的三房少爷，让自己的蛇给咬瘫了。

屋里头二三十条蛇，斑斓艳丽，把自己主人咬得没块好皮，三房哭天抹泪，大夫流水似的请，求神拜佛将人救回来了，只是成了个瘫子，只有上半截还算灵光，下半截任是针扎水烫，没有半分动静。

那少爷人也吓愣了，只要提着个"蛇"字，便口吐白沫、神志不清，任谁见了都要道一声凄惨。

知雪听了，在院儿里啐了一口："活该。"

这会儿天阴阴的，沈鸢低着头写文章，喊她："知雪。"

知雪说话跟淬了毒似的："就是活该嘛。他自己养的蛇，咬了他自己，这不就是报应。"

"上回公子病了，可没见他们这样精心，请了三两个大夫来瞧过了，就闹哄哄说什么命当如此，谁的命？他们家才是这样的命。"

这回沈鸢没再说话，知雪便接着撒气。

"要说他为难咱们不是一次两次了。"

"上回靖安侯府寄来的信，也是他故意给扔炭盆里的，写了什么，咱们都没瞧上一眼，我见着就是心虚了，怕公子告状。"

沈鸢垂眸，依稀想起许多年前旧事，想起那见他总含笑、跟着父母喊他"鸢鸢"的一对夫妇，便微微晃了神，却说："就是没烧，又能如何，无非过问一二罢了。"

人走茶凉，再怎样的至交故友，也终究是各奔东西。
他这些年再清楚不过了。

这些年父母的故友，哪个不是如此，又能为他如何？
沈家是他的家，这糟烂不堪的泥潭是他的容身处。

知雪掀起眼皮，看他一眼，小声说："万一能帮咱们出头呢？那可是侯府啊。"
沈鸢说："侯府又如何？"
知雪说："外头都传，那靖安侯是何其磊落的一个人，当年跟老爷关系那样好，又好打抱不平，不会放着公子不管的……"
沈鸢说："哪有那样的好事。"
小姑娘的话不过是给自己盼头罢了。
沈家的日子难过，沈鸢难过，连带着知雪照霜也都难过，知雪原本爽爽利利一个姑娘，如今眉宇间都带了几分戾气。
知雪也知自己不过是妄想罢了，话又转回来了："好歹这次解了气，可惜这回就是将人咬瘫了，要我说，再严重些也不为过，他这些年……"
沈鸢骤然目光转厉，喝了一声："知雪！"
他说了一截子，自己喘不上气，缓了缓，才说："住口。"
眉宇间几分阴郁，显然是真动了几分怒意。
知雪终于不说话了，半晌红着眼圈说："我说说气话罢了。"
沈鸢道："说过头了。"
知雪便恼："公子是嫌我心狠了。"

沈家的日子不好过，在沈家那些老爷夫人面前，她大气也不敢出。
可在公子面前也不能说吗？连句痛快话都说不出来，日子还怎么过？
知雪心里难受，又不想惹沈鸢生气，面色难看，声音也闷闷的："外头还煎着药呢，我去看看火。"
知雪跑出去了。

沈鸢才低头看自己笔下的字，歪七扭八，鬼画符似的丑陋不堪。

跟他的人一样。

知雪算什么心狠呢，是他自己不敢听，也怕把知雪弄得跟自己一样阴毒，人不人、鬼不鬼的。

不多时，见照霜抱着剑立在门外，轻声喊他："公子。"

沈鸢垂眸，声音微凉："怎么？我吓着知雪，你心里不高兴了？"

"不高兴就趁早离了我去。"

照霜不语。

"你们没有卖身契在我手里，答应我爹娘的话，也做不得什么数。"

沈鸢把笔一搁，低着眼皮说："这沈家院里的日子，人越过越烂，连根都烂透了，便也不剩什么了，你们趁早走了，只烂了我一个在这儿……"

话没说完，照霜声音淡淡的，说："公子，知雪不晓得是你做的，她平日并不是口无遮拦，这样说话，是想给你出出气的。"

沈鸢那一刹那不知自己是什么表情。

是哭着的，还是狰狞着的，还是……

后来发觉。

他是笑的，比哭还难看地笑着。

他低头笑着说："你身手实是越来越好了，什么动静都瞒不过你。"

照霜没说话，只是一下一下帮他拍着背，顺气。

江南的梅雨季不见日头，湿黏黏的，染得少年人眉梢眼角都是冷雾。

沈鸢轻轻挥开照霜，自顾自握着笔一个字一个字地写，怏怏地冷声道："我不是同你们玩笑，我给你们存了盘缠嫁妆，虽不多，也够你们花用，你们走吧。"

"在我这儿，再好的人也磨坏了。"

照霜冷着脸故意说："走去哪儿，走去哪个富贵人家？接着给人做侍婢？还是在外头开家医馆，等着那些差吏衙役看两个姑娘来盘剥？"

"公子不想要我们便直说，我们出去自生自灭去。"

沈鸢抬眸瞪她："我几时是这个意思了？"

照霜说："公子不是？那要我们哪儿去？"

沈鸢说不出话。

不知过去多久,天渐渐黑了,外头雾蒙蒙飘起雨丝,照霜忽地说:"知雪还在外头煎药呢。"

沈鸢笔下一顿。

照霜轻声说:"她那炉子没法儿搬动,又赌着气不想跟公子争执,这会儿怕是还在那儿盯着看呢。"

沈鸢便撂下笔,匆匆提起伞,奔着门外去了。

这雨雾蒙蒙的,丝丝缕缕的,更像是氤氲缠身的湿魂,伞挡不住,挥之不去。

照霜隔着窗子,见沈鸢撑起伞,挡在知雪头上。

小姑娘难哄,抱着膝盖盯着炉火生闷气,倒是沈鸢无措,说哪句话都不对.

他便蹲下身,厚重的油纸伞,遮蔽着渺小的两个人。

雾雨蒙蒙里,沈鸢轻轻的声音。

"我再不叫你生气了。天黑了,知雪,我们回家去吧。"

图书在版编目（CIP）数据

折春 / 刑上香著. —武汉：长江出版社，2025.
4. —ISBN 978-7-5492-9764-1

Ⅰ.247.5

中国国家版本馆CIP数据核字2024E00213号

折春 / 刑上香 著
ZHE CHUN

出　　版	长江出版社
	（武汉市解放大道1863号 邮政编码：430010）
策　　划	力潮文创-白鲸工作室
市场发行	长江出版社发行部
网　　址	http://www.cjpress.cn
责任编辑	钟一丹
策划编辑	唐　婷
特约编辑	何苏然
封面设计	吴思龙
封面绘制	长　阳
印　　刷	北京盛通印刷股份有限公司
版　　次	2025年4月第1版
印　　次	2025年4月第1次印刷
开　　本	880mm×1230mm　1/32
印　　张	8.5
字　　数	300千字
书　　号	ISBN 978-7-5492-9764-1
定　　价	46.80元

版权所有，侵权必究。如有质量问题，请与本社联系退换。
电话：027-82926557（总编室）027-82926806（市场营销部）

为纯粹的乐趣而读